2016.2.8 sun
IN PHUKET

主　编：陈　恒　孙　逊

光启文库

光启随笔

光启文库

光启随笔　　光启讲坛

光启学术　　光启读本

光启通识　　光启译丛

主　编：陈　恒　孙　逊

学术支持：上海师范大学光启国际学者中心

藏书票 / 辑封插图：孙　再

责任编辑：鲍静静　孙　莺

装帧设计：纸想工作室

一只革命的手

孙周兴 著

商务印书馆
创于1897 The Commercial Press
2018年·北京

图书在版编目（CIP）数据

一只革命的手 / 孙周兴著. — 北京：商务印书馆，2017
（2018.10重印）
（光启文库）
ISBN 978－7－100－13719－5

Ⅰ. ①一…　Ⅱ. ①孙…　Ⅲ. ①随笔—作品集—中国—当代　Ⅳ. ①I267.1

中国版本图书馆 CIP 数据核字（2017）第080802号

一只革命的手

孙周兴 著

商务印书馆出版
（北京王府井大街36号　邮政编码 100710）
商务印书馆发行
山东临沂新华印刷物流
集团有限责任公司印刷
ISBN 978－7－100－13719－5

2017年4月第1版　开本 889×1194　1/32
2018年10月第2次印刷　印张 11¾

定价：58.00元

出版前言

梁启超在《清代学术概论》中认为，“自明徐光启、李之藻等广译算学、天文、水利诸书，为欧籍入中国之始，前清学术，颇蒙其影响”。梁任公把以徐光启（1562—1633）为代表追求“西学”的学术思潮，看作中国近代思想的开端。自徐光启以降数代学人，立足中华文化，承续学术传统，致力中西交流，展开文明互鉴，在江南地区开创出海纳百川的新局面，也遥遥开启了上海作为近现代东西交流、学术出版的中心地位。有鉴于此，我们秉承徐光启的精神遗产，发扬其经世致用、开放交流的学术理念，创设“光启文库”。

文库分光启随笔、光启学术、光启通识、光启讲坛、光启读本、光启译丛等系列；努力构筑优秀学术人才集聚的高地、思想自由交流碰撞的平台，展示当代学术研究的成果，大力引介国外学术精品。如此，我们既可在自身文化中汲取养分，又能以高水准的海外成果丰富中华文化的内涵。

文库推重“经世致用”，即注重文化的学术性和实用性，既促进学术价值的彰显，又推动现实关怀的呈现。文库以学术为第一要义，所选著作务求思想深刻、视角新颖、学养深厚；同时也注重实用，收录学术性与普及性皆佳、研究性与教学性兼顾、传承性与创新性俱备的优秀著作。以此，关注并回应重要时代议题与思想命题，推动中华文化的创造性转化与创新性发展，在与国外学术的交流对话中，努力打造和呈现具有中国特色的价值观念、思想文化及话语体系，为夯实文化软实力的根基贡献绵薄之力。

文库推动“东西交流”，即注重文化的引入与输出，促进双向的碰撞与沟通，既借鉴西方文化，也传播中国声音，并希冀在交流中催生更绚烂的精神成果。文库着力收录西方古今智慧经典和学术前沿成果，推动其在国内的译介与出版；同时也致力收录汉语世界优秀专著，促进其影响力的提升，发挥更大的文化效用；此外，还将整理汇编海内外学者具有学术性、思想性的随笔、讲演、访谈等，建构思想操练和精神对话的空间。

我们深知，无论是推动文化的经世致用，还是促进思想的东西交流，本文库所能贡献的仅为涓埃之力。但若能成为一脉细流，汇入中华文化发展与复兴的时代潮流，便正是秉承光启精神，不负历史使命之职。

文库创建伊始，事务千头万绪，未来也任重道远。本文库涵盖文学、历史、哲学、艺术、宗教、民俗等诸多人文学科，需要不同学科背景的学者通力合作。本文库综合著、译、编于一体，也需要多方助力协调。总之，文库的顺利推进绝非仅靠一己之力所能达成，实需相关机构、学者的鼎力襄助。谨此就教于大方之家，并致诚挚谢意。

清代学者阮元曾高度评价徐光启的贡献，“自利玛窦东来，得其天文数学之传者，光启为最深。……近今言甄明西学者，必称光启”。追慕先贤，知往鉴今，希望通过“光启文库”的工作，搭建东西文化会通的坚实平台，矗起当代中国学术高原的瞩目高峰，以学术的方式阐释中国、理解世界，让阅读与思索弥漫于我们的精神家园。

上海师范大学光启国际学者中心

2017年3月

自序

大抵从2011年8月份的某个下午开始（当时我独自一人，在比利时的布鲁塞尔机场转机），我竟喜欢上了写短小的文章，就三四个月时间之内，写了四五十篇，多半是不到三千字的小东西。差不多时时、处处都可以写的——比如，此时此刻，我是坐在出租车上写这个“自序”。这真是前所未有的事体。

有一阵子我对自己的行径甚为惊奇，不知道这是什么状况，是好是坏。要知道好些年了，我做的东西虽然未必特别学术，虽然也写过一些篇幅不大的评论，但向来是不太情愿做这种鸡零狗碎的小活计的。同行中有人成了散/杂文家，也经常被我以及其他的一些学者朋友们哼哼不屑的。现在竟轮到我自己了，似乎也不担心别人哼哼唧唧。写完了，起初也并不想着找什么地方发表，要么打印一份出来，放在一个文件夹里，要么就放在电脑里，总之是并不急于示人的。后来开了一个博客，我才把其中一些比较成熟的短文放在网上了。

还有，这些短小的文章中，约有半数是我在各种场合的讲话。以前发言，无论正式的还是不正式的，我经常是不做书面准备的，开讲前在脑子里组织一下，顶多呢，就在任意一张纸上或者一个笔记本上，记下少数几个关键词，排成一列就是。这也是同济大学人文学院的一个未成文的规定：凡人文教授，在学院各种会议上讲话，是不允许用稿子的，除非你申明自己是个不合格的教授。如若人文教授讲个小话，也还要拿着稿子念，那是很有些丢人的，也就难怪我们的政治家们不会脱稿发言了。我们这个规定后来被本院老师们接受下来了，效果相当不错。而既是公共的规定，我自己自然也是要遵守的。现在呢，因为喜欢上了写小文章、发小感慨，所以每每要讲话前，我就干脆打开电脑，把要讲的事物和想法记录一遍。或者，有的时候，是讲完后赶紧找时间记录下来。由此也成就了一些小文章，现在也选择了一部分，收在本书中。

这些个小文章，有往事记忆，有讲话记录，也有时事评论，差不多是杂乱无章的。等写到近六七十篇的时候，我看文件夹里已经积累了不薄的一叠，才决定给这些东西分个类，也才有了“随感”“时评”“学院”“哲学”“艺术”等主题词。这次的编辑，主要是从“随感”“时评”和“哲学”三个文件夹中取材，共选了60篇。

我把60篇文章分为三编，第一编主要关乎我的专业领域即德国哲学，尤其是我多年的研究重点尼采和海德格尔，以及我自己由此出发带有“实存哲学”倾向的思想态度和人生主张；第二编差不多可以说关乎汉语哲学及其路径，以及汉语学术界的人与事；第三编则有点像时事评论，内容比较丰富、比较杂乱。三编各有20篇文章——我总是喜欢工整的数字，以前的几本个人文集都是。每一编均以其中的一篇文章为标题，依次为:《人总是能够重新开始》《今天我们怎么做哲学才好?》和《你说这世上最美好的东西是什么?》。以此方式来提示各编的内容，当然并不能完全算数的。另外，本书各编的设置以及内容的编排，虽说并非完全没有章法，却是谈不上严格和规矩的。好在本书是随笔和演讲的集子，不可能被视为严肃的学术论文集。

收在本书中的文章，因为多半是不同场合的讲话，内容上难免有一些重复。一个人在某个时期可讲的东西不会太多，也就那么几项，有的是主张，有的是故事，重复唠叨是必然的。我在整理过程中尽量做了一些文字上的修饰，希望哪怕是重复相同的意思，文句中看起来还是不同的说法，方不至于太过难看。这一点，也是我要请读者诸君理解的。

书名立为《一只革命的手》，是老友陈小文博士建议的。我犹豫再三，从了。本来应该是“一只最革命的手”，但据说“最”字是不可以随便乱用的。这个书名也不一定特别与内容相合，而只想传达一个意思：无论哲思还是生活，都需要有一种革命性的理想和精神。而此所谓“革命”，自然不是经历“文化大革命”这样的假革命时代后被贬义化了的革命，而毋宁说是在“人总是能够重新开始”意义上的实存哲学/存在主义的开创精神。

我们知道，做哲学的人士通常被理解为不食人间烟火者之流，头一个希腊哲人泰勒斯就是这等派头，等到大哲柏拉图，就干脆使哲学完全抽离于日常殊相了；不过，最近一百多年来，情况却是发生了巨变，至少，是哲学变得多形态了，不再全是高蹈超脱的抽象说理和形上“空转”了，特别是在现代实存哲学（所谓存在主义）的影响和推动下，哲学开始关注和讨论日常生活世界，以至于在某些类型的哲学家看来，能否关照日常事物，倒是衡量一种哲学有无力量的标尺了。

有鉴于此，我想，自己也不妨来做一点“日常事物评论”。尼采要我们“忠实于大地”，他是企图颠覆上面讲的主流哲学传统。我没有这么宏大的理想，但确实也认为，做哲学首先要直面生活。我们可能不自觉，我们已经太习惯于间离自己的生活，喜欢绕道而行，而不能直奔主题，而不能直接下手了。

喏，此刻，我也许仍旧是在兜着圈子呢。因为说到底，本书没啥，只是为了保存自己的一点记忆，对于自己的言和行的一点记忆。如此而已。

2011年12月21日记于沪上同济

2017年1月2日晚再记

目录

自　序　1

第一编　人总是能够重新开始

哲学到底有什么用？　3
哲学批判与创新思维　8
哲学如何感动人？　25
哲学对于人生的意义　33
哲学让我们的生活更有趣　43
人总是能够重新开始　48
快乐学习，创造生活　52
三位大哲三句话　55
今天我们为何要读尼采？　60
人之将疯，其言不善　64
哲学和哲学家的身位　68
关于尼采以及当代艺术　78
天下没有不散的筵席　88
我们为何还要读海德格尔？　92

彼得的海德格尔导论 96
海德格尔哲学漫谈 98
哲人远逝，书本此在 105
现象学的直接性与神秘性 109
越技术，越孤独? 114
何谓人诗意地栖居? 122

第二编 今天我们怎么做哲学才好?

今天我们怎么做哲学才好? 133
汉语哲学的做法 141
实存哲学与现代汉语哲学 149
张志扬与中国存在主义 161
译文的风险还是思想的风险? 165
关于康德“启蒙”定义的两个汉语翻译 170
哲学和科学之外的解释可能性 176
文化创新到底需要哪些前提? 181
我们需要什么样的学术研究? 187
我们的研究要有几个转向 193
作为心灵治疗的哲学 197
想的与做的现象学 206
有一种力量叫直接发动 211
陈铨与战国时代的尼采 215
一个远方的悲剧性的哲学家 223
人生就像悬崖边的树 228

未来世界的哲学问题 231
虚拟与虚无 237
新媒体与社会分层问题 251
哲学家的半农理想 264

第三编　你说这世上最美好的东西是什么?

一只最革命的手 273
革命与真相 279
问题是谁来保护我们? 284
世风败落，词语遭殃 288
“郭美美事件”中我们失去了什么? 292
钱多人傻速来 296
没文化的历史文化古城让人心痛! 298
割还是不割，这是个问题 301
重建我们对身体的信心 305
看得见的空气看不见的水 309
反霾治污是每个人的事 314
我们需要一种生态共通感 317
生命的仪式 323
为什么我们最重大学同学情? 327
父与子的故事 331
狗的忠诚和责任 333
只有真实的生活才可能是稳靠的 337
你说这世界上最美好的是什么? 342

第一编

人总是能够重新开始

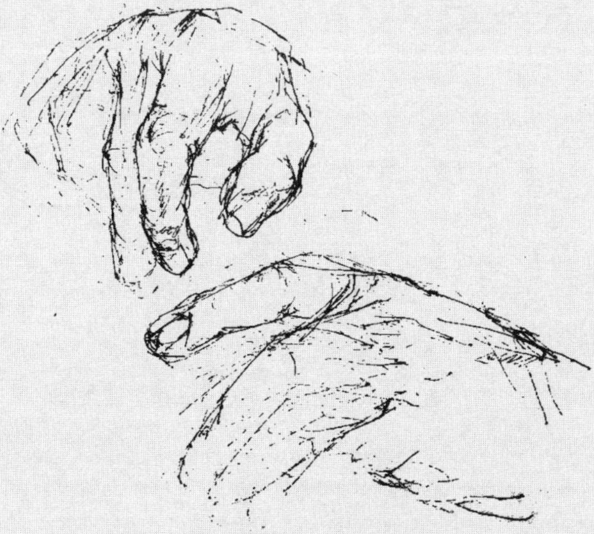

哲学到底有什么用？*

哲学到底有什么用？相信在座各位经常这样被追问过。我们都知道冯友兰先生的一个庄子式的回答：哲学没什么用，但因其“无用”而有“大用”。此说仿佛已经成为这个问题的当然答案。我却想说，这个回答虽然没错，也好听，但很是消极，并不可取，差不多属于搪塞之举。你这样去教导今天的学生，是一定会失败的。学生会说：帮帮忙哦，我先要“小用”，再谈“大用”，如何？这个回答的失败之处在于：先承认哲学“无用”了，然后想着法子，甚至可以说采取了辩证法的“狡计”，才弄出个“无用之大用”。这样真的会很被动。我以为，我们一开始就不能认定哲学无用——因为无论从策略上还是从实情上看，这都是不对

---

* 本文系作者2012年10月4日上午在“哲学教育：历史、现状和未来——哲学系主任研讨会”（南开大学哲学学科恢复重建50周年庆典）上的即兴发言。

的。哲学怎么可能“无用”呢？

哲学在今天好歹也算一个“行业”了，总得有套相对稳定的、有力量的说法，努力表彰自己，形成自己的行业标识或口号，从而增强我们行业的自豪感，抵御其他行业的干扰和侵犯。所以在今天南开大学哲学学科恢复重建50周年庆典的美好日子里，趁中国哲学界各路豪杰聚会的机会，我们要整出个说法来。为抛砖引玉，我先说几条。

第一条：哲学教人不死，或者，哲学家不自杀，哲学教人不自杀。这是有统计学上的充分依据的。纵观中外哲学史，还没有发现自杀的哲学家。有人反驳说，哲学家尼采虽然没“肉体自杀”，但可谓“精神自杀”了，不也算自杀了？我说错，尼采哪里自杀了？尼采甚至不可能“精神自杀”。提倡求生意志的尼采是不可能自杀的。即便是发疯，也不能全怪尼采，而只能怪让他染上“脑梅毒”（弗洛伊德的说法）的女人，甚至要怪哥伦布——你没事跑美洲去干吗？去就去了，干吗还带个梅毒病毒回欧洲来？总之尼采没自杀，只是发疯了，疯了也不死，还活了11年呢。还有人举出哲学家阿尔都塞，但我认为也是误解，此公也没自杀，而是得了精神病，把他老婆给掐死了，自己没自杀的。唯一一位自杀的西方哲人，大概是当代法国的德勒兹，1995年70岁的德勒兹因不堪肺病折磨而跳楼自杀。但我以为，德勒兹一是因病痛折磨，二是不算严格意义上的哲学家，而是既做哲学又做电影的，所以才自杀的。故德勒兹也不构成反证。说到中国，我们知道有个叫王国维的学者自杀了，但王氏算不算哲学家？似乎也是可以讨论的，我认为他更多地是个文艺家，所以也不构成对我们所谓“哲学教人不自杀”这个命题的否证。从历史的经验看，哲学家不自杀。再说了，我们也可以为此命题立下一道防线：若有小哲学家自杀（我承认这是有可能的），我们就说，那是哲学没学好——喏，反而证明学好哲学是多么重要。

哲学教人好好活下去，哲学家不自杀，是因为哲学就是“练习死亡”，练着练着就不想死了，或者是把生与死看明白了，就觉得死不可怕，不死也行。天地生死，参悟透了，何所惧哉！所以从历史上看，哲学本来就是很不错的行业，做个哲学家蛮好。再从未来的角度看，因为人类诸文明宗教感的全面衰退，哲学越来越有“宗教替代品”的作用了。哲学这个“替代品”在好些方面还胜过了宗教。哲学是论证，宗教是服从。宗教有时候难免不太讲理，而哲学是讲道理的。人生大大小小的事都需要论证和解释，论证了就安定了，解开了就释然了。这时候哲学就大有用场了。

第二条：哲学让人脑子清楚。我故意不说哲学是智慧学、哲学给人智慧之类的大话，我们要说得具体实在一点，是“让人脑子清楚”。举手一摸，人人都摸着一个脑袋，虽然大小不一，但总归是具体实在的。你要说“智慧”“境界”“修养”之类，就有点摸不着边际。所以我们要说脑子清楚。那么在这件事上，哲学几乎就有大包大揽的作用了。或问：不也有糊涂的哲学和哲学家吗？比如经常有人把现代的尼采、海德格尔、德里达之类的哲人叫作“糊涂蛋”。我承认他们的哲学是不太好懂，有的还干脆不认为自己是哲学家（比如海德格尔）。但就主体而言，他们是想把人世间本来糊涂的甚至本来神秘的东西弄清楚，而不是蓄意要把人弄糊涂。在这个意义上讲，他们是在一个更大的程度上要让人脑子清楚。

脑子要清楚，这是做人的一项基本要求，也是做事的一项基本要求，所谓通人情、明事理是也。脑子不清楚，严重的就是脑残，或者精神病。精神病无非是心理的“理”没理清楚，比如说我们同时得做好多好多件事体，就容易理不清楚而致精神病。要理清楚，就需要哲学，因为哲学就是认理和讲理的。道理有大小，小的道理后面往往有大的道理，哲学穷究道理，魅力无限。

这里顺便要来说一说心理学。国内的心理学不知道在哪儿，有的放在教育学院，有的放在理学院，有的甚至放在工科里面，实在是可怕得很，属于脑子不清楚而做出来的学科设置。心理学应该而且必须放在哲学系，是属于哲学专业的，是哲学心理学。我的说法是，哲学要通过心理学而服务民众精神，让民众的脑子变得清楚些，变得坚强一些（就此而言，哲学应该是可以用来看病的），这才体现哲学的务实；另一方面，心理学得通过哲学而维持自身的高贵品质，而不是完全沦落为目前占主导的英美式的实验和统计心理学。简言之，哲学心理学的建设，是我们哲学学科的当务之急了。我们要重新把心理学这个地盘抢回来。心理和精神，哲学不管谁管？

第三条：哲学教人雄辩，或者，哲学教人好好说话。这一点恐怕用不着我啰唆了，从上面讲的哲学让人脑子清楚，已经可以推出这一点了。我的普通话不好，是另有原因，而不能被认为是不会好好说话。但要把话说好，固然并非易事。我们知道，就西方来说，哲学在起源上就是从辩论开始的，所谓的“智者”是教人说话的，而且还是一个收费项目。在我们这个时代，论辩的需要前所未有地高涨，人人都需要替自己主张，替自己辩护，要说服他人。这时候，我们却发现没有人来教人说话，这简直是要命。所以我认为，需要把哲学的原初的职能恢复起来。哲学能教人好好说话。天下道理多，哲学使人明理，而且能教人把理说清楚——这是多好的事！

总之，我以为，在宗教感日益趋弱而自杀者越来越多、心理压力日增而精神病患者趋多、个体自由空间增加而越来越需要表态的时代里，哲学，一门教人不死、教人脑子清楚，又教人雄辩的学问，无疑是既有“小用”又有“大用”的有用学科，甚至完全有可能在不远的将来成为最有用的一门学科。

2012年10月4日记于南开大学

哲学批判与创新思维*

——以德国哲学为主要考察背景

在一般人眼里，德国是一个哲学的国度。除了古典音乐、物理、机械等，哲学也被看作德国的重要“特产”。哲学家伽达默尔认为，德国哲学（尤其是德国古典哲学）是继古希腊哲学之后西方—欧洲哲学的第二个高峰。最近有法国哲学家巴迪欧指出，法国当代哲学是希腊哲学和德国哲学之后的第三个黄金时代。但实际上我们看到，法国当代哲学是受德国哲学影响和烙印的，如若没有20世纪上半叶以现象学为核心的德国哲学，战后蔚为大观的法国当代哲学是完全不可想象的。

就中国现代文化来说，德国哲学的影响至深至广。且不说德

---

* 本文据作者2014年10月10日下午在中国石化石油勘探开发研究院基础前瞻培训班的报告改写而成，演讲风格仍予以保留。

国古典哲学的莱布尼茨、康德和黑格尔等大哲学家，他们一直以来都是中国学术界关注和研究的重点；现代德国的马克思、尼采和海德格尔三位大哲，更是在很大程度上规定了中国现代社会政治、文化思潮和学术讨论。

何以如此呢？为何德意志民族能产生出一代又一代杰出的、在今天具有世界性意义的伟大哲人？这个问题甚至经常在日常讨论中被提出来。从事德国哲学研究的同行们也经常会面临这样的提问。进一步的一个问题是：为何高度理性思辨的哲学德国，竟然会在20世纪产生灾难性的、反人类的希特勒法西斯主义暴行？这些问题都不是可以轻松解答的，显然也不是本文所能解答的。

本文设定的任务是，主要以德国哲学为背景，讨论一般意义上的哲学批判与创新思维，同时或可表明，德国创新思维（德意志民族的创造力）的根本源泉在于哲学。思想这件事谁都会，但真正好的思想/思维（thinking）是哲学；而真正好的思想/思维是彻底的—批判性的、创造性的思想/思维。因此，我们的讨论主要围绕“哲学”“批判”和“创造”三大主题来展开。

一　哲学：两种问法和两门学问

什么是哲学？这是一个难题，不好轻易回答。今天我们了解的“哲学”是一个外来词，这个译名还是日本人提供的，是日本人对英文philosophy的翻译。但“哲”字是中国古代早就有的，“哲，知也”，又说“哲，智也”。可见本源仍在我们中国。所以

“哲学”就是“智慧之学”，这也是希腊人的philosophia的原初含义和字面含义，即“爱智慧”。希腊人的“智慧”叫Sophos，按照现代德国哲人尼采的解释，这个Sophos关注的是“一切是一”的问题，也即要问：世界林林总总，变幻莫测，是如此丰富多样，但为何有其统一性？哲学自发端起就在追问这个arche（本原、始基）。但这只是一个方面，另一个方面，Sophos也关注“一是一切”的问题，就是要问：世界的丰富多样是如何从一个统一的“一”（Hen）中展开来的？

哲学问题就这么开始了。“一切是一”指向普遍性，而“一是一切”则指向个体性。反映在问题提法上，前者是“什么”（What）的问题，而后者是“如何”（How）的问题。当我们问What时，我们在问什么呀？设若我们问：“拿破仑是什么？”我们会说：拿破仑是一个政治家，是一个男人，是一个人，是一个动物，是一个生物，是一种生命，是一种物质，是一种存在，是一种虚无（因为他已经死了），等等，这些都是哲学（知识、科学）的回答；在此语境里，我们断不可说：拿破仑是一只兔子，是一块木头，等等，因为那是文学的修辞了，而不是知识的回答了。所以，What的问题是一个关于“普遍性”的问题，希腊人叫“共相”（koinon），在柏拉图那里就叫idea（相、理念）和eidos（爱多斯），后世则叫“本质”（essence）。柏拉图说哲学（科学、知识）只关心不变的“共相”，即idea和eidos，而不关注变动不居的个别具体的事物。但柏拉图也早就认识到，“共相”或“普遍性”是有等级的，普遍性程度是不一样的。按照所涉idea的普遍性程度，科学也是有等级的。最高的科学是形式科学，尤其是几何学，所以据说在柏拉图的学园里写着一行字:“不懂几何学者不得入内。”几何学是最典型的希腊科学，为何？希腊人是航海民族，空间感极强，才创造了作为形式科学的几何学。相反，另一门以时间感为基础的形式科学却没有在希腊发展起来，因为希腊人以空间的点来计数；直到阿拉伯数字引入，算术才成为可能的。希腊的另一门极其重要的形式科学是逻辑学（形式逻辑），是由亚里士多德创造的，后世稍有改进，但两千多年来其主体没有变化过。今天我们看到，希腊创造的所有其他科学差不多都过时了，但几何学和逻辑学却是永恒的。

不过，在形式科学出现前，还有一门更根本的哲学学问，人们通常并不关注它，亚里士多德称之为“第一哲学”，后世则称之为Ontologia，是关于“存在”（On）的学问，亚氏说是关于“存在之为存在”（on he on）的学问，也就是关于“存在本身”的学问，与之相对，一般的科学都是关于存在者及其存在的学问。这门根本的学问，即Ontologia，我们译之为“存在学”“存在论”“本体论”“是论”——还不知道怎么译呢。以我的理解，Ontologia是第一门形式科学，是其他形式科学的基础和观念前提。没有柏拉图的Ontologia意义上的相论/理念论，则后面的形式科学就还是不可能的。

为何“一切是一”的追问，“什么”（what）的问题，就导致了形式科学，甚至存在学/本体论这样的学问呢？是因为这种追问是一种“普遍化”，而“普遍化”有两法，一是“总体化”，二是“形式化”，比如我们前面问“拿破仑是什么?”，我们答：政治家、男人、人、动物、生物、生命、物质、存在、虚无。这中间出现了一个断裂，男人、人、动物等都有一个对应的实质领域（虽然范围有大小），而到物质、存在、虚无，等等，就谈不上一个实质领域了，它们是无所指的，是无内容的；无所指而有意义，无内容而有最高普遍性，这就是形式科学和存在学/本体论，表现了真正意义上的希腊—欧洲精神。

上面只是哲学的一种问法。另一种问法是关于“一是一切”，或者说关于“如何”（How）。“一是一切”不再是指向共相、普遍性的追问，而是指向个别、个体性的追问，要问某个个体是怎么“是”出来的。这个how问的是一个实际情况，某物是怎么运动、怎么出现、怎么展开、怎么实现的。这在亚里士多德那里叫“实现”（energeia）。在后世的拉丁化过程中，这个“实现”的问题就成了“实存”（existence）问题。国人对于西方哲学的了解有语言上的障碍，比如这个existence，欧洲人一看就会有字面上的感觉，而我们没有。前缀ex是“出来”，sistence是“站立”“持立”，所以existence是“站出来”，甚至是“出位”。国内的翻译就乱了套，经常把existence翻译成“存在”，那就难以与Being区分开来了；有时又把它译成“生存”。“实存”（existence）是一种确定的在此存在，它只讲个体性。相应地我们把“实存主义”翻译成“存在主义”，导致了很大的混乱。关于“存在”没有“主义”，只有一门Ontologie，关于“实存”才有一种“主义”，就是在20世纪成为主流哲学形态之一的“实存主义”。

如果说我们前面讲的“一切是一”的普遍性追问、关于共相的“什么”（What）追问是在追问事物的本质、世界的统一性（最高的形式），那么，关于“一是一切”或者“如何”（How）的追问是要追问个体的动因，个体实存的原因和根据。在这个路向上，当我们追问实存的依据和原因时，多半就会走向一个神学的结论。个中道理也不难了解。因果链条是无穷尽的，是无限的，人类思维受不了这种无限，而必须设定一个终极的和最高的无因之因或自因之物，那就是超验的“神性的东西”。历史上的实存哲学家或者实存主义者多半走向了“神学”（Theologia）。

好了，我们已经有了哲学的两种问法：一是问what，就是问本质，问普遍性，对应的学问叫存在学/本体论（ontologia）；二是问how，就是问实存，问个体性，对应的学问叫神学（theologia）。两种问法在希腊都已经形成，但两门学问却可以说是分属古希腊与希伯来，所以我们在此意义上把欧洲文化称为“两希文化”。在历史进程中，这两门学问是相互交织的，个别的哲学家各有偏重，或以“本质”入问，达到神学的结论，或以“实存”入问，达到存在学/本体论的结论。还有，两种问法和两种学问也可以表现为个人的思维倾向和生活姿态，我们差不多可以称之为“本质主义”与“实存主义”。一般说来，“本质主义者”是安分守己者，而“实存主义者”则是总是梦想重新出发的出位者。

二 批判：作为哲学的本质与哲学方法

我们接着说“批判”。汉语中的“批判”一词给人感觉很是凶狠，这主要是拜“文化大革命”时期所赐。实际上“批判”一词在我们今天的日常语境中已经接近于一个贬义词。词语一不小心就被糟蹋掉了，就像“小姐”“同志”“革命”，等等。“批判”（critique）源自希腊文的krisis，意为“区分、争执、决定、判断、考验、探究”等；形容词“批判的”（critical）源自希腊文的kritikos，意为“能判断的”。显然“批判”的本来意义与否定、攻击、打倒无关。相反，“批判”是区分、探究、辨别和判定，无论如何是正面的，或者说至少是中性的。

我首先要说的是，“批判”是哲学的本质。德国哲学家康德首先使“批判”（Kritik）成为一个哲学关键词。这位哥尼斯堡的哲人写了著名的“三大批判”，即《纯粹理性批判》《实践理性批判》和《判断力批判》，分别处理知识学、伦理学、美学的问题。康德的“批判”概念可能最好地体现了我们上面讲的“区分、探究、辨别和判定”的含义。康德的纯粹理性批判是要把知识中的各种要素区分开来，以判定知识的种类、条件和界限。康德的批判工作做得十分周全、高度理性，他的哲学被叫作“批判哲学”。记得“文革”结束后，李泽厚先生出版了当时很抢手的康德研究书，书名就叫《批判哲学的批判》。

虽然是康德使“批判”成了一个哲学基本词语，但并不能说从康德开始才有“批判”。而毋宁说，“批判”对于哲学来说是本质性的，或者干脆说，“批判”是哲学的本质。尼采有句名言：“哲学家应该认识我们需要的是什么，而艺术家则应该把它创造出来。”在尼采看来，一种文化的基本成分有二，即艺术与哲学。艺术是创造，而哲学是认识。尼采所谓的“认识”却是一种批判性的工作。尼采甚至说哲学家做的工作是“否定性的”，哲学家并不“创造”，而是批判和保存文化，“对于一个文化或宗教中的所有肯定因素来说，他（指哲学家）的所作所为都是溶解性的和破坏性的（就是当他试图建设时也是如此）”。尼采这里讲的“溶解性的”和“破坏性的”是对哲学家工作的一种特别到位的描述，意义近乎我们讲的“批判”。艺术的积极创造与哲学的消极批判是相对的，而且是相互依赖、相互交织的，甚至可以说是互为前提的。哲学的基本功能是批判（区分、筛选、消化、判定），通过批判来“保存”艺术文化的创造成果。

补充一句：尼采上述意义上的艺术与哲学，不但是民族文化的两种基本要素或者基本力量，而且也是文化中的每个个体的基本精神禀赋和精神倾向。每个人都是艺术家，每个人也都是哲学家，因为人人都有艺术创造的潜能（肯定性），人人也都有哲学批判的能力（破坏性）。当然啰，每个人的倾向不一样，有人更艺术，有人更哲学。总的来说，偏艺术者要开放、轻浮一些，而偏哲学者要封闭、稳重些。

再补充一句：上述艺术与哲学的关系，跟我们前面第一节讲的哲学两种问法有何关系呢？有无矛盾之处？当然有关系。哲学有两种问法，但传统哲学的主流是共相—本质的问法，是所谓存在学/本体论的追问，个体—实存的追问在哲学史上早就有了，但一直未成主流，要到现代哲学（19世纪中期以后）才成气候。正如哲学自始就压制着艺术，在哲学内部，本质主义主流传统一直排斥实存主义这股支流或暗流，直到后哲学文化时期，以反本质主义为前提的实存主义才有了出头之日。

我们前面讲的意思，可以概括为一句话："批判"是哲学的本质。进一步，我们今天还要来说说："批判"是哲学的基本方法。哲学史，特别是欧洲—西方的哲学史，完全可以证明这一点。我愿意在漫长的哲学史上举出几个例子，可以说是批判性思维（Critical Thinking）的典型实例。

第一例是诘难式对话的哲学批判方法。这种方法要归功于古希腊哲学家苏格拉底。苏格拉底是第一个严格意义上的希腊哲学家，因为他之前的所谓"自然哲学家"都还没有形成严格的哲学批判方法。苏格拉底的方法叫"助产术"，主要是一种"探究式质疑"（probing questioning），也被叫作"辩证法"，但当时的辩证法还具有其原初含义，即"对话"或"辩论"的意义。希腊人好辩论。苏格拉底之前的智者们已经兴起了论辩之风，时称"雄辩术"。所谓真理不辩不明。对话和雄辩对于希腊哲学文化来说至关重要，正是通过论辩，希腊人有了语法，有了逻辑学等形式科学（相比之下，中国人好像更注重书写而不重讲话和辩论，只是在如今的媒体时代，中国人的讲话功夫已经大有长进了）。苏格拉底有几句传说中的名言：一是"知识即德性"，这是为欧洲的知识理想定了调；二是"自知自己无知"，这据说正是苏格拉底的过人之处；第三，“死别的时辰到了，我们各走各的路吧——我去死，而你们去活。哪个更好，只有神才知道”——这是苏格拉底《申辩篇》里的临终之言，西方历史上头一个为真理而死的哲学家出现了。苏格拉底用自己的死证明他反对的民主制的矛盾：一个提倡言论自由的民主制度竟然因为苏格拉底的言论而判处他死刑。

我们说了，苏格拉底的方法是一种诘难式对话的哲学批判，人称辩证法。苏格拉底先通过“自知自己无知”把自己放低调了，然后在提问、诘难、论辩中否定对方的观点，把对方逼到死角。这还是第一步。进一步，苏格拉底认为通过对讨论主题的区分性描述和归纳，就可以提出明确的定义了。可见，正如罗素所言：“辩证的方法——或者，更广义地说，无拘无束地辩论的习惯——是有助于增进逻辑的一贯性的，因而在这方面便是有用的。”[1]但罗素也指出，这种方法在发现新事实时就没用处了。

第二例是怀疑的哲学批判方法。典型的代表是法国哲学家笛卡尔的“普遍怀疑”，也被叫作“批判的怀疑”方法。笛卡尔被认为是近代哲学的开创者，如各位所知，他也是数学里解析几何的创立者。笛卡尔认为哲学必须有一个牢固的基础，那就先要“普遍怀疑”。首先是怀疑自己的各种感觉，我能怀疑我此刻在这个大厅里讲课吗？当然能，有时候我会做梦梦见自己在讲课，感

1 罗素：《西方哲学史》上卷，何兆武等译，北京：商务印书馆，1986年，第130页。

官是要骗人的，人经常会精神恍惚。外部事物呢？外部事物的存在当然更可怀疑了，一是因为感官不可靠，二是因为外部事物本来就是变动不居的。笛卡尔经过种种描述，表明什么都可怀疑，但最终，有一样东西是不可怀疑的，就是我在怀疑；而我在怀疑就是我在思考，就是“我思”（cogito）。“正当我企图相信这一切都是虚假的同时，我发现：有些东西（对于我的怀疑）是必不可少的，这就是‘那个正在思维的我’！由于‘我思故我在’这个事实超越了一切怀疑论者的怀疑，我将把它作为我所追求的哲学第一条原理。”（《方法谈》）笛卡尔由此得出他的哲学思考的出发点：“我思故我在。”（cogito ergo sum）

思考的起点很重要。笛卡尔提出的准则是：“凡是我没有明确地认识到的东西，我决不把它当成真的接受。也就是说，要小心避免轻率的判断和先入之见，除了清楚分明地呈现在我心里、使我根本无法怀疑的东西以外，不要多放一点别的东西到我的判断里。”由“普遍怀疑”达到的清楚明白的“我思”（cogito），这种明证性/自明性（evidence）才是哲思的出发点。罗素认为，“批判的怀疑”方法非常重要，但它要发生积极的意义，还必须有两个怀疑止点：无疑问的事实和无疑问的推理原则。[1] 无疑问的事实是“我思”，“我思”是笛卡尔的原始前提；而无疑问的推理原则仍旧是数理的，特别是演绎方法。

笛卡尔的怀疑方法后来被德国哲学家胡塞尔所继承，成就

1 罗素：《西方哲学史》下卷，第90页。

了影响深远的现象学哲学。胡塞尔主张哲思首先要“悬置”一切先入之见，他为此提出的“无前提性”要求实际上就是笛卡尔的“普遍怀疑”方法。当然胡塞尔落实到了“直观”上，“直观”即直接把握。好比说，我在看一朵花，是直观；我同时意识到我在看花，也是一种直观。但前者是“外感知”，后者是“内感知”，“内感知”才是哲学反思的起点。于是哲学思考就成了对“内感知”即内在意识的把握。胡塞尔由此发展出一套现象学的意识结构分析，对20世纪哲学、心理学和人文科学做出了重大贡献。

胡塞尔有言：哲学意味着彻底地思想（radikal denken）。何谓彻底地思想？按我理解和体会，我以为有两个基本点，其一，所谓“彻底地思想”就是“高度想象”的思想；其二，彻底地思想就是“一剑封喉”的思想。但显然，胡塞尔所谓的“彻底地思想”是以“批判的怀疑”为前提的。而且要做到“彻底地思想”，固然并非易事，既跟天赋有关，也跟后天努力相关。平常我们人云亦云，四处张望，过着庸常的生活，我们多半靠一些经不起反思的信念活着，没什么不对；但无论是个体生活还是群体策略，我们大概都需要“彻底地思想”。今天令我们国人头疼的诸多难题，比如钓鱼岛问题，比如香港“占中”事件，等等，我觉得都需要有高度想象的、大尺度的“彻底地思想”。

第三例是康德的理性批判。自笛卡尔之后，怀疑和批判性思维得以全面拓展，方法意识大增。近代哲学中的英国经验主义和欧陆唯理主义分别强化和发展了归纳与演绎的认识方法。但经验论容易走向怀疑主义和相对主义，而唯理主义容易走向独断论和教条主义。这两种倾向对于科学、道德、宗教和文化都是不利的。因此到康德，他就觉得要对人类知识的可能性、来源、条件和限度等一系列问题做一次系统的批判。康德说他的时代是一个批判的时代。那么什么是“理性批判”呢？康德说：“我所谓批判，并不是批判各种书籍和学说，而是着眼于理性有可能不依赖任何经验去追求的一切知识，来批判一般理性能力，因而是判定一般形而上学是否可能，并确定其源泉、范围和界限——所有这些都是从原理出发的。”[1]这段话指明了批判对象，即“一般理性能力”，也就是认识能力，是包括感性、知性和理性在内的一般认识能力；而理性批判的着眼点是“理性有可能不依赖任何经验去追求的一切知识”，即一般理性能力中的先天知识部分，确定纯粹理性的范围和界限；此外还指明了批判要达到的目标，即“从原理出发”来判定一般形而上学的可能性及其界限。总之，所谓纯粹理性批判，“就是从理性有可能去追求的一切先天知识出发，对人类理性本身进行批判的考察，确定理性的先天知识的源泉、条件、范围和界限，看它能认识什么和不能认识什么，从而对形而上学的命运和前途做出最终的判决和规定”[2]。

为完成这一批判任务，康德区分感性、知性、理性三步骤，分别对数学的可能性、自然科学的可能性和形而上学的可能性问

1 康德：《纯粹理性批判》，德文版，AXII；参见中译本，邓晓芒译，杨祖陶校，北京：人民出版社，2004年，第3—4页。

2 杨祖陶、邓晓芒：《康德〈纯粹理性批判〉指要》，长沙：湖南教育出版社，1996年，第36页。

题进行了讨论，是所谓“先验感性论”“先验分析论”和“先验辩证论”三步。康德的批判不可谓不系统，通过知识批判建立了一个知识体系，也限定了知识的限度，然后为道德和信仰留了地盘，最后也拓展到了美学上。但康德最大的毛病在于，他的理性批判是以“分析”为主体的，我们熟悉的“知、情、意”三分法就是由康德定调的，认识能力的感性、知性和理性的三分也是康德开始的。“分析”法容易深入课题，但同时也意味着对课题、对象的割裂和损害。一般而言，“分析”是西方思维的基本特质，自然也是所谓批判性思维的特点。与“分析”相对的是“综合”，康德也强调“综合”，但“分析”之后的“综合”仍难言整体性。

通常认为人类思维方式可分为三种：批判－分析性思维（critical-analytic thinking）、创造－综合性思维（creative-synthetic thinking）和实用－情景性思维（practical-contextual thinking）。人们也以为，“批判－分析性思维”是传统西方思维的特征；而“创造－综合性思维”是传统东方/中国思维的特征。但这种判定意义不大，太过简单化了。实际上西方思维中既有分析又有综合，既有抽象/演绎也有经验/归纳。东方思维偏于关联性，因此确实可能比较偏重于综合，但事情也就怪异：轻“分析”的“综合”往往失掉了“创造性”。我倒是愿意认为，东方思维更多是一种“实用－情景性思维”；不过，我们现在也看到，经历了现代主义—后现代主义批判的西方哲学（特别是进入20世纪以来），尤其是后胡塞尔的现象学、维特根斯坦的语言哲学，以及美国实用主义哲学等，也正在发展一种“实用－情景性思维”。就此而言，“实用－

情景性思维”恐怕也不是东方独有的。

三　创造：作为求真方式与人的本真可能性

上面我们已经讲了两个问题：什么是“哲学”？什么是“批判”？现在我们要处理第三个问题：如何理解“创造”？说到“创造”，大概我们立即会想到“创新”，或者干脆把两者等同起来。这当然有一定道理。此外我们立即会想，“创造”更多的是艺术的事，正如我们前面所引的尼采的看法：哲学批判，艺术创造。但哲学就不创造么？艺术全无批判么？恐怕还不能这么简单化——许多想法，经常是没错但却不够。有关“创造”，在此我想提出几点自己的看法。

首先我认为，创造是一种求真方式。这是从希腊的“真理”（aletheia）意义上讲的。希腊人讲的aletheia，后世译为“真理”（truth），其实并不妥当，是以现代观念来了解的结果，也就是把它理解为命题真理或者说符合论的真理。我们提出一个命题，若与对象或者事实相符合，它便是真的，不然它便是假的。科技时代的我们已经习惯于这样的真理观了。然而希腊人讲的aletheia却是“揭示”“解蔽”，字面上就是如此。在这种原初意义上，艺术（techne）是最基本的求真方式，即揭示方式，是“使不可见者成为可见的”（德国艺术家保罗·克利语）。科学/知识也是，政治也是，实践智慧也是，都是求真方式。我有科学上的新发现，当然也是创造；政治上，我创建一个单位，管理好一个组织，自然也是创造（政治意义上的创造更多地表现为“制度”——人是制“度”的动物）。克利说艺术是“使不可见者成为可见的”，其实也可以表达为“无中生有”。创造就是“无中生有”的“揭示”。原初的“真理”是“真相”，就是“被揭示状态”。这样一种在有一无之间、显一隐之间的“创造”，是人文化成的本源，也是每个人的存在可能性。

其次，创造是人的存在可能性，是个体实存的基本方式，或者也可以说，是人重新启动的能力。我曾经说“人的本质表现在：人总是能够重新开始”。所谓“人总是能够重新开始”，在革命时代就是不断革命，好比古巴的切·格瓦拉，就是这方面的一个典型，他总是在革命的途中，他是最纯粹的革命者。在日常生活中，“重新开始”是个体生命实现的非此不可的根本要求。人总是能够重新开始，首先是说人具有直接的现场发动性，有当下直接发动的能力。如果愿意，如果时机合成，我们在此时此地就可以直接地启动一场关于“自由”或者关于别的什么话题的讨论。人总是能够重新开始，其次是说人首先是自由的个体，自由是人的本质规定性。这尤其是20世纪存在主义（或实存哲学）的基本诉求，成为20世纪人生哲学的基调。个体此在是可能性的存在，是向将来开放的存在，所以个体才是自由的。可能性高于现实性。存在主义者说的是“存在先于本质”。现实性是单一的、现成的，而可能性则是丰富的、未来的。当可能性趋于无限多样而使个体无法把握时，个体存在/实存就有了命运感，有时候甚至走向了宿命论。人向可能性开放的自由也表明了个体存在的动态的实行（行动）特征。

最后，创造以批判为前提，建构以解构为前提。或者更准确地说，在方法论上创造与批判是一体的，是互为前提的。我们前面讲的批判性思维的几个例证，都已经证明批判本身就是一种创造，或者至少是创造的准备。我们也讲到艺术与哲学的交织互动，相互区分又相互支持。20世纪最伟大的德国思想家马丁·海德格尔把他的方法论描述为“还原—建构—解构”三位一体，极富启发性。所谓“还原”也被表达为一个口号“面向实事本身”，强调的是对课题或事情的无中介的直接把握，也是一种“重新开始”或者“重启”的能力。而“建构”与“解构”也可以表达为“创造”与“批判”，两者之间是一体两面的，是互为前提的。除了天才，除非天才，一般而言，创造需要人的一种综合素质。

至此我们大概已经完成了我们设定的任务：主要以德国哲学为背景，一般地考察哲学与创新思维之间的关系。而这同时也意味着，我们已经揭示了德国文化几个世纪以来保持旺盛的创造力和创新能力的根源：正是因为德国哲学秉承古典希腊哲学传统，并把欧洲哲学批判精神发扬光大，方使得这种哲学本身具有不断地重新开始、重新发动的能力，从而也成为德国文化创新的动力之源。

哲学如何感动人？*
——谈谈哲学与革命

一

我们今天的论题是“哲学与生活世界”。如果标题中的“生活世界”不是特指的，即不是胡塞尔意义上的，那么，这个论题可真是一个历史悠久的话题。哲学自古以来就有与“生活世界”的关系问题。马克思以后，现代西方哲学普遍做了个假设：传统哲学是一种“柏拉图主义”或“唯心主义”或“本质主义”，它构造了一个理想的世界（理念王国），代价是忽视、牺牲了我们生于斯、死于斯的生活世界。哲学鄙视生活世界，这个现代哲学

* 本文系作者2013年7月19日在《哲学分析》（上海）编辑部主办的“哲学与生活世界”学术会议上的讲话。

的假设是可以当真的吗？抑或竟是一个神话？

当我们端出“哲学与生活世界”这个标题时，我们想干什么呢？我们对哲学提出了何种要求呢？我想无非是：哲学要对生活世界、对现实有反应能力。套用马克思的讲法，这种反应能力应该包括两项：（1）对生活世界做出一种适恰的解释；（2）对生活世界具有改造作用。哲学不但要解释我们的生活，而且要改造我们的生活。

我们知道马克思的原话是：“哲学家们只是用不同的方式解释世界，而问题在于改变世界。”这话听起来有一种危险，似乎马克思要我们在“解释”与“改变”之间两者择一，或者说，否定哲学的“解释”功能，转而主张哲学的“改变”功能。实际上，哲学家，哪怕是现代的哲学家们，主要还是在解释世界，或者说，主要是通过解释世界来改造世界。马克思本人不也这样么？

通过解释世界来改造世界——这是对哲学提出了一个革命性的要求。换种说法大致也可以说：哲学要感动人、启动人、感召人，推动人去行动、去创造。如若一种哲学没有“感动人”的力量，那么，它当然是改造不了世界，改变不了生活的。于是才会生出“哲学有何用”的问题！——哲学如果不能感动、启动人，那么我们要它有何用？

二

今年5月份我在中国美术学院做了个报告，题为《艺术与革命》，主要讲革命者格瓦拉与艺术家瓦格纳。格瓦拉传奇般的命运告诉我们，20世纪（特别是20世纪中叶）的理想主义的革命狂热一去不复返了，但，这并不意味着我们不需要革命的精神了；通过艺术家瓦格纳，我想说的是，艺术归根到底是一项革命事业，若没有了革命的精神，便没有创造性的艺术。在报告的结尾处，我试图对“革命”做一种重新理解，把它理解为：一种重新启动、重新开始的精神。我的说法是：人总是能够重新开始，而猪恐怕是发动不了自己的。

当时我讲的是“艺术与革命”，但今天却要来说说“哲学与革命”。

说艺术要具有革命性，要能感动人、打动人，这是比较容易让人理解和让人接受的。尼采在《悲剧的诞生》中给我们讲述了一个古希腊的传说：第一位抒情诗人阿尔基洛科斯，看上了一位姑娘，但姑娘家的老头子不答应，这位有点儿野蛮的诗人生气了——应了“愤怒出诗人”的老话——就写了两首诗，去姑娘家门口高唱，结果呢，就把这姑娘和她父亲（可怜的老丈人）一道唱死了。喏，这就叫艺术的感人力量！

那么哲学呢？哲学有这种传说中的艺术一样让人死去活来、把人唱死的力量么？哲学怎么感动、启动、感召人？质言之，哲学能“感”人么？如果哲学也“感”人，那么与艺术相比较，谁更“感”人？

三

如开头所述，现代哲学家们纷纷指责传统哲学放弃了生活世界，以尼采的说法，就是为了“另一个世界”而贬低我们的“这一个世界”，为“彼世”而否定“此世”，为“超感性世界”而蔑视“感性世界”。但即便这个思想史的故事是真的，由此就可以推断旧哲学没有革命性或者哲学不感人么？恐怕还不能。谁能说柏拉图哲学不感人、不革命呢？柏拉图的理想国计划不仅影响了当时的雅典人，而且成了史上最引人入胜的梦想。谁能说笛卡尔和康德的哲学不革命呢？恐怕也不能。笛卡尔启动了现代哲学，而康德据说是完成了哲学的“哥白尼式革命”。

那么，旧哲学/传统哲学也是革命的啰？当然！凡历史上出现的伟大哲学（其主体是现代哲学家所谓的“柏拉图主义”），都具有一种重新发动思想的革命性力量，方才成为思想史上的重要关节和转折点。

尼采似乎给出了另一种解释：旧哲学固然有其革命性的力量，但它一直是骗人的，生活世界中的人类长期地被蒙骗了，是受骗上当了。人们一直都在接受谎言，各种各样的文化形式（哲学、宗教、道德等）其实都是谎言形式，人们因此把生活世界里最真切的生活视为虚假的生活、不值得过下去的生活。尼采的意思仿佛是告诉我们：人们以前一直为之感动，其实是上当了。

有没有不骗人的哲学呢？把文化的假面彻底撕下来后，还剩下来什么呢？尼采自己说，当我们废除了所谓的作为“超感性领域”的“真实世界”以后，同时也就废除了作为“感性领域”（生活世界）的“虚假世界”！

四

今天来回顾19世纪中期以来的现代欧洲哲学，我们恐怕就要来检验一下：现代哲学到底在“解释”与“改造”两个方面做得怎么样？它提出了比传统哲学更好的世界解释和生活解释了么？它在改造世界——感动人、发动人——方面比传统哲学做得更好些么？它更具有革命性吗？

对中国现代社会影响最大的三大哲学家马克思、尼采、海德格尔，应该说他们的哲学都是具有革命性的哲学，而这种革命性都与他们对生活世界的关注相关。这三大哲人在中国的命运是不一样的，对中国社会思想文化的影响也各不一样。大致说来，在我们这儿，马克思的影响主要偏重于政治意识形态，尼采的影响偏重于文化（文化批判），而海德格尔的影响偏重于思想（学术）。

就革命性而言，马克思引导的是社会/政治革命；尼采引导的是文化革命；而海德格尔引导的是思想革命。应该说，他们都成功了。如果哲人的革命就是把观念变成行动，通过解释世界来改造世界，那么，19世纪以后的现代西方哲学是相当成功的。要论“改造世界”方面的成功程度，则上述三大家中，马克思当然为第一人，因为无论好坏，他推动了一场全球性的社会变革——

从国际共产主义运动到后来遍及全球的社会主义革命和建设；尼采在其次，毕竟尼采刺激了文化革命，比如20世纪欧洲的哲学批判和基督教批判，比如中国的启蒙运动（新文化运动）；海德格尔似乎就要差一些了，但他的实存哲学通过萨特的发扬也激发和影响了欧洲学生运动，所以我们也不能说他不成功。

五

旨在通过解释改造世界的革命性的哲学要达到感人的效果，就必须通过语言/表达的革命。这方面做得最好，但也恐怕最成问题的现代哲学家是尼采和海德格尔。

尼采在以诗歌方式写完《查拉图斯特拉如是说》后，感觉极佳，以为自己完成了思想大业，而且是书表达之优美，堪与莎士比亚、歌德等大师相比肩了。通过诗意的写作，尼采似乎为哲学找到了非推论—非论证的思想可能性，找到了更好、更感人的表达方式。然而好景不长，不久，尼采便觉得《查拉图斯特拉如是说》还不够哲学，计划以散文形式来写一本大书，立书名为《权力意志》。尼采说，《查拉图斯特拉如是说》是他哲学的“前厅”，而《权力意志——重估一切价值的尝试》则是他的哲学的“主结构/主楼”。

但遗憾的是，尼采哲学的“主楼”终于未能建成，《权力意志》终成笔记遗稿。原因何在？是不是有表达方面的缘故呢？是值得我们深思一番的。

海德格尔在哲学表达上的自觉性更为显赫。我们知道海德格尔哲学的起点是现象学。现象学从一开始就强调“开创性”和“原发性”，强调在当下处境中直接启动思想和创作。在此意义上，现象学是一种革命精神。海德格尔深受鼓舞，但又觉得胡塞尔的现象学还不够革命，还需要进一步推进。于是先有了早期弗莱堡时期的海德格尔哲学变革。

在课题上，胡塞尔现象学告诉我们，哲学面向生活世界，生活世界是活生生的、富有意义的，是温热的，因为我们人的当下感知就是一种赋义行为。不但我们的感知/直观是当下直接的，而且观念世界也是当下直观地呈现的。海德格尔对此洞见深表赞赏，但他认为仅仅达到这种认识还是不够的，哲学还不能停留在生活世界的体验领域（世界性的东西），还要深入到“原始的东西”。

在表达上，早期海德格尔以他所谓的“形式显示的现象学”来突进，他声称要“不确定地给出对象”。他意欲何为？个体此在及其生活世界是动荡的、生成的、不确定的，我们如何言说之，方不至于伤害之？20世纪30年代之前的海德格尔动用的是旧哲学的表达，对旧哲学词语做了一种激发性的改造，形成了一套可能显示此在实际处境并且对此在生命具有实行诉求的实存论思想词语。海德格尔未曾明言的期许是：你读我的哲学，看了我下的形式显示的定义，就会有付诸实行的冲动——要不然，哲学有何用？

有趣的是，跟尼采刚好相反，海德格尔后期倒向了诗意写作。我们同样得问一个为什么：为何尼采之后的海德格尔最终转向了文艺（艺术）？

六

通过解释世界来改造世界——马克思、尼采、海德格尔做到了这一点，从而实现了哲学的革命性。这三位思想巨擘合力宣告了一个由传统哲学和宗教占据支配地位时代的终结，同时也宣告了一个后哲学和后宗教时代的到来。在现代技术的推动下，我们的生活世界已经并且还在发生前所未有的深度变化。于是我们需要重新思考：对于今天的生活世界最有反应能力、对于人类未来最有指向意义的，到底是何种文化形式？

这时候，哲学的革命性——哪怕是“后哲学的哲学”的革命性——依然成为一个急迫的问题。

2013年7月18日记于沪上

2015年2月8日补记于弗莱堡

哲学对于人生的意义*

一

今天要我来讲“哲学与人生”，这个题目不是我自己定的，是院里相关老师为我拟定的，我想我只好服从，就来讲讲“哲学对于人生的意义”吧。这样的题目通常要由老先生们来讲，老人与年轻人有何区别呢？老人多半靠回忆度日，而年轻人更多用力于对未来的设计。这大抵也是我跟在座各位的区别。好吧，我先来回忆一下自己，也算是自我介绍。今天听课的同学主要是一年级的新生，而你们进校时我不在国内，没有出席我院的迎新大会，所以呢，也有必要跟大家介绍一下我自己。

---

* 本文据作者2013年12月17日下午在同济大学综合楼的“新生一教授研讨课”的讲课提纲扩充而成，当时讲课的题目被规定为“哲学与人生”。

我是浙江绍兴人，老家属于浙东山区，位于会稽山南端、四明山的西北端，蒋介石的老家在四明山的东南端。大家知道绍兴出过许多人物，就近代文化人物而言，主要有周氏兄弟。绍兴有两种地方戏，一是主要由男人唱的绍剧，二是主要由女人唱的越剧，周氏兄弟的性格恰好与这两种戏相合：鲁迅很阳刚，有点野蛮；周作人则特别阴柔，有点娘娘腔。我觉得我自己的性格，可能比较偏向于鲁迅。前些年国内热炒一位在台湾读书界影响很大的文人，叫胡兰成，就是把民国大才女张爱玲弄得苦不堪言的那位，他老家离我家只有十几里路，可以说是我的真正老乡。周氏兄弟是绍兴城里人，我老家则在绍兴南部的深山里面，与城里文化还是有区别的，甚至方言都有别。

我是1963年生的，去年50周岁，竟然过了3个生日，分别是9月18日、9月28日、11月13日。为何？在座年轻学子大约不可能理解这一点了。我出生的时代是一个仓皇的革命和斗争年代，父母亲都是农村好干部，毫不利己、专门利人的那种，忙乱中居然把我的生日也弄糊涂了。9月18日是杭州公安局在为我办身份证时写错的，我本来填的是9月28日，是我父亲猜测的我的阴历生日。我只好假定他是正确的，相应的阳历是11月13日。于是我就有了3个生日，真是很不好意思。

我出生以后没两年，“文化大革命”就开始了。在小学和中学阶段，我基本没有怎么读书，因为当年不提倡读书。幸亏在小学里有一位严格的老师，是村里唯一的老师，动不动就训人和打人，倒也逼我们学了一点语文。这位蒋姓老师只会讲绍兴话，所以你看，我现在也只会“绍兴普通话”。不过我依然很感激这位老师。等我小学毕业时，“文革”结束了，这时恢复了高考制度，我才开始用功读书。

不过我考上大学实在是特别偶然的。当年（1980年）全国高考录取率是4%，即25个考生中取一名。按照我平时测验的成绩，我是不可能考上大学的。我们大概有100人去报考大学，连我一共考上两位，另一位平时成绩第一名，也只考上两年制的师范大专；我的平时成绩大约在八九名，但高考成绩居然变成了第一名，而且成绩优异。这是怎么回事？说来各位不会相信：是因为我在考试时生病了，在肩胛上长了一大疮，发了高烧，于是得以超常发挥，创造了一个奇迹。要不然，现在的我大概是一个搞土建的“土豪”。

我上的是浙江大学地质学系，区域地质专业。这时候性格起了决定作用。我完全对理科没有感觉，就去写诗。1984年大学毕业后，我被分配去山东矿业学院（位于山东泰安，现已更名为山东科技大学，且已搬至青岛）教书。我自己都没学好，怎么教人呀？这时候我对哲学发生了兴趣，于是开始学习德语。当时是“文化热”，哲学的地位蛮高的。

1987年我考回浙江大学，读哲学硕士，名义上是马克思主义哲学专业，但我做的却是德国哲学家马丁·海德格尔研究。1989年上半年提前毕业，我考上南京大学的博士生。下半年再次离开了杭州，去了南京。记得当时国内形势很是紧张，经常要被集中起来搞政治学习。我在南京大学哲学系只待了一年半左右，因为导师调往杭州大学了，我也只好跟着回了杭州——这已经是我第三次进杭城了。

1992年6月，我在原杭州大学博士毕业，然后留校任教，次年即被晋升为副教授。1996年我调入浙江大学人文学院，不久被破格晋升为教授。1999年我去德国访学，从事洪堡基金课题研究。2000年世纪之交的时候我待在德国，2001年6月回国。

回国后诸事不顺，我于2002年4月调入同济大学，开始从无到有的同济哲学和人文学科构造。2002年我刚来同济时，建了一个同济最小的研究所，因为只有我一个人，叫“同济大学德国哲学与文化研究所”。次年建哲学系，设硕士点，2005年我们就成功获得了外国哲学博士点，至2007年，我们的外国哲学点就成了上海市重点学科。现在呢，哲学一级学科被列入上海市一流学科建设计划。我们现在的人文学院恢复于2006年，是从原文法学院分拆出来的。而我原先的德国哲学与文化研究所，也在2007年被扩展为“欧洲思想文化研究院”。算下来我来同济大学已经11年多了，好歹做成了一些事。

前面讲了，我本科学的专业是地质学，后来却走上了一条跟理科毫不相关的哲学研究的道路。这事情想起来特别怪异，生命中有许多偶然性，但我们在进行回顾时只好对它进行命运的或宿命的解释，我们说它“非如此不可”。但在我们当下的决断中，哪怕是面对一件小事需要我们做个决定时，根本就谈不上“非如此不可”。

二

下面来谈谈我做的学术研究，我关心的学术问题。我目前做的研究包括三大块：一是海德格尔研究；二是尼采研究；三是艺术哲学研究。

海德格尔是我的“老本行”。我在硕士阶段做的就是海德格尔。这方面我受我的前任、中华人民共和国成立前同济大学文学院院长熊伟先生影响很大，一开始读到熊先生翻译的几篇海德格尔文章，觉得特别有味道，就迷上了。因为半途出家，我的哲学基础不够好，后来也主要是通过海德格尔去了解西方哲学史。好在海德格尔是大师，有高度，给我提供了一条捷径。后来我以海德格尔后期思想为自己的博士学位论文课题（《语言存在论》），于1992年上半年完成。在读期间我已经翻译了好几本海德格尔著作。博士毕业后我把自己的译文整理出来，又补译了好些，又邀请国内同行译了一些，于1996年出版了《海德格尔选集》两卷本，计100万字。此书被评为“1997年中国十大好书”，影响颇大。此后断断续续地，我还继续做了一点海德格尔，自己写的不算多（有一本文集《后哲学的哲学问题》是我从海氏出发对西方形而上学的理解和解释），而译事居多，现在正主编30卷本的《海德格尔文集》，其中自译15卷。

在我看来，海德格尔思想的重要性主要包括三个方面：首先，海德格尔是所谓“存在主义”（我名之为“实存哲学”）的集大成者，其代表作《存在与时间》（1927年）已成为这方面的巅峰之作，影响巨大；其二，海德格尔是技术现代性批判的大师，他认识到了技术问题对我们现代人类的决定性作用，把技术视为现代性批判的核心课题，做了一种既敏锐又有深度的思考，在20世纪世界哲学中无人能比；其三，海德格尔思想具有世界性和未来性，他的问题是世界性的，他的思考指向未来，这尤其体现在他后期围绕Ereignis（本有）的思想中，他以此根本性思想思及今日技术时代全球性的“失本”（失本来和失本己）现象，思入交互文化传统语境中“守本”（守本来和守本己）的“事件”之发生。有了这三点，海德格尔便无可争议地成为20世纪西方哲学两位大师之一，当然也成了中国当代思想文化界的重要人物。

其次是尼采研究。尼采是我最近几年来新开拓的研究领域，不过也已经做了不少工作。我已经翻译出版了尼采三大名著，即《悲剧的诞生》《查拉图斯特拉如是说》和《权力意志》，并且正在主编中文版《尼采著作全集》（共14卷），只是我写的“尼采书”虽然已经完稿，但自己不甚满意，至今未及修正和出版——这也表明我的尼采研究还没做到位，还需要时间加以深化。

尼采对于中国现代文化的意义和作用无人可及。特别是对1919年新文化运动，也被叫作“第一次启蒙运动”，尼采是一个巨大的标志，标志着西方自由思想对中国社会文化的集中影响，也是一大工具，被一代自由知识分子用来反传统和扬个性。同样在20世纪80年代的思想解放运动中，尼采也是被青年学子热烈追捧的几位西方哲学家之一，对新时期以来的中国当代思潮有重要意义。当时我已经上了大学，对此是有亲身感受的。

第三块是艺术哲学研究。艺术哲学我也已经做了有十几年，但前面主要是准备阶段，因为从小没有艺术方面的任何训练，要了解和补习的东西很多。2001年我和陈嘉映教授，与司徒立、许江教授合作，在中国美术学院建了一个艺术现象学研究所。除了教课，招博士生，最近几年里我还参与一些艺术活动，差不多每年会做一回策展人，在上海美术馆和中华艺术宫做过两次大型的美术展览。同时从去年开始，我主编的“未来艺术丛书”开始在商务印书馆出版。这些都是为了继续学习，以前没有机会接触艺术，现在生发兴趣，算是迟了，只好耐心学习。

我为什么要关心艺术呢？因为艺术是人类的创造性活动，因为艺术及其通过设计和工艺而造成的对生活的影响已经使现代艺术成为无所不在的文化因素，因为在哲学和宗教的传统统治性文化因素渐渐消退后，艺术是未来的文化主题。做哲学的不可以没有文学艺术的涵养，当然这话反过来也可以成立。

以上是我做的主要工作。虽说是三样工作，但本质上却是同一件事。因为正是在尼采、海德格尔的推动下，哲学越来越被艺术化了，或者说艺术与哲学的关系被重构了。而且我关心的主要问题既简单又恒久：人为何要活着？尼采在他的第一本著作《悲剧的诞生》中讲了一个故事：狄奥尼索斯老师昔勒尼知道人世最美好者，某国王把他抓住问他：什么是人生最美好者？昔勒尼说是不要生下来；国王又问何者为次好呢？昔勒尼说是快快死掉；什么最糟糕？不待说就是活着了。我愿意说这是哲学和艺术的永恒问题：人生有限，人生如此痛苦，苦多乐少，为何我们还要活下去？此其一。进一步的问题：人生常态是不断重复，毫无新意，为何我们愿意重复下去？我同意尼采的说法：无论艺术还是哲学，或者宗教，任何文化形式都是对上述的问题的解答。

何种文化形式是对生活的有效解释？以前的解释不成立了怎么办？这个问题听起来容易，但实质上繁复无比，且涉及人类生活和人类精神方方面面的问题。尼采在《悲剧的诞生》中概括了三大文化形式：希腊早期艺术文化、希腊悲剧艺术与科学—理论文化（科学乐观主义）。尼采认为希腊早期艺术文化固然美好，但毕竟具有自欺性质；始于苏格拉底的科学—理论文化后来成了主导性的，甚至是全球性的思想方式和生活方式，使人类生活走向了单向度的技术工业的不归之路；只有希腊悲剧艺术才具有触及生命根本的形而上学性，才构成了对人生此在的苦难和虚无的直面及对生命本身的意义的辩护。

那么今天呢？在今天这个科学—理论文化的时代、全球普遍技术化的时代，我们能期待何种非科学的/科学之外的思想文化方式来抵抗——或者哪怕只是降低——现代技术日益加速的对人类生活的全面宰治以及毁灭性危险？人类到底将何去何从？在技术工业导致的普遍同质化的世界历史时代里，个体如何获得自身的身份认同和意义确认？人类的命运，个体的实存处境，凡此种种，都需要我们彻底地思考。

三

最后我们来讲讲哲学对人生的意义。这个问题想必是各位所关心的。人们经常会问哲学到底有什么用？好像没听说过可以通过哲学赚钱。今天是商业时代，金钱至上，有钱就好，没钱很惨。于是社会上就有好些人看不起哲学。当然也有例外，比如说希腊第一个哲学家泰勒斯，估计当时也遇到了“哲学不能赚钱，那么有何用场”之类的问题，就玩了个把戏赚了很多钱，由此告诉人们：只要哲学家想赚钱，那是小菜一碟，只是哲学家志不在此。这只是一个传说，未必能当真。现实中哲学确实不赚钱，没听说过有谁通过哲学发了大财。如果说哲学也属于广义的“科学”，那么，哲学这门科学肯定是离市场和金钱最遥远的。

所以哲学若是终究有点用场，则其所用肯定不在实利和物质，而在于精神和心灵。不过，尼采1884年就曾先知般地预言：读书人越来越少了，精神本身也将发臭。尼采的预言肯定是实现了：今天精神已经发臭了。这个时候，人们对于哲学的蔑视也是当然的了。这个时候，我们是否还可以谈论哲学对于人生的意义，以及如何谈法？

我曾经讲过哲学的三大用场，叫作：(1) 哲学让人不死、不自杀，历史上鲜有或没有哲学家自杀过；(2) 哲学让人脑子清楚；(3) 哲学让人好好说话。一些听者以为我是在开玩笑，其实是我的严肃想法。现在让我讲，我依然会强调这三点。有了这三点，谁敢说哲学没用呢？这方面的讲法我已经发表在自己的博客上，各位可以找来看看。这里我还想来讲讲哲学如何让人快乐？

哲学让人快乐？这离我们大家的印象有多远呐。一般人们认为哲学多么枯燥乏味，甚至可以说不是常人能玩的。其实不只在中国人们会这样想，在公认的哲学国度德国，一般民众对于哲学也经常大摇其头，谓不懂不懂的。但我以为，正因为哲学的难懂，它才变得有趣，深不可测，永无止境。寻常事物和一般学问都是可懂的，多半可穷尽的，唯哲学给人晦涩难懂和不可穷尽的感觉。所以，哲学可为人明事理的求知欲望提供最大的实现可能性。如果说求知本能的满足也是一种快乐，而且是一种高端的智力快乐，那么，说哲学让人快乐不是理所当然么？

哲学让人快乐还体现在，与一般实利科学相比，哲学确实离财富和功用最远，但哲学却最靠近个人性情。其实无论自觉还是不自觉，每个人都有自己的哲学，或者说，哲学总归是每个人的哲学。哲学所思所想，总是与个人心思和性情相关联，是内化于心灵生活的，而不像自然科学和工程技术科学，是疏离和外在于生活的。哪怕是那种低沉阴郁的哲学类型，也会由于与特定心灵的契合而给人以快感。一种贴近心灵、激动心灵的学问，我们有理由说它不美好、不快乐吗？

2013年12月16日晚记

2015年2月17日改定于巴黎

哲学让我们的生活更有趣*

叶：前几天是“五四”青年节，我在网上看到一篇文章的题目非常有意思，叫《那满街追风逐日的青年哪去了？》，主要讲20年前的大学青年和当今的大学青年在精神气质上的巨大差别。可以想见20年前您一定也是当时大学校园中追风逐日的青年人之一，那时也是诗人的时代，诗人占据着校园，而如今的大学校园却让我们青年人多少觉得精神上无家可归，越来越像一个职业培训所。您今天在讲座中也谈到您即将出版一本书叫作《欠改革的中国大学》，说明您也非常关心这个问题，那么想请您简单地跟我们谈一谈，您那个年代的大学校园生活是怎样的？您认为，什么是真正的大学精神，以及这种精神如何才能建立起来？

---

* 本文系作者2014年5月9日下午在上海大学哲学系做《海德格尔与中国当代思想》的报告后接受研究生叶娜的书面采访。

孙周兴：20年前？也就是1994年啰？我当时已经不是学生了。不过我觉得你指的是更早些时候，20世纪80年代吧？那差不多是30年前了。1980—1984年我在浙江大学读本科，但读的是地质学，就是研究地球的。我对大地和地球有兴趣，但对地质学没多少兴趣。后来1987—1989年，我在浙江大学读研究生，不过已经改行读哲学了。当时因为大家都写诗，所以我也写诗，几乎天天写。你想，天天写还能写出好诗么？诗大抵是青春期的活动，当时的大学生除了知识饥渴，还有好些人喜欢从事诗的活动，我想也跟当年生活压抑有关。不一定值得赞扬。

现在有人喜欢怀念20世纪80年代的大学，有的学者更进一步，喜欢缅怀民国时代的大学。这当然不是说当年的大学就是十分完美的，无比美妙的，而主要是说：我们今天的大学实在太不像话了。在现象上，不像话的地方太多了，不去说它，我愿意说点根本的。大学是人类自由地从事研究的场所。大学的本质是自由。这差不多是现代大学的创始人威廉姆·冯·洪堡的思想。当年洪堡主张，国家只管给大学钱，但不能管大学——这听起来有点"强盗逻辑"，我给钱，给完就没我事了？但洪堡说：只有这样，大学独立自主了，大学才能为国家做出更大贡献。可惜我们的大学今天也还没有达到洪堡所要求的这样一个状况。我愿意把大学的自由本质表达为"教的自由"和"学的自由"，你想想看，我们今天的大学有这个么？

洪堡说大学的本质是自由，接着又说了个很有意思的概念，叫"孤寂"或者说"寂寞"，说大学须有寂寞的品质。你刚才说中国现在的大学像职业培训所，这还是温柔的说法，有激烈的说法是“养鸡场”。我们今天的大学热闹非凡而没有内涵，令人心痛。洪堡一说“自由”，二说“寂寞”，我觉得真是把大学的本质说全了。大学是做研究的地方，无论教师还是学生都在大学里做研究，这种研究是自由的，自由的不是乱来的，研究者须有耐得住寂寞的纯一的心思。在乱糟糟的养鸡场里怎么做研究？

叶：关于海德格尔我有两个问题：其一，您之前最主要的研究重点就是海德格尔，那么请您跟我们分享一下，是什么机缘使您走上研究海德格尔的道路，或者说海德格尔的思想有什么特别吸引您的地方？其二，海德格尔的哲学是很难的，虽然他的表达方式有某种文学性的外观，容易被误读，但要真正进入他的哲学却是难的，那么您认为对我们这些青年学生来说，打好哪些方面的哲学基础能够让我们更加容易进入到海德格尔的思想中？

孙周兴：先说你的第一个问题。我本科是学地质的，属于理科生。毕业后在山东教书，教的也是地质学，普通地质、大地构造之类。但我在本科读书时就对地质学没了兴趣，成了一个文学青年。后来转向哲学，我觉得跟我的文学青年经历有关。至于怎么喜欢上海德格尔，也是有点偶然，当时读到熊伟先生做的一篇海德格尔译文，是《关于人道主义的信》，译得很优雅、很诗意，就想，这种哲学很好玩呀，就喜欢上了。当时是20世纪80年代中期，海德格尔的中文读物还很少，没办法，我于是开始学德语。我硕士阶段读的是马克思主义专业，做的论文却是海德格尔。后来继续读博士，就开始正经做海德格尔研究了。一般德国哲学多半难读，而海德格尔的文字却令人愉快。我想这是海德格尔在中国流行的原因之一。另外当然是思想，海德格尔思想格局大，维面多，经常让人欲罢不能。

自从19世纪中期以后，也就是从马克思、尼采以后，欧洲哲学开始变得富有人间味，开始关注生活世界和人生各种问题。尼采、海德格尔一线的哲人还在哲学表达上做出了根本性的改变，放弃了纯粹推论式的思辨风格，而是以非传统哲学的或日常、或诗意的表达方式来表达哲思了。这时候，哲学就显得好玩了。但这并不意味着，我们读这些新式哲学就不需要读传统哲学了。哲学史的基本功夫仍然是我们进入海德格尔思想的前提。学术研究首先要对研究课题和研究对象做一个历史的定位，所以史学功夫还是前提。不过，像尼采、海德格尔这样的反传统的哲学家，无论思想还是表达都很出格的，所以需要我们有更宽大的视野和更强的感受能力，不但哲学，文学艺术都得学着点，而且要对当下的生活有一些体会和思考。当然，读书是要凭兴趣读的，好读不好读恐怕永远是个人的事——对于非专业的哲学读者来说尤其如此。

叶：这个问题是关于尼采的：伽达默尔在《20世纪的哲学基础》中将尼采作为当代哲学的坚强后盾，足见尼采在哲学史上的重大意义。您说您目前最主要的研究集中在尼采，那么借您今天的讲座题目，您是否能够简要地谈一谈您认为尼采能够为当代中国思想提供哪些独特的思想资源？

孙周兴：又是一个大问题，不过是很好的问题。尼采是我最近一些年的研究重点，可能还需要几年的时间。尼采的重要性不待说，我在演讲时也提到，尼采是可以与马克思、海德格尔并举的，三者对于中国现代和当代文化的影响是最大的。我曾经表达过，如果说马克思对于中国的影响主要在政治意识形态上，海德格尔的影响主要在思想学术上，那么我们就可以说，尼采的影响主要表现在文化上。这当然是一个大致的说法。尼采特别是对“五四”新文化运动和20世纪80年代的思想解放运动影响很大。而如今，在学界关于中国现代性的争论中，尼采近些年来又成了一个热点。

若要从思想学术意义上讲，我认为尼采的影响主要体现在两个方面。首先在形而上学批判或者一般而言的现代性批判方面，尼采对古今之变的现代性文化变局的认识是最为清楚的，他对于欧洲传统哲学和基督教的无情批判以及对形而上学的柏拉图主义本质的揭示，改变和影响了中国学术界关于西方形而上学和哲学文化的总体理解。其次，尼采改变了哲学的性质，无论是在哲思课题还是在哲学表达方式上，尼采都有革命性的贡献。通过尼采，我们知道了哲学可以回归人间，关注大地和身体；通过尼采，我们知道了哲学可以有不同的讲法，有丰富的可能性。

叶：最后，想请问您对我们正在学习哲学的青年学生们有哪些期望或者寄语？

孙周兴：我只想说一点：学哲学是为了让我们的生活变得更有趣、更美好。要读有趣的书，要研究有趣的哲学。另外就是注意调子，一般来说哲学是趋向阴沉低调的，这是由哲学的本性决定的；但太过阴沉的哲学不免让人郁闷。所以，举例说来，在叔本华与尼采之间，我更倾向于尼采，因为虽然两者都是虚无主义者，但前者过于消极阴郁了，后者则是积极高蹈的虚无主义者。

人总是能够重新开始*

今天这个论坛的题目太大了。可能我做的哲学比较具体，也比较低调，所以一时不知从何讲起。即便限于核心价值之一的“自由”，也是宽泛得很。于是我就想具体点，来讲讲我的微信号上的签名吧。我的这个签名是用德语写的，一位住在香港的朋友看到了，来问啥意思呀。我说，译成中文就是：人与猪的本质差别在于，人总是能够重新开始。这位朋友回复说：你是开玩笑的吧？我说不是，是真的，这正是我对人的本质的定义；因为人是不可定义的，所以只好这样下定义。这位朋友在远方想了好一阵子，回复我：那你把这句德文发给我吧，我也用这个签名。——现在他还用着呢。

---

* 本文系作者2014年6月21日下午在上海市社联、文汇报社主办的“哲学与我们的时代：核心价值与民族复兴暨‘东方讲坛·文汇讲堂’哲学演讲季开放论坛”上的演讲。

我这个“定义”不是要对猪有什么不敬，不是要表达人类中心论。猪都被我们吃掉了，我们可不能再欺侮它们了。我只是想说，人与别的动物的差别不是太大，多数时候我们就跟猪一样活着；一定要说有差别，也就那么一点点，就是：人总是能够重新开始。

所谓“人总是能够重新开始”，往高处说差不多就是“不断革命论”，就好比当年古巴的革命者切·格瓦拉，好端端地已经当上了古巴第二号大佬，又重新开始，去别的国家打游击战了，最后把自己整没了；中国当下也有一例，就是中国烟草大王褚时健，前几年出监狱时已经是75岁的病人了，重新开始在荒山上创业，又成了。这大概都是“重新开始”的好例子。但若局限于此，我的这个命题也就意思不大，没有哲学意义。

人总是能够重新开始，是说人具有直接的现场发动性，有当下直接发动的能力。如果愿意，如果时机合成，我们在此时此地就可以直接地启动一场关于“自由”或者关于“世界杯”或者关于别的什么话题的讨论；如果愿意，如果我下定决心，我现在就可以沉默，让全场崩溃，让自己泪奔。我相信，激发我们的直接感受力和发动力，激发我们生活世界的意义丰富性，这正是20世纪最有持久影响力的现象学哲学的根本诉求。观念世界或者本质世界固然是形式的、抽象的，但它的基础却在我们当下的直观中，是可以直接把握和直接呈现的。好比“自由”是一个普遍概念，有着复杂多样甚至相当混乱的界定和解释，但当我说出“自由”一词时，在座各位都当下直接地理解了，并不需要以什么作“中介”。恢复这种直接性，是20世纪哲学的愿望之一。

人总是能够重新开始，意思是说人首先是自由的个体，自由是人的本质规定性。这尤其是20世纪存在主义或实存哲学的基本诉求，成为20世纪人生哲学的基调。个体此在是可能性的存在（实存），是向将来开放的存在（实存），所以个体才是自由的。可能性高于现实性。存在主义者说的是："存在（实存）先于本质。"现实性是单一的、现成的，而可能性则是丰富的、未来的。当可能性趋于无限多样而使个体无法把握时，个体存在/实存就有了命运感，有时候甚至走向了宿命论。人向可能性开放的自由，也表明了个体存在的动态的实行（行动）特征。

如果允许做一种简单化，哲学也许只有两种想法、两种语式：一是说"我是人，所以我是男人"，意思是说"我满足了人的普遍本质，所以才能当好一个男人"；二是说"我是男人，所以我是人"，意思是说"我当好了一个男人，才能成为人"。这是两种起点不同的哲学。前一种被叫作"本质主义"，后一种被叫作"实存主义/存在主义"。前一种哲学一直是西方的主流；但在过去不久的20世纪里，后一种想法和语式渐渐占了上风，它以逆转的甚至革命的方式确立和维护了个体自由。我们知道，这种强调个体自由的哲学甚至演变成反抗制度的革命行动，比如欧洲的学生运动，还有更激进的，甚至走向了暴力恐怖活动，比如德国红色旅。然而，我们不能因为一种哲学产生消极的政治后果就否定这种哲学的意义。作为哲学思潮，"存在主义"仿佛早已经被当成老派的和过时的东西抛弃掉了。如今大家忙着"后现代"什么的。但如果从较大尺度的思想文化史视野来看，我们看到，所谓"存在主义"仍然是西方主流形而上学批判的最强音，其思想成果已经深入人心。它让人感动，它直指人心，因此它有未来性。

不止于此。我还相信，个体性是哲学的起点和终点，个体自由是今天的和未来的哲学的根本关切。我们时代的人的处境，也许真的体现了卢梭讲的“人生而自由却无往不在枷锁之中”。今天个人的自由度大大扩大了，而同时，人却处于普遍的被监控状态中。今天的人类大概已经到了马克思所谓的“普遍交往”的状态，已经成了“世界历史性的”人，而同时，个体自我认同变得越来越艰难。就此而言，未来哲学的开展依然要继承和发扬在“存在主义”名下进行的对个体自由的理论论证和主张。未来哲学的意义和使命之一，仍旧在于对个体自由的辩护和维护。

讲到这里我不禁想到了尼采。尼采的问题是，与永恒上帝相比，人都是“短命鬼”；而且人一出生就一脸苦相，无聊和痛苦居多，欢乐时光短暂，总之是苦多乐少，那么，人何以承受这种有限而悲苦的人生？——这是尼采哲学的“思眼”。对尼采来说，上帝死了，人缺失了神性的衡量尺度，使得有限而悲苦的人生问题变得愈加紧迫、愈加致命，这时候，个体就像沙滩上的裸奔者，变成生而自由的但又不知所终的人。经过艰难困苦的思想努力，尼采最后仍旧回到个体的在瞬间启动的创造性，他的意思很复杂，但根本上也就是一句话：人总是能够重新开始。

好了，让我们回到今天论坛的主题上来。我说“人总是能够重新开始”。借此我无非是想表明三点：其一，人具有当下直接发动的能力。其二，人是自由的，个体自由是哲学的核心关切。其三，自由是创造之本，自由意味着不断重启的创造可能性。只有当个体自由这一核心价值得到真正切实的维护时，民族文化的创新和民族共同体的复兴才是可期待的。

快乐学习，创造生活
——致女儿宁宁的信

宁宁，再过4天，你就14岁了，长成大姑娘了。爸爸想着跟你讲点什么。你知道爸爸是农民出身，性格比较粗糙，虽然进城读了好多年书，但并没有被改造成温柔中和的城里人模样。所以平常对你，命令式的表达居多，平等的交流不够。爸爸知道这对你不公，也经常在反省自己（当年鲁迅爷爷也是这样，我大概跟他一个性格），能否改好还不知道，可能也需要你帮忙呢。但无论如何，爸爸是爱你的，也希望跟你做朋友。

你生日那天，爸爸正好要去杭州出差，所以这里先祝你生日快乐。

爸爸这次去杭州是要给一些艺术家朋友做一个报告，叫“艺术与革命”。本来爸爸很想带你也去听听，因为你喜欢艺术，也可以去跟爸爸的那些艺术家朋友交流交流，但妈妈说不行的，你得待在家里。这两天爸爸在准备报告时，就想到了大约半年前跟你的一次谈话。你还记得那次谈话吗？那天爸爸跟你啰唆了半天，其实只有两个意思，一是说，人要有重新开始的能力；二是说，读书要读能增进生活的有趣的书。

这两点听起来轻松，但要论证起来却并不容易。上次只是跟你即兴的谈话，并没有把这两点解说得十分清楚，可能当时我自己也没有想得和说得特别明白。现在用文字，应该表达得更好些。

我这次去杭州演讲，实际上只是想讲讲第一点。“重新开始”是人很重要的特质，“重新开始”差不多就是一种艺术性和革命性，就是说，人要有一种就地把自己发动起来的力量。人跟猪不一样，猪恐怕发动不了自己，人却总是要怀着理想，怀着对未来的期待来开创生活。你有志于做艺术，而且已经在学艺术，应该更能理解这一点。实际上，你拿画笔作画，前面的构思和技巧固然很重要，但落笔前启动的意志和冲动可能是更为重要的。伟大的艺术家都是原发开创的高手。

我们平常做着大大小小的事，其实都有重新开启这一步。我们时时刻刻需要重启我们的生活。而与此相关的是，当我们遇到挫折，我们要学会担当，要学会重新开始。你现在在中学里，还是比较单纯的环境，外面的状况肯定要复杂得多，以后人生路上会有更大的挫折和更大的困难，需要你去克服，而为此就需要“重新开始”的能力。

还有第二点涉及读书，我跟你说过，读书要读能够增进我们生活的有趣的书。对目前的你而言，这显然是一个太过理想的说法。因为你还在中学阶段，还属于基础知识积累的时期，“被动学习”的成分居多，如果光凭着兴趣和爱好读书，多半会与制度相抵触，或者说达不到现行教育制度的要求。这一点爸爸是承认的。但，爸爸讲的也不是大话、空话。如果读书不能丰富和增进我们的生活，那我们为何要读书呢？如果读书让人变得无趣，让人受累，那又何苦来着呢？

你知道爸爸对现行教育制度多有批评。在这件事上，爸爸不希望你受我的误导。我们的制度确实还不完善，给孩子们的压力太大，在一定程度上还压制和扼杀了孩子们的创造能力。基础教育如此，高等教育也是这样。但我们得把其中的关系分梳一下。制度的改变是社会和国家整体的事，而不是某个学校、某个单位、某个个人能搞定的，而且可能是一件长期的事。当然，无论是你作为学生还是我作为家长，都有责任发表看法，批评制度，推进改革，然而在整体制度环境改良之前，你和我都得尽量积极地去适应它，而不是一味逃避。这样一种听起来矛盾的区分，我想你是能理解的。

另外，我愿意给你的一个阳光一些的建议，就是：不妨努力一下，在被规定的学习内容中发现有趣的东西。这是完全可能的。因为我们的基础教育内容凝聚了人类几千年文明成果的精华部分，古今中外都有了，虽然要你少年的心灵去把它们承担下来，不免有点累人，但想想不是也很好玩吗？人家几千年的东西，你一下占为已有了，不是很伟大么？你若能这样想，你就会觉得学习不光是压力，而且是好奇、好玩。

总之，爸爸希望你快乐学习，保持艺术创造力，做一个有承担、有思想、有创意、有趣味的“四有”青年。

2013年4月8日记于沪上

三位大哲三句话

最近我到外地做了好几个报告。2012年11月中旬在重庆，参加西南政法大学和西南大学的“哲学月”活动，做了两个报告；然后趁机到了成都，访问四川大学和西南民族大学。12月6日因校际合作，去井冈山大学参加“同济学术周”，次日从山上下来，顺道访问了南昌大学，分别在南大艺术学院和哲学系讲了两场。这些个报告分别讲到尼采、海德格尔、哲学的用处以及当代艺术问题，等等，其中好几次讲到了马克思、尼采和海德格尔与中国现代性。因为都是大尺度的讲法，我就分别对马克思和尼采哲学做了三句话的概括。12月8日在南昌大学哲学系讲“海德格尔对中国当代思想的意义”时，就有一位学生站起来提问：你用三句话概括了马克思和尼采，很好，那么，能不能用三句话概括一下海德格尔思想呢？当时就把我问住了，尽管我对海德格尔用力最甚，但还真没想过对这位思想家的思想做一个三句话的概括。于是想着尽早把它补上。

若要数出几位对中国现代/当代社会思想文化影响最大的哲学家，排在前三名的毫无疑问就是马克思、尼采、海德格尔了，都是来自德国的哲学家。我们一直都在读着三位哲人的书，且争论不断。我个人原先是专读马克思的（硕士阶段），后来翻译和研究海德格尔，最近几年来则转向了尼采。喏，想想也算幸运，这三位大哲都让我沾了一点边。这三大哲人在中国的命运是不一样的，对中国社会思想文化的影响也各不一样。大致可以说，在我们这儿，在现代/当代的中国，马克思的影响偏重于政治，尼采的影响偏重于文化（文化批判），而海德格尔的影响偏重于思想（学术）。

三者相比较，政治的马克思被说（被争论）得最多，文化的尼采被读（被自然地传播）得最多，思想（学术）的海德格尔被写（被研究）得最多。这当然是一个猜度性的、相对的说法，不可完全当真；但应该也能反映和传达一点事情的本相。

第一位是马克思（1818—1883）。上面讲了，马克思在中文世界被说得最多，曾经被歌颂得最多，在“文革”中被神化、被独一化了。我小时候在十分偏僻的农村里，也经常能看到老马的大胡子头像，当时并不知道这是谁，只担心这老头胡子如此发达，怎么吃饭呀？怎么喝汤呀？现在我们得知，当年中国举一国之力，把马克思的著作都译成了中文，别的哲人包括尼采和海德格尔，却是不允许被译、读和写的。马克思老人家根本不可能想到，一个世纪后在世界各地竟然出了这么多的“马克思主义者”，而且是假的和仿真的居多。哲人被神化不是好事。被神化后难免被厌倦。今天的青年学子们对马克思以及马克思主义哲学的漠视和反感令人悲哀，虽然与旧政治有关，但显然也与从业人员素质低下有关。其实呢，马克思是真正的哲人，真正的哲人是把现实与理想统一起来的人物。

若要简单说，我认为马克思要告诉我们的无非三点：

（1）历史是生动的；

（2）现实是残酷的；

（3）人是要有理想的。

能统一起来把这三点说个清楚，做出论证，谈何容易呢？不信你来试试看！

第二个人物是尼采（1844—1900）。尼采出生那一年，马克思刚好完成其思想的奠基之作《1844年经济学哲学手稿》。与马克思相比较，尼采对中国的影响恐怕更多地在精神文化层面：在中国的两次“启蒙运动”（1919年五四运动和20世纪80年代的思想解放运动）中，尼采都被当作一个关键人物，其实是被用作一个工具。在我们这里，因为政治意识形态方面的缘故，尼采与马克思曾经相互敌对，被弄得势不两立。其实呢，尽管马克思更重视社会物质生产和物质条件，而尼采更重视在他看来日益平庸和颓废的精神生活，但两者在反传统哲学（形而上学批判）、强调现实关怀等方面，却是有着共同的旨趣的。

若要简单表述，我认为尼采思想的要义也可以概括为三点：

（1）人生是虚无的；

（2）文化是虚假的；

（3）生命是刚强的。

这三点从尼采的《悲剧的诞生》就开始说了，到后期也一直在说。能说清楚这三点，哪怕是说个大概，哪怕没有完全说清楚，我认为就是很了不起的思想家了。

最后一位是海德格尔（1889—1976）。海德格尔出生在尼采发疯那一年。1889年初，尼采在意大利都灵街上发疯了，随即被送进医院，最后死于世纪之交。就在尼采发疯那一年，又一个将在新世纪成为世界大哲的德国人马丁·海德格尔出生了。与马克思、尼采相比，海德格尔真正进入中国要晚得多，差不多要到所谓的新时期，即20世纪80年代。虽然之前有过零星的翻译和介绍，但直到1987年，我上研究生那一年，《存在与时间》中译本出版，中文世界才有可能切实地了解海德格尔。所以说，海德格尔是“后起之秀”。在国际上，海德格尔的影响巨大，作为20世纪的思想家，居然已成为人类历史上被研究得最多的哲学家；同样的，最近一项统计表明，中国哲学论文引用外国学术著作排名前两名的都是海德格尔的东西，第一名为我主持编译的两卷本《海德格尔选集》，第二名为陈嘉映、王庆节翻译的《存在与时间》。哲学当然不可统计，但引证数据（只要是真实的）终归也能说明一点问题。可以见出：海德格尔在哲学人文思想上的影响超出了马克思和尼采。

现在，对于在思想和学术上最为复杂的海德格尔，我也愿意用三句话来概括：

（1）存在是灵动的；

（2）理论是僵化的；

（3）思想是开放的。

比较前面对马克思和尼采的概括，我对海德格尔的三句话概括显然要笨拙得多，但目前还没想出更好的说法，就先放着吧——只是难免有失败的感觉了。

三位大哲，每位三句。但思想能这样简单化吗？当然不能。把丰富鲜活的思想和学理简化为干瘪的口号，这是思想研究和传播的大忌，是我们要提防的。在这方面，我们有过太多的教训，特别是对马克思哲学和马克思主义哲学，我们通过简单化而把它庸俗化和教条化，终于导致了灾难性的后果。不过，我们上面对于马克思、尼采和海德格尔三位大哲精神要义的简单提炼，意图并不在于形成方便流传的标语，而是要显示宏大的动机和动因。

细细体会我们给出的三位大哲的“三句话逻辑”，竟也可以发现：他们是一脉相承的。

2012年12月9日记于沪上

今天我们为何要读尼采？*
——“同济·尼采论坛”开幕式致辞

各位朋友，早上好！首先请允许我代表同济大学人文学院、同济大学欧洲思想文化研究院，欢迎各位的到来。我特别要对四位主讲嘉宾表示欢迎和感谢，他们是远道而来的德国斯图加特大学的齐特尔（Claus Zittel）教授、首都师范大学的汪民安教授、中国人民大学的刘小枫教授、复旦大学的郜元宝教授。

今天的“尼采论坛”是由同济大学欧洲思想文化研究院主办的，这次是第一届。按照我们的计划，我们在每年的9月中下旬举行一次“海德格尔论坛”或者“尼采论坛”，去年我们举办了首届“海德格尔论坛”，今年是“尼采论坛”，明年又是“海德格尔论坛”，轮着来。我们希望把这个论坛做成一个开放的、高水

---

* 本文据作者2014年9月27日上午在“同济·尼采论坛”上的讲话扩展而成。

平的国际化学术论坛。每次论坛，我们会邀请四位国内外学者作为主讲嘉宾，邀请四位本校学者作为点评人，用两天时间来研讨海德格尔或者尼采哲学。我们反对匆匆忙忙的、走马观花式的学术聊天，而希望通过深入的学理阐发、对话和讨论，深入论题，推进我们的学术研究。

今天早上我突然想到，今年是尼采诞生170周年呀！尼采是1844年10月15日生的。天呐，我终于知道为什么我们今天要做“尼采论坛”了，原来是为纪念尼采诞辰170周年。这不是我们故意安排的，而是巧合，我们在做计划时完全没想到这一点。所以今天的论坛也是一个纪念会，各位都是见证。

尼采活着的时候没有获得成功。他的一生是灰暗的，他一直在等待读者。左等右等，他有点绝望了，愤愤地说：我的读者在未来，好像还说过我的读者在100年以后。显然尼采低估了自己和自己的思想。1900年尼采去世后，全世界开始阅读尼采，今天尼采已经成为被阅读得最多的哲学家。我没说“之一”，我想我这个判断至少在中国肯定是成立的。在中文世界，尼采的书不断地被重新翻译，被广泛地阅读，令人惊奇。我们不禁要来问一问：我们为何要读尼采？

中国人的尼采接受有两次高潮，第一次是“五四”新文化运动时期，当时以谈尼采为主，尼采翻译刚刚开始，因此差不多是在无书可读的情况下大谈尼采。1920年鲁迅用古文译了尼采《查拉图斯特拉如是说》的序言。郭沫若大概是在1923年开始发表他的《查拉图斯特拉如是说》译文，约一半，在《创造周报》上连载了27期。当时读者很多。据说有一位女读者问郭沫若：郭老师，我一直在等你后面的翻译呀。这事让郭沫若很后悔，悔不该没把这本书译完。

20世纪80年代是又一个尼采热。刚刚改革开放，民众精神上比较压抑，需要一些读物来刺激。于是大家读尼采，读弗洛伊德，读萨特。这时候我们有较多的尼采书可读了，特别是周国平先生贡献最大，写了一本《尼采：在世纪的转折点上》，译了一本《悲剧的诞生》，这两本当年成为大学生们的“必读书”。其他一些尼采著作，也陆续地被译成中文。在80年代的“美学热”中，尼采是一个关键人物。

如果说“五四”新文化运动时期的尼采是一个反叛和解放的尼采，那么，20世纪80年代的尼采是一个自由和审美的尼采。今天呢？大概十几年以来，尼采又开始在中国学术界成为一个热点论题。关于尼采的论著多了起来，尼采翻译则有“大跃进”的味道，目前居然同时在出三套尼采著作系列，有的甚至号称“全集”。刘小枫教授主编的《尼采注疏集》好像已经出齐了。我主编的《尼采著作全集》则还在途中。无论如何，我们得承认，中国的尼采研究和翻译事业得到了重大进展。这时候我们还得问问：今天我们为何要读尼采？

我们注意到，在今天的中国学界，尼采形象已经大有变化，仿佛成了一个政治的尼采。围绕尼采哲学所展开的讨论，主体是一场政治哲学的争辩。确实，尼采最深刻地洞察了欧洲现代文化的危机，发起了现代性批判和启蒙理性传统的反思。但仅仅是在政治面上或者哪怕是在政治哲学面上来理解尼采，这就够了吗？20世纪80年代尼采在中国很美学、很感性，而新世纪以来尼采在中国却变得很政治、美感全失。这到底是为何？

记得德里达说过，尼采是复数而不是单数。不只有一个“尼采”。我愿意同意德里达的话。很高兴在今天开始的“尼采论坛”中，我们将看到不同进路的尼采讨论。我相信这样一种讨论将丰富我们对尼采的理解。

人之将疯，其言不善[*]

——《尼采著作全集》第6卷译后记

本书作为科利版《尼采著作全集》第6卷，收录了尼采创作生涯最后一年（1888年）里创作、编辑并安排出版的著作，共计六种：

（1）《瓦格纳事件——一个音乐家的问题》（1888年出版）。

（2）《偶像的黄昏，或者怎样用锤子进行哲思》（1889年出版）。

（3）《敌基督者——对基督教的诅咒》（遗著）。

（4）《瞧，这个人——人如何成其所是》（遗著）。

（5）《狄奥尼索斯颂歌》（遗著）。

（6）《尼采反瓦格纳——一个心理学家的记录》（遗著）。

次年（1889年）1月初，尼采精神失常，不久被送入精神病

---

* 本文系作者为《尼采著作全集》第6卷中译本写的“译后记”。

医院。因此，本卷也就是尼采生前发表或者计划发表的最后著作了。1888年这一年，尼采身心状态日益恶化，但却迸发出异常的创造力，居然写出这许多东西来（其实，还要加上此间继续的《权力意志》一书的试探性写作，特别是收在科利版第13卷中的残篇[1]），着实令人惊讶。在上列六种著作当中，除了5、6两种，其他的四种恐怕都算得上名著，至少是“尼采研究”必不可少的材料了。

现在看来，在发疯之前，清醒的尼采仿佛想对他生命和哲思中最重要的几个元素做一个总结，或者说做一次了断。这些元素就是：瓦格纳、苏格拉底、基督教。此外或许还得加上一个：尼采本人——尼采“这个人”。

首先是瓦格纳。虽然后期尼采称瓦格纳是自己的“对跖者”，但对于早期尼采来说，瓦格纳根本还不是“对手”，而是朋友，是领路人，更是尼采心目中德国（甚至欧洲）的希望。尼采第一本著作《悲剧的诞生》正是为瓦格纳而作的，也是受瓦格纳的激励和启发才形成的。后来尼采翅膀硬了，发现了瓦格纳大师（特别是创作《帕西法尔》的瓦格纳）的根本软肋，因而决意与之分道扬镳；再后来，瓦格纳死了，而尼采还苟活着——两人之间，恩恩怨怨，盘根错节，总归得有一个了结吧？尼采于是作《瓦格纳事件》，把瓦格纳树为无法回避的“现代性”的典型案例，因

1 参见尼采：《权力意志》（两卷），孙周兴译，北京：商务印书馆，2007年。

为尼采认为，“通过瓦格纳，现代性说出它最隐秘的语言”[1]；又编成《尼采反瓦格纳》一册，辑录了《人性的，太人性的》《快乐的科学》等著作中的相关文字，意在方便人们全面地了解尼采/瓦格纳之间非此不可的复杂关系。

其次是苏格拉底。如果说瓦格纳是“对跖者”，那么，苏格拉底就是尼采的大敌，或者更准确地说，是尼采假想的最大“敌人”了。苏格拉底被尼采视为“科学乐观主义”的鼻祖，是“理论人”的原型。这在尼采第一本著作《悲剧的诞生》中已可明见。古希腊的悲剧艺术多美好呀，但在哲学/科学/理论时代里却惨遭扼杀，而罪魁祸首正是这个被尼采讥为“丑八怪”的苏格拉底。现在，在尼采哲思的末期，尤其在收入本卷的《偶像的黄昏》中，尼采突出地重提“苏格拉底问题”。虽然《偶像的黄昏》乃戏谑性地借着瓦格纳的《诸神的黄昏》的标题，故有嘲讽瓦格纳之意，而且《偶像的黄昏》指涉的是所有的“偶像”，包括哲学、宗教、政治诸领域的偶像，然而，整书的核心依然是以“苏格拉底问题”为中心的柏拉图主义传统批判。

再次是基督教。众所周知，尼采是“敌基督者”。尼采遗著《瞧，这个人》中的最后一句话自问自答：“——人们理解我了吗？——狄奥尼索斯反对被钉十字架者……”在《敌基督者》结尾处，尼采更是恶狠狠地表态：“只要有墙，我就会写上对基督教

1 尼采：《瓦格纳事件》，科利版《尼采著作全集》第6卷，柏林/纽约，1988年，第12页。

的这个永恒的控诉。”[1] 尼采敌基督的理由可以有很多，但根本的一条是：基督教及基督教道德是反自然的，是敌视生命的。尼采哲学意在弘扬生命，强调自然本能，而道德却与“虚弱”和“颓废”相连。于是，尼采的“道德”异乎寻常：“道德的定义：道德——颓废者的特异反应性，其隐含的意图是报复生命——而且成功了。”[2] 进而，尼采又给“基督教道德”下了个定义：“基督教道德——求谎言的意志的最恶毒形式，人类真正的妖精：使人类堕落者。”[3] 正是在两个定义的意义上，尼采自称为“非道德论者”。

最后是尼采“这个人”。尼采何许人也？现在由我尼采亲自来告诉你们。尼采生前最苦恼的事，就是自己的书不被阅读，自己的哲学不受关注。但他深知自己的思想的未来价值，他仿佛也知道身后必定成为一个备受争议的人物，故专门写一本《瞧，这个人》（*Ecce homo*），告诉我们他何以成就这样一个人。只不过，人之将疯，其言不善，在《瞧，这个人》中，特别是在最后一节“我为什么是命运”中，尼采把他的“敌基督者”的“不善”形象做了最后的淋漓发挥，就此打住，令人震撼。

而“这个人”心结未解，时至今日，也依然令人难以猜解。

2010年12月18日记于沪上

2013年1月6日再记于厦门

---

1 尼采：《敌基督者》，科利版第6卷，第253页。

2 尼采：《瞧，这个人》，科利版第6卷，第373页。

3 同上书，第372页。

哲学和哲学家的身位*

读者眼前这本《瞧，这个人——人如何成其所是》是弗里德里希·尼采（Friedrich Nietzsche，1844—1900）的最后一本著作（遗著，1908年出版）。1888年9月下旬以后，直至1889年初精神失常，这位德国哲学家住在意大利的都灵。10月底，尼采开始写作本书，至12月初即完稿。而随着本书的写作进展——或者更应该说，是随着本书的完成——尼采的精神开始加速崩溃。同年12月中下旬，一个大冬天的严寒日子里，女房东看到尼采赤裸着身子在屋子里跳舞。没多久，1889年1月3日，尼采在都灵的一个广场上奋力扑向一匹被马夫抽打的马，意欲保护之——至此，这位哲学家终于发疯了。不无吊诡的是，竭力批判基督教道德、否定"同情"和"怜悯"的尼采，最后竟然被"同情"和"怜悯"彻

---

* 本文系作者为尼采《瞧，这个人》中译本写的"译后记"，原载《读书》2013年第4期。

底地战胜了。稍后，友人奥维贝克把他接到巴塞尔，接着尼采母亲把他送进了精神病医院，在那里度过了余生。

据说在医院的头几年里，尼采病得厉害，神志不清，但后来病情渐趋缓和。这时候的尼采竟然还惦记着自己的著作和声誉，时不时会问："难道我不曾写过优秀的作品吗？"有一次，尼采妹妹坐在他旁边落泪，尼采居然还懂得安慰，问妹妹："伊丽莎白，你为什么哭呢？难道我们不幸福吗？"[1]——这话听着，着实让人心酸！

尽管尼采在精神错乱以后苟延残喘，还存活了10年辰光，至1900年8月15日才离开人世。但作为思想家的尼采却在1888年和1889年之交就已经结束了。而这本《瞧，这个人——人如何成其所是》，竟成了哲学家尼采的"绝响"！

那么，《瞧，这个人》是一部癫狂错乱之书吗？是纯粹的"疯人疯语"吗？是一部我们不能当真的书吗？或者，只是因为尼采身后成了一位有巨大影响的哲学家，所以，我们连他这本最后的崩溃之作、发疯之作也只好来重视一番，而不可轻松把它放过？光看这本书里面的章节标题就已经够惊人、够吓人的了，诸如"我为什么如此智慧""我为什么如此聪明""我为什么能写出如此好书"之类，最后一节的标题竟是："我为什么是命运"。谁

1　丹尼尔·哈列维：《尼采传——一个特立独行者的一生》，刘娟译，贵阳：贵州人民出版社，2004年，第232页。

能、谁敢这样写自己啊？正常人哪有用这样的腔调写书的？在整个欧洲思想史上，大概只有这个“疯子”尼采了。这本书因此落了个不雅甚至不良的名声——这自然是可以理解的。

无论如何，我们至少可以断言一点：《瞧，这个人》是尼采濒临崩溃、走向精神错乱之际的作品。

作为译者，我是不是应该为尼采及其《瞧，这个人》做一个辩护呢？——比如让我来说：思想以及思想写作本来就是“疯子行动”，何足怪哉！或者，《瞧，这个人》根本还不是错乱之书，而是尼采精神失常之前最后的清醒之作？

只不过，这种辩护早已轮不到我来做了。围绕尼采的疾病（疯病），以及与疾病相关的尼采的天才、著作和思想（尤其是尼采发疯前夕的作品和思想），特别是在德语世界里，20世纪的一大堆文化名人参与了相关的议论和争论，其中的重要人物有：哲学家雅斯贝尔斯、心理学家弗洛伊德、心理学家荣格、精神病专家奥托·宾斯万格（Otto Binswanger）、作家托马斯·曼，还有作家莎乐美及其夫君心理治疗师贝瑞（Poul Bjerre），等等。——喏，这个名单够吓人的吧？

1908年10月28日，维也纳心理分析学会专门开了个会，纪念尼采遗著《瞧，这个人》的出版。在这次会议的记录中，人们可以看到弗洛伊德大师讲的下面这番话：“尼采患有脑梅毒。他的兴奋之情美丽地开展，不断扩展。不过，这样就太简化问题了。麻痹性痴呆是否与《瞧，这个人》的内容有关，这是相当存疑的。麻痹性痴呆曾经侵袭伟大的天才，在疾病发作前的短短时间内，完成相当不凡的成就（莫泊桑）。尼采这部作品相当令人佩服，应该视为大师杰作好好保存。”[1]

弗洛伊德把尼采的《瞧，这个人》称为“大师杰作”！——这大概是我们目前能够看到的关于尼采《瞧，这个人》一书的最高评价了，虽然对于1888年第四季度尼采的思想和创作，研究者和评论者多半给予了高度的评价，有的甚至是对之赞赏有加。我们看到，在这短短的几个月时间里，尼采完成了《瓦格纳事件》《偶像的黄昏》《敌基督者》《瞧，这个人》《狄奥尼索斯颂歌》等重要著作，还有大量的笔记（现在收入科利版《尼采著作全集》第13卷里），创作量之巨大着实令人叹为观止——如此创作，还能不疯吗？但从这些著作中，人们实在还难以看出一个“疯子”尼采，“只觉得他神志清醒，其作品有种伟大风格，充满预言和启示”[2]。作家托马斯·曼更是说，尼采当时才智激增。哲学家雅斯贝尔斯的说法比较中性些，也比较诡秘些，他说：在尼采这些最后的著作当中，含有“一种神秘的光”“一种危险的战栗”。[3]

无论如何，这些著名作家和学者们至少都承认了一点：《瞧，这个人》是一部清醒之作，而非错乱之书。

弗洛伊德在上引讲话中涉及一个“梅毒公案”：尼采是否患有梅毒，以及由梅毒引起的麻痹性痴呆。上面提到的20世纪文化

---

1 引自德博拉·海登：《天才、狂人的梅毒之谜》，李振昌译，上海：上海人民出版社，2005年，第163页。

2 同上书，第162页。

3 雅斯贝尔斯：《尼采》，英译本，图森，1965年，第95页。

名人都参与了这个“梅毒公案”的争论，且大部分学者对此持肯定态度，认定尼采确实患有梅毒——弗洛伊德的说法是“脑梅毒”。这里的问题极其复杂，不仅涉及尼采的病史事实，更重要的是尼采的精神病（不论其起因为何）与尼采的思想之间的关系。

据说梅毒这种性病是1493年传入欧洲的（不少人猜测是由哥伦布带回欧洲的），直到1943年第一个以青霉素成功治愈梅毒的案例，这种难说难听又难缠难治的毛病竟折腾了欧洲四个半世纪。而在20世纪初，梅毒在欧洲是一种十分常见的性病，约有20%～25%的人患有梅毒，这就是说，只要一桌十人坐下来，其中就会有两三个梅毒患者。梅毒的特点大致有三项：（1）潜伏期长，经常会有几十年的潜伏期；（2）具有模仿性，实为伪装性，即它经常表现为其他病症，故不易识别；（3）天才式亢奋，患者在发作之前会有一个超常的精神和智力迸发期。——这就是不无神秘的梅毒，荣格所谓的“黑暗中的毒药”了。

尼采的病史，特别是发疯前的表现十分合乎梅毒的临床特征，要不然，我们也真难以理解尼采在1888年的天才狂热——尼采在一年内竟然完成了六本著作！尼采友人彼得·加斯特断言：“很有可能他只能在疯狂的状况下才能写出他的‘狄奥尼索斯’哲学。”[1]

我虽然基本上会赞同弗洛伊德的说法，但我在此无意，也无

1 德博拉·海登：《天才、狂人的梅毒之谜》，第162页。

力对这个“公案”做出一个定论。我想说的只是：尼采的《瞧，这个人》一书，除了上述几个章节的标题给人自大狂感觉外，整本书思路清楚，结构也不失严谨，是尼采对自己的天资、一生写作和思想的整体总结和反思。总之，这是一本不能简单地否定和轻视的著作。

即便我们撇开梅毒问题不谈，成年后病魔缠身的尼采在发疯前写下的《瞧，这个人》至少向我们提出了一个“疾病与哲学”或者“身体与哲学”的关系问题。至少在西方，哲学向来主要关心灵魂、精神问题，即便是赋予哲学以治疗功能的哲学家们，他们的基本的区分逻辑也是：哲学治心病，医学治身病。把身体问题置于哲学讨论的中心地位，恐怕尼采又是第一人，与之相关的是遗传、气候、地方（中国的风水？）、饮食（营养）、休养，等等。这些跟身体和人生紧密相关的问题却总是被以前的哲学所忽略，现在则被尼采突出地强调了。哲思的视野里纳入了人间烟火。

同样值得我们思考的是，由尼采《瞧，这个人》所引发的哲学以及哲学家的身位或位置问题。如前所述，尼采在他的这本“绝笔之作”中透露出一种令人讨厌，甚至于令人难以忍受的自大狂口吻，可以说把欧洲哲学和哲学家自古就有的自负和狂妄推到了极致。我们知道，起自希腊的西方哲学自始就有一种王者心态，实即一种自大情结。传统哲学的这种唯我独尊的自大定位，是通过一种理论论证和体系构架来完成的，是通过一种知识理想和人类等级理想来曲折地传达的，从来都不好意思以第一人称来表态；而在尼采这里则不同了，尼采在《瞧，这个人》中是径直的、毫不掩饰的“夫子自道”，说的是我“这个人”为何如此如此、多么多么英明伟大智慧。就此而言，尼采已经走向了“哲学自大狂”的极端。

在今天这个哲学政治和宗教伦理渐趋消隐的时代里，我们恐怕需要借着尼采这本书来追问：哲学是一种自恋、一种意淫吗？

再就是哲学写作的风格问题。尼采式的哲学写作早就成了一个“品牌”，也成了一个问题，受到广泛的讨论。当然，仍然是有人喜欢、有人讨厌。有趣的是，尼采的第一本书《悲剧的诞生》虽然谈不上严格的规范学术写作（比如完全没有注释、文献等），但总的来说还是一本说理性的论著，属于“论说文”类别；同样地，尼采的最后一本书《瞧，这个人》虽然狂妄野性，但至少在体裁上，在谋篇布局上，也还勉强算得上是一篇“论说文”，而不是尼采最个性化的警句格言体。在其收官之作中，在其精神崩溃的前夜，尼采似乎想对自己的生命和写作做一次虽然狂妄自大，但仍不失严肃认真的清点和总结。

话又要说回来，警句格言体只不过是形式，并非关键所在，关键还在于基于内心状态的哲学写作的风格。在本书《我为什么能写出如此好书》一节中，尼采专门讲了自己的“风格技巧”，他否认存在着一种优秀的风格本身，即一种唯一的风格，而认为那是一种愚蠢，那是柏拉图主义的想法。尼采说，风格的意义在于用符号来传达内在状态，传达一种激情上的内在紧张，“而鉴于我的内在状态的异乎寻常的多样性，我在这里也就有了多种风格的可能性”[1]。实际上，比起所谓“警句格言体”，尼采更看重的是“伟大韵律的技巧，周期性的伟大风格，以表达高贵的、超人的激情的一种巨大起落”[2]。尼采认为这才是他首先发明的。而这种伟大风格，尼采也把它称为“酒神颂歌”。

无论如何，尼采的写作实践是具有挑战性的，也许具有某种转折性的意义。在欧洲哲学史上，如果说在希腊，首先通过柏拉图、最终在亚里士多德那里形成了一种古典的哲学语言和写作风格（是为欧洲哲学以及哲学语言的第一高峰），而在从康德开始、由黑格尔完成的德国古典哲学中，发展出欧洲哲学语言的第二个高峰，那么，特别是在尼采这里（虽然此前也有像哈曼这样的少数先行者），前两种哲学及其写作风格已经受到了彻底的怀疑，哲学不再唯一地是说理、推论、概念性表达了，而是有了别样的和多样的风格元素。这时候，我们要追问的是：一种非推论的思想还能叫哲学吗？

这个问题似乎也可简化，可以表达为：尼采之后，我们如何做哲学？或者还有进一步的问题是：尼采之后，我们做何种哲学？

本书的翻译工作原是为完成《尼采著作全集》第6卷的整体汉译本而做的，断断续续地弄了有两年光景，只完成三分之一。

1 尼采：《瞧，这个人》，科利版《尼采著作全集》第6卷，柏林/纽约，1999年，第304页。

2 同上书，第305页。

到2011年的春节，为准备新学期的尼采专题讨论班，我重新拾起这项译事。其时我刚刚做完了尼采第一本书《悲剧的诞生》（初版于1872年）的翻译（中译本已于2011年在商务印书馆出版），接着就来做他最后一本书《瞧，这个人》，竟生出一些莫名的感慨。其一是有了一种完成和圆满的感觉，从《悲剧的诞生》到《瞧，这个人》，我仿佛已经把尼采的东西从头至尾弄完了。其实还差得远呢——我主编的《尼采著作全集》中文版至今仅出了三种（第4、12、13卷，商务印书馆，2010年），要全部做完，恐怕还得有五六年时间。其二是对于人类思想/精神史的感慨：有谁说过？——思想史是一座尸骨遍地的坟场。像尼采这样的思想史上的特立独行者，意在成为一般哲学史的“终结者”，而代价却是自己个体精神的毁灭！——谁又能为尼采收尸？

本书最早的中译本应该是徐梵澄做的译本（上海良友图书公司，1935年），据说当年鲁迅还为他的译本做过校改。1947年一年内出版了两个新译本，一是高寒翻译的《看哪！这人》（贵阳交通书局，1947年），二是刘思久的译本《看哪！这个人》（文化书局，1947年）。我手头只有徐梵澄的译本（书名立为《尼采自传》），该译本现在收入《徐梵澄文集》第6卷（华东师范大学出版社，2006年）。梵澄先生的这个译本做得古色古香，但严格性方面就差些了，有许多明显的错讹，令人遗憾，与他翻译的《苏鲁支语录》有天壤之别（后者虽然也不算严格，但少见有明显的错讹，倒是在译文语言上显得古朴典雅）。还有一个中文译本是根据英文本做的，品质更成问题，几乎没有参考的价值。

无论何种中译《瞧，这个人》，顶多都只做成五六万字；而我目前这个中译本，竟然已经到了15万汉字。我想，从完备性角度说，我这个译本应该是现有译本之最了。唯希望译文品质也能达到相对严格的程度。

穿行于疯人疯语中，译者不得不小心谨慎，防止出错。但对于高度天才的尼采在精神行将崩溃之际写成的这样一本高度复杂的书，要有严格又通快的翻译，委实是困难的。译者虽然尽了心力，效果如何却是难说了。敬请读者批评指教。

2011年9月1日补记于德国柏林南星

2012年12月25日再记于沪上

关于尼采以及当代艺术*

YOYI：孙老师，您今天讲到德国音乐家瓦格纳，从瓦格纳开始就有了“总体艺术”这个概念，在我的理解里，“总体艺术”涉及理性、分析的东西更多，也就是说，它跟尼采的“反理性”是不同的。您是怎么看待这两种不同方式的？

孙周兴：我不太能明白你的问题，瓦格纳讲的是“总体艺术作品”，好像跟理性、分析没有什么关系。确实，我们经常把西方人的思维叫“理性思维”“科学思维”“分析思维”。西方人喜欢把一个对象分隔开来，加以肢解，局部处理，就是所谓“分析”。分析是西方思维和文化的总体特征，而尼采不是，我认为瓦格纳也不是。从瓦格纳的“总体艺术作品”概念，到后来变成当代艺

---

* 作者2015年9月22日下午应邀在西安美术馆做题为“作为艺术的权力意志——后期尼采为何重归艺术？”的演讲。演讲结束后，西安美术学院filedance小组对作者做了一次采访。本文为采访内容。

术家约瑟夫·博伊斯的“通感艺术”概念，在我看来是一脉相承的。“通感”就是说艺术不只是可以看，还可以闻，可以听，可以摸，艺术应该面向所有感官，各种感官是可以相通的。博伊斯认为一件作品可以看、听、闻……感官之间可以相通，这是最好的艺术品要达到的状态。这时候，我们不能光局限于架上绘画或者其他个别样式，我们需要多样的艺术样式。

李慧：尼采在《悲剧的诞生》中把以文学史诗、造型艺术为代表的希腊早期艺术称为“日神艺术”，而就我的理解看来，他指的是一种对客观世界的虚拟再造。不同于古希腊，现在越来越多的艺术家更加趋向于对个人情感的表达，那我们是不是可以认为这是艺术家对自我内在情感的虚拟再造呢？

孙周兴：美院同学说话就是怪呀，但你这个“虚拟再造”在词语用法上恐怕有点问题。我们可以说史诗、造型艺术的特征是“再现”，但似乎不能把它说成对客观世界的“虚拟再造”。在艺术史和美学史上叫作“再现”。再现性的艺术在古典艺术中主要以“模仿”为主，我要把它画得逼真，这在印象主义之前一直是造型艺术的主流。另一方面，这种艺术在尼采早期被称为“阿波罗艺术”，这两个是可以等同的。而另一种艺术是“酒神艺术”，抒情诗也好，音乐也好，不是再现性的艺术而是表现性的艺术。表现就是艺术家情感、心理和思想的表达。这是在20世纪出现的文学艺术思潮，首先在文学上出现了表现主义，后来有了表现主义的绘画以及战后的新表现主义。实际上这种表现不是简单的文学或音乐意义上的情感的外化，它变得更复杂。但不管怎么说，再现艺术与表现艺术的区分是可以与尼采关于希腊艺术的讲法联系起来的。

李慧：我身边曾有人在读德国哲学，例如康德的形而上学，还有叔本华的意志哲学，以及尼采的权力意志哲学，等等，特别是叔本华和尼采，也许因为理解上的偏差，许多人读到他们的哲学时会感受到一种“消极的虚无主义”，您对此怎么看的？

孙周兴：消极的虚无主义是叔本华的哲学，尼采也自称为“虚无主义”，但尼采的虚无主义不是叔本华那样悲观。叔本华的逻辑很简单，他认为人生除了短暂的快乐，多数时候都是无聊痛苦的，所以叔本华有个说法是：人生就像个钟摆，在无聊和痛苦之间摆来摆去。当你需要为生存欲望的满足而努力追求时，你是痛苦的；当你的需求和欲望得到满足之后，你就会感到无聊。这是因为人有欲望、有意志，总想追求点什么。要摆脱这种状态，唯一的出路是降低和消灭意志，所以他走向了悲观主义或者说“消极的虚无主义”。尼采不是这样，尼采说虚无主义当然意味着对以往价值的贬黜和否定，但并不意味我们要灰心丧气地生活，就像我今天下午讲的悲剧艺术，直面人生的悲惨、痛苦，然后去担当自己的生活，这就不是一个消极的状态了。这里面要区分清楚，这是两种状态，是两种生活姿态。

YOYI：尼采把艺术上的美等同于强壮和力量，是否可以理解为：我们抛弃之前的美学判断的概念——即形式上的、视觉上的、愉悦感官的，而仅仅从能量的角度去评判艺术作品？

孙周兴：尼采把美等同于强壮和力量，所以他讲的美是一个广义的概念，它不是指好看或者不好看。关于这个问题，我认为我们要分几个面来说。首先我们要破除以前单纯的审美理想，有关艺术作品必须好看、必须赏心悦目的要求。有些艺术表现的主题是消极的、阴暗的，这也是可以成立的。第二次世界大战以后兴起的当代艺术不再固守传统美学的标准，突破了传统艺术的定义，许多作品不再在于表现物体之美、自然的美，而是要引起大家的思考。如果我们还局限在传统的艺术概念里，就难免会排斥它们。有意思的东西也许不好看，但能引起人的思考，只要它不触及人类的底线，我认为都是可以接受的。对艺术的观念我们应该开放些。开放性是当代艺术最大的特点，虽然难免会出现一些不良作品，有的甚至是反人类的，但这并不是我们排斥当代艺术的理由。我倾向于在艺术观念上我们保持开放的态度。我认为当代艺术最大的特征是希望通过造型的元素来表现社会现实的重大问题和观念，在材料上已经不局限于某个样式了。

李慧：您今天讲座中讲到尼采所批判的“科学乐观主义”，指出艺术与科学之间的紧张关系，但是现在有越来越多的艺术家都趋向于用科学的手段来创造艺术，比如用类似物理思维、数学思维这样极度理性的创作方式，对此您怎么看？

孙周兴：对，至少在欧洲传统中，艺术与科学的关系是比较紧张的，甚至对抗的时候居多。在观念面上，“科学”处于强势地位，而“艺术”一直受到排斥。到现代才有尼采之类的反抗。现在国内有不少人喜欢说把艺术和科学结合起来，艺术与科学的结盟之类，我觉得是一个不太靠谱的想法和说法，差不多是打比方。比如有人说物理学做到最好就是艺术，数学做到最高境界也是艺术，这些都是打比方，没有更多的意思。艺术思维与科学思维完全是两种思维。中间有一个类型是设计，现在也有个学科叫设计学。所谓设计，在我看来就是把艺术科学化，所以像安瑟姆·基弗这样的艺术家最反对设计，他认为设计一流行就会对艺术构成威胁，我们的艺术就玩完了。我们得把设计理解为对艺术的科学化、技术化。生活中当然需要设计，但不能说这就是艺术的主流。

李慧：您今天说到西方艺术的革命性。我们知道，中国艺术与西方艺术一个很大的差别就是西方艺术具有强烈的变革性，而中国艺术传统可能更多地采取了保守和传承的方式。您对此有何看法？

孙周兴：我今天好像没说这个呀，但我确实会认为，中国传统艺术可能过于守成，偏于程式化，这跟我们传统文化的基本特性相关。我们可以几十年、几百年不变的。西方艺术你也不能说它任何时候都有革命性，比如从达·芬奇到印象派之前差不多都是写实，古典艺术以模仿对象为主。不过你会发现，就像欧洲思想史一样，欧洲的艺术每个阶段的特征是很明显的。你可以感觉出来这300年是什么样的，后几百年是怎么样的，与前面的艺术是不太一样的。变化最大的应该是20世纪，也就是在塞尚以后，可以十年形成很多个艺术流派出来，不断地演进。你也不能说这是进步，说不定这是倒退呢。但它在变，它有一种革命性。

李慧：这种不断变化从而不断衍生新流派的方式，会不会导致艺术的语言到最后走向极端，也就是人们所说的：想不出辙了？

孙周兴：估计现在是没辙了。古典艺术以模仿、描述对象为主，其预设的前提是：事物、对象是稳定的，是强大的，比我们人更强大，但这种对对象的尊重和依赖从近代以来逐步减弱了，到印象派之后差不多就消失了。从近代以来，欧洲人回到“自我”了，自我或者主体是最强大的，形成了一种对内在意识、对自我的依赖。比如毕加索就说，对象是无所谓的，是我施暴和加工的结果，我怎么加工它就是怎么样的。但这种对自我和内心世界的依赖实际上到第二次世界大战以后也弱化了，自我/主体的确定性早就受到了怀疑。我们今天的艺术为什么艰难，因为它失去了我上面讲的两方面的依赖，两边都靠不着了。这个时候我们的艺术家不知道该怎么办。当代绘画中的“具象表现”概念就是这么产生的。人们不知道是“具象”好还是“表现”好。“表现”依赖于自我，是要把自我表现出来；“具象”则是画出有形的东西，要尊重对象。所以“具象表现”实际上是矛盾的，是一种主客观之间的矛盾，也是一种内外的矛盾。艺术家的痛苦在这儿，哲学家的痛苦也在这儿。我们无所依靠。

李慧：可是从20世纪后，尤其在二战以后，相比之前，艺术发展越来越倾向于依靠哲学，包括中国在80年代以后，也有大批的艺术家期望通过西方的哲学体系探讨艺术在国内的出路，特别是德国的哲学。

孙周兴：20世纪的哲学和艺术有个重要的变化，这个变化似乎也跟尼采相关。尼采认为要有一个新的人类：如果是艺术家他必须是个哲学—艺术家，有想法的艺术家，如果是个哲学家他必须是艺术—哲学家，有创造力的哲学家。你会发现战后的德国艺术和法国哲学都差不多印证了尼采的想法。对艺术来说，如何通过造型的元素表现观念，而对哲学来说，如何用感性的、诗意的语言来表现哲学，都变得十分重要。那么你到底是艺术家还是哲学家，就难说了。你说安瑟姆·基弗是艺术家，但他是特别哲学的。这里面就有一个问题，可能也是一个分寸问题。如果哲学家搞着搞着变成完全搞艺术的了，或者艺术家搞着搞着变成完全搞哲学的了，这就身份不明了，过了。

李慧：那您认为必须要分明吗？

孙周兴：我认为必须要掌握一个分寸，掌握一个度。任何事情都有个度，这个度是最关键的。我不认为所有的艺术家都必须来学哲学。哲学也不是这样学的。但我认为所有的艺术家都必须有思想、有思考。如果你对你自己创作的主题没有深入的思考，你的作品大概是没有多大力量的。反过来讲，哲学如果没有优美的、诗意的表达，基本上也是不会成功的。掌握这个度你就成了。

YOYI：去年网上流传过这样一篇文章：如果诺贝尔奖开始搞艺术奖，头一个得奖者肯定是基弗，由此看来，大家对于基弗的艺术给予了很大的肯定，那么在您看来，基弗所做的贡献有没有达到这样一个程度？

孙周兴：基弗是瓦格纳、尼采、海德格尔延伸下来的一条线。基弗为什么很难理解，因为他的艺术涉及的要素太多了，有犹太神秘主义，有瓦格纳音乐，有博伊斯的当代艺术精神，有海德格尔的现象学哲学，还有一个伟大的德语诗人保罗·策兰的诗歌。所以我们很难真正理解他。但有一点是明确的，你看基弗的单件作品也就这样，当他把一系列作品展现出来的时候，你会发现他后面的这种深度、这种力量。他实际上创造了一个巨大的解释系统，你要看懂他的作品，首先要先进入这个系统。

YOYI：基弗对中国艺术家的影响可能在媒介方面会更大，没有人真正理解到他的这种观念。

孙周兴：基弗在媒介上的革新很大，他没有媒介材料的限制。这是跟博伊斯学的。博伊斯是只要我能表现我的思想就好，至于用什么媒介无所谓。现在许多艺术家学基弗，大概只学了一点皮毛，并不知道他背后的东西。基弗在欧洲的影响为什么会这么大？人们说他是“废墟艺术家”，人们说他做了战争反思、民族反思、文化反思和批判，大概都不够。我说了，他后面有整个宏大的解释系统。这个解释系统很复杂，要掌握是有难度的。这就是当代艺术。实际上从思想角度看，当代艺术的第一个大艺术家是瓦格纳，第二个是博伊斯。

李慧：你今天讲到一个问题，即关于人工制造的物和自然的物的区别问题。这种区别的意义在哪里？为何要做这个区别？

孙周兴：我们得稍稍重新界定一下，人工生产的物实际上分两类：一个是手工造的物，一个是机器造的物，不能说人工制品都是一样的。机械复制出来的物是批量的，可以有成千上万个，它们是没有个性的。手工的物是有个性的，甚至是跟我们的身体有着关联性的。所以，严格说来我们有三种物：手工的物、机械复制的物和自然的物。手工的物是在机械技术出现之前最基本的器具，它对早期的艺术创作来说是很重要的，艺术家不是天天面对着大自然，他首先面对的是人工造成的物。工业化以后状况变得不一样了，比如纸杯，世界上可能有千万个一样的纸杯，是毫无个性的。它们可能跟我们的感受和经验相隔离。对于没有个性的东西，我们是没办法进行差异化的经验确认的。可以说我们的经验有落空和空转的危险。我认为艺术家总归要考虑这个问题，始终要关注不同的物。物不是一个简单的实体，而是我们这个生活世界的基本意义载体。而要接近物、进入物又是困难的。海德格尔有一个说法：一块石头，我们感到石头的沉重，但我们无法穿透它。我认为，关于物的经验是艺术思考的起点。

李慧：刚刚关于传承性的话题，我还有一个问题：中国艺术的传承性在近代以来变得越来越弱了，中国的艺术家在努力学习西方的各种“主义”和各种“风格”。您是这么看待这个问题的？

孙周兴：我觉得，我们现在最好不要太纠结于中国的还是西方的，古代的还是现代的。我们首先要考虑和关注的是：什么样的思想和什么样的艺术创作方式对我们当代来说是有力量的。我们别管这些东西哪里来的，是古旧的还是现代的。可靠的、有力量的东西才是好的。近代以来我们中国文化的讨论太过纠结于“古今中西”之争。我们总是怕丢失什么，更恐惧外面的东西进来。对于外来的东西，我的看法是我们先别管它到底是什么东西，拿来吃了再说。你饿了你就先拿来吃了，虽然这个东西有可能是好的，也有可能是有毒的，但是不吃的话你就饿死了。鲁迅先生当年有句话特别精彩，他说：谁不知道保护自己的传统，保护我们的国学呀？每个人都有守护自己的东西的倾向，但我们首先要问的是谁来保护我们？“古今中西”的讨论格局往往会生出一堆假问题。我们需要利用各种思想资源，需要感受各种元素，需要尝试不同的创作方式，这些都是我们应该做的。然而这个时候我们必须脑子清楚，要来判断一下：什么才是有力量的，什么才是有效的，什么能够帮助我们直面当下生活世界？

天下没有不散的筵席*

女士们先生们！连续三天高强度的会议，大家都很累了。本次会议的组织者汉斯·费格先生甚至已经失声了，对此我真的深表同情。尽管我也疲劳了，我仍旧愿意说，我很高兴能与来自德国和中国的同事们一起度过这美好的三天。

汪民安教授在前天的会议上说，我们中国人100多年来已经很好地理解了西方，但西方却没有理解中国。这是个有趣的说法，但我是严重不同意的。我们的理解是相互的，本次会议就是个证明。现在两方面的交流日增，相互理解当然也增加了。特别是新世纪以来，越来越多的中国青年学子来西方学习人文科学和社会科学，改变了以前（20世纪八九十年代）一窝蜂全来学习自然科

---

* 本文系作者2013年10月13日下午在柏林自由大学举办的工作坊“尼采与启蒙：在德国与在中国”（“Nietzsche und Aufklärung: in Deuschland und in China” in Berlin, 13. Oktober 2013）上做的闭幕讲话，原文为德文。

学的状况。上个月底我在柏林洪堡大学做了一次中文报告，听众是在柏林学习文科的中国研究生，居然有超过50人，这在20年前甚至10年前都是无法想象的。而同时我也了解到，在德国已经有超过400所学校开设了中文课程。更不用提德国大学里悠久的、高水准的汉学研究传统了。

我们这次会议讨论“尼采与启蒙”。宣告“上帝死了”的尼采早就死了。尼采死后一个多世纪里，我们的世界和我们的生活发生了十分彻底的变化。但我要说，我们今天仍旧处于尼采的阴影中。无论是东方还是西方，我们今天都面临着越来越复杂的全球化进程的诸多难题以及所谓“现代性”的种种难题。这正是本次会议讨论的重点问题。我们也看到，在此意义上，尼采既是一个从“古”到“今”的转折点，也是一种“未来哲学”的开端。我愿意说，这种“未来哲学”将不再是单纯“西方的”，也不再是单纯“东方的”，而是“世界的”。

三天来，我们从多个角度探讨了“尼采与启蒙”这个课题，只是在今天下午，我们似乎丢掉了我们的课题，去讨论尼采与艺术了。我也注意到，来自中国的同事们的讨论似乎更哲学和更政治一些，而欧洲的同事们似乎更重文本分析，更多语文学。这是好事，我们无疑需要差异化和多样性，而不是发同一种声音。

无论如何，我个人认为，我们当中无论是谁都难免处于政治与哲学的紧张关系中，而且必须保持这种张力。在前天傍晚的餐桌上，我表达了一个康德式的玩笑话：人们可以在家里裸体，自由地思考或者无聊，但人们不可以在公共场合（比如在今天的演讲厅里）裸体相呈；尼采想用哲学的启蒙（所谓“新启蒙”）代替政治的启蒙，就是主张：既然要裸体就要彻底裸，在公共场合也可以并且应该裸体。尼采于是就犯了错。其实当年哈曼就是这样批判康德的，说人不能做两面派呀，不能私下里一个样，到公共领域换一个样。幸亏当时康德脑子清楚，若听从哈曼的批评，就不免落个尼采式的结局——只好疯了。

本次会议的演讲文本，将以德文和中文两种语言，由费格博士和我编辑，分别在德国和中国出版。费格博士以及他的团队已经做了大量的前期工作，委实令人感动，他们不但把参会的中国学者的文章都译成德语了，甚至把不在场的几位中国学者的几个相关文本也译成德语了。与会的各位如果要修改自己的演讲文本，可以在今年年底前完成并提交，以便于编辑工作的开展。

我们的会议终于结束了！在中国，人们在这个时候就会说 Jeder Tisch hat sein Ende。这是我十分钟前形成的对中国谚语“天下没有不散的筵席”的德文翻译。估计德国的同事们肯定不知道这是啥意思，但我相信中国同事们马上会反应过来。这就是语言文化的差异，有的细微意味是难以传达的。是啊，Jeder Tisch hat sein Ende。但我仍旧希望，我们能够重逢，无论何时，无论何处。这是一定的。毕竟尼采研究的圈子并不大，甚至哲学的圈子也不算大。今天在场的汪民安教授是中国最好的尼采专家之一，虽然他不懂德语。汪教授刚刚跟我建议：我们在中国也搞一次尼采会议嘛！他的建议很好，我们会的。另外我也想指出，中国的大学现在刚刚开始国际化进程，我们要逐步向国际同行开放教席。就本人任职的学院来说，我们计划在未来五年内引进至少5名国际学者。本次会议更增强了我在这方面的意愿。

好了，Jeder Tisch hat sein Ende。希望这个中国谚语能顺利进入德语中。最后我想再次向柏林自由大学哲学研究所的费格博士以及他的会务组表示感谢，感谢他们良好的组织工作和热情的接待。我也祝愿亲爱的德国同事们万事如意，祝愿亲爱的中国同事们一路平安！谢谢大家！

我们为何还要读海德格尔？*

2014年以来，德国思想家马丁·海德格尔又在国际上大热了一把，主要原因是海德格尔二战期间的笔记本（“黑色笔记本”）被整理出版了。学界又开始激辩海德格尔与反犹、纳粹问题。海德格尔大概已经被公认为20世纪思想大师。那么，海德格尔是思想巨人与政治小人啰？思想与行动可以分开来吗？言与行可以不配合吗？我们为何还要读海德格尔这样一个曾经政治上反动的伟大思想家？

今天我们只讲海德格尔的思与言，因为我们假定：现代人的人性已经远比传统社会中的人性复杂，单维度地评判一个人（哪怕他是一个思想家）的时代已经过去了。就海德格尔的思与言而

---

* 本文系作者2014年11月24日下午2点30分在西北政法大学哲学学院做的演讲，事后记下主要内容。

言，我们想讲三点：

其一，海德格尔是存在主义之集大成者，用我的译法，是“实存主义”的集大成者。海德格尔自己并不愿意这样命名自己，但他也许会部分地同意“实存哲学”（Existenzphilosophie）这个称号。关于个体“实存”（Existenz）的哲学思考自古就有，但到海德格尔这里才成就大业。实存（existence）问题是关乎个体的，但中世纪有个著名说法：个体是难以言说的。个体为何难以言说？因为个体是变动不居的，是流变的、变易的。但不可说还得说，难。西方哲学史概有两种讲法：一是普遍性言说（本质言说），二是个体言说（实存言说）。前者一直是主流，即所谓柏拉图主义，以普遍性、共相、理念为追求目标，开展出Ontologie的学问以及形式逻辑、几何学等形式科学。另一路就是实存哲学，它起自亚里士多德，经由奥古斯丁和神秘主义，至尼采、海德格尔成就大业，然后再由萨特而被张扬为社会政治思潮，成为欧洲学生运动甚至激进运动的精神动力和思想资源。海德格尔在其前期哲学中融合了现象学和实存哲学，以《存在与时间》这一巨著把实存论个体言说的成果系统化了。

其二，海德格尔是技术批判之最深邃者。我们时代的问题很多，生态环境、生活质量、精神委顿、道德沦丧、信仰式微等，但技术问题是其中的核心问题，因为其他问题多半是由现代技术—工业—商业发动起来的。人类正处于从2 500年的传统文明形态向现代性全球文明过渡的时期，而人类作为高等物种也正面临灭顶之灾（人类物种的自然生殖能力正急剧下降）。可以说在这个时代里谁把握了技术问题，谁就抓住了时代的命脉。但技术问题又是难以深入思考的，因为现代技术恐怕不再是我们能掌握的，而倒是反过来，人类已经被现代技术掌控了。海德格尔把现代技术的本质把握为“集置”（Gestell），以此来传达：现代人通过表象性思维、技术加工、伪装和滥造，整体地处置自然（包括人自身的自然），最后人类自身反而落入技术的集置陷阱无法脱身了。技术造成的危险既表现为精神祛魅，也表现为环境恶化。海德格尔以“集置”之思，希望回溯现代技术的形而上学起源，特别是它在近代主体性形而上学中的起源，从而把技术批判与现代性批判紧密结合起来。海德格尔可能是第一人，把技术问题理解为现代性之核心。海德格尔技术之思的另一个显著特点，是把技术批判与神话再造相结合，正是现代技术造成今日世界的祛魅化，致使人类生活的神秘成分日益萎靡；当代思想和艺术如果不想或不能成为技术的帮凶，那么就只有“复魅”——再造神话——这样一条道路了。

其三，海德格尔是未来世界思想之开拓者。海德格尔的高明之处在于，他不再以欧洲哲学家自居，而是自觉地把思想的目光投向世界和未来，投向未来世界。所以他才会说，他的“本有”（Ereignis）与希腊的“逻各斯”（Logos）和中国的“道”（Tao）一样是不可翻译的。其志向之高远无人能比。海德格尔后期一直致力于思考哲学的终结和未来思想的兴起，追问后哲学的思想是何形态。海氏为此所做的准备概有三点：其一是后种族中心主义（非西方中心论）的立场的确立；其二是通过实存哲学的努力，解构西方主流传统的本质主义或柏拉图主义；其三是通过诗性之思和期备之思的艰苦努力探索哲学和科学之外的思想可能性。海德格尔的“本有”（Ereignis）之思，特别是“本有”所具有的“返本”与“守己”的双重意义，既是海氏对我们这个技术世界的反应，也是他面向未来世界的思想努力的集中表现。而在方法论上，我们认为，海德格尔后期围绕“本有”展开的思想，仍旧具有现象学的意义，仍旧坚持了前期哲学中形成的现象学的方法，即“还原—解构—建构”三位一体的现象学方法。其中的“还原”环节在后期被表达为“返回步伐”；“解构”环节则成为对多元思想之本源性意义的确认；而“建构”环节则表现为多元思想的交互理解。这样来了解，则海德格尔的“本有”之思就具有了指向未来的启示力量。

有了上述三点，则海德格尔仍旧是我们绕不过去的思想家。我们今天仍旧要读海德格尔。

2014年11月23日记于西安

2015年2月7日补记于弗莱堡

彼得的海德格尔导论*

吾友彼得·特拉夫尼（Peter Trawny）的《海德格尔导论》即要出版中文版，我是很高兴的，愿意在此写上几句。在德语世界，有关海德格尔思想的导引性著作已有许多种，比较出名的如珀格勒尔（Otto Pöggeler）的《海德格尔思想之路》（已有在台湾出版的中译本，流传不广）、费加尔（Günter Figal）的《海德格尔导引》（尚无中译本）、萨弗兰斯基（Rüdiger Safranski）的《来自德国的大师——海德格尔与他的时代》（已有中译本，靳希平译，商务印书馆出版）等，可以说各有所长。而我个人仍旧愿意推荐目前还不太出名的彼得·特拉夫尼的这一本，原因大致有如下两条：

其一，特拉夫尼此书谋篇精致、比例恰当。正文部分共五章，每章均分三节，前两章讨论海德格尔前期哲学，后三章讨论

* 参见特拉夫尼：《海德格尔导论》序言，张振华、杨小刚译，上海：同济大学出版社，2012年。

后期海德格尔思想，我认为这是合乎海德格尔哲思各个时期的分量的。学界经常把重点放在1930年之前的海德格尔上，甚至有言海氏哲学无非一本《存在与时间》（1927年）而已，这种想法和说法实在是过于简单了，甚至有一点粗暴了。我以为，要论对于当代和未来的人类思想文化的关切，海德格尔的后期思想和作品肯定是更有意义的。

其二，特拉夫尼此书思路清晰、不落俗套。全书实际上是以“生命”“存在”“历史”“语言”和“技术”五大问题来展开论述，显得比较集中，抓住了海德格尔思想的关键部位，是做问题研究，而非那种纯粹传记式的写作。这种做法的前提自然是作者对海德格尔思想诸维面有全面的掌握，同时又有深入的思考。这又谈何容易呢？从师承上说，特拉夫尼属兰德格莱贝（Ludwig Landgrebe）、黑尔德（Klaus Held）一线，但他未拘泥于师门传承，而是更愿意依循实事和思想本身，故不乏创新的见识。

因此之故，当特拉夫尼两年前来同济大学哲学系任教时，我即向他建议让人把这本书译成中文出版，收入我编的“同济·德意志文化丛书”里。彼得便以此书为基础，在同济哲学系用德语讲授海德格尔哲学。课后请我的研究生张振华和杨小刚来承担这项译事。他们很好地完成了翻译任务，且译文品质不错——于我，这是双重的高兴了。

我谨向中文读者们推荐彼得·特拉夫尼的这本《海德格尔导论》。

2009年11月11日

海德格尔哲学漫谈*

很高兴到西安交通大学来，感谢交大聘我为兼职教授，这大概是意味着我以后经常可以来交大了；感谢老朋友李建群教授和张再林教授的邀请。张再林教授是特地从外地赶回来与我相聚的。而且，他未经我同意，就为我规定了今晚演讲的题目，说是“海德格尔哲学漫谈”。其实呢，我目前的主要工作重点不再是海德格尔，而是尼采了。我目前在主编《尼采著作全集》（已完成了14卷中的5卷），并且在写一本关于尼采的书。我开过玩笑说，在中国做海德格尔哲学是相当危险的，这不，已经有3位做海德格尔的中国学者跳楼了，他们都选择了跳楼，两位在北京跳的，一位在杭州跳的，而且原因不明。这是十分令人遗憾和痛心的。按说，做哲学就是“练习死亡”，但不是要练跳楼，而是要

---

* 本文系作者2011年11月28日晚上7点在西安交通大学人文学院的演讲。

练到不想跳楼的境界，现在做海德格尔总是跳楼，事情就有点不妙了。于是几年前，为安全起见，我就开始做尼采了。我心想，做尼采嘛，虽然有发疯的可能性，但人终归是活着的。

然而，由于习惯的原因，也或者是喜欢的原因，海德格尔我还是在做一点的。今年夏天我在德国把海德格尔《哲学论稿（从本有而来）》这本20世纪最神秘的书译完了，明年春天可以出版。这本书被认为是海德格尔最重要的两本书之一，折腾了我五六年了。另外最近，商务印书馆让我来主编《海德格尔文集》，不是全集，而是30卷的选集。中国人懒，这方面的工作在国际上没有地位，实在是可以惭愧的。于是，你们看，我又被套住了。

以上是我目前工作的两块，但还有第三块，是艺术哲学。为了接近艺术，我一直在中国美术学院做兼职教授，最近两天也跟西安美术学院的一些艺术家在一起玩。总的感觉是，跟艺术家在一起，比跟哲学家在一起要好玩些。于是我正在做一套书，叫“未来艺术丛书”，主要是造型艺术的理论探讨，准备明年开始推出。

这是我在做的事，一共三块，是尼采哲学、海德格尔哲学、艺术哲学，向大家汇报一下，以便大家了解我。

昨晚我在想，张再林教授是想考验我，让我“漫谈”——你做海德格尔这么多年，还漫谈不了么？于是我今晚只好漫谈了。那么怎么个谈法？一般人听说我做海德格尔的，就会问：这位海德格尔到底做了些什么呀？做得怎么样？跟我们有啥关系呢？能不能用人听得懂的话跟我们说说？——我想这就是“漫谈”了。

海德格尔到底做了些什么？如果我说这事三言两语说不清楚，你们自己去看书吧，这是混蛋话，做人不好这样说话的。都说海德格尔想的是“存在”问题，没错，但那是个什么问题啊？跟我们相干么？有关存在问题，我们首先会关注人的存在，这是自然的。但人的存在是什么状况呢？且先让我们来听听尼采讲的一个希腊神话故事。

话说酒神狄奥尼索斯的老师和朋友昔勒尼，受到一位国王的逼问，一定要他说出人最好的事是什么。昔勒尼没办法，只好说：对人来说，最好的事你已经得不到了，就是“不要出生”；次好的事呢，你是可以做到的，就是“快快死掉”——此事你可以做到，但你是不愿意做的。昔勒尼没说最坏的事，但你们已经看得出来，显然是“活着”。人生苦短，人生本苦，终归虚无，我们为什么要活下去？给个理由嘛！于是，人类就创造了文化。艺术、哲学、宗教等，都是用来解答这道难题的。

海德格尔也是在重解这道题。为何要重解？当然是因为前面的解决方案都有问题。就希腊来说，尼采认为，希腊人提供了两种错误和不当的方案，一是艺术，造出许多神话来，而又把诸神弄得跟我们人一样，于是，人就获得了满足，以为自己跟神一样了，显然属于自欺。二是从苏格拉底开始，发展了科学乐观主义的解释方案，哲学—科学—理论的解释方案，就是认为人生是可以通过知识方式来论证和解释的，而这种论证和解释首先和主要是因果说明。我为什么到西安来？是因为西安交大人文学院邀请我。但事情哪有这么简单呢？我到西安来，是因为我这次想跟一些艺术家去看黄河；还有，是因为张再林教授是我老朋友，我想找个机会来看看他；还有，我就没理由地想来西安了，我觉得西安好，就是好，就来了，不行么？人生哪里就是一个因果能了断的？

以上两种，一是通过艺术获得解放，二是通过知识获得解放，在尼采看来都不行。尼采的方案我们且不说。我们这里要说海德格尔的方案。

海德格尔其实提供了两种方案，第一种方案，我愿意说它是把人放大的方案，是一个"大人"方案；第二种方案呢，则是把人缩小的方案，是一个"小人"方案。这两者之间区别蛮大的。

我们先说第一种方案，就是前期海德格尔的方案。前期海德格尔做了什么？他把人放大了。怎么放大的？放大到什么地步？当然是说来话长。首先他是接着胡塞尔来说的。胡塞尔说事物的意义不是它本身给出的，也不是我主体给出的，而是由事物所呈现于其中的视域来给出的。这一点无比重要。海德格尔更进一步，说人（此在）是在一个有着因缘关系的世界境域里烦忙，跟事物打交道，事物才获得了意义。这个想法有意思，但也很危险。海德格尔最后只能说，人的存在（此在）与世界是等值的，此在在，才有世界。

这里有两个有趣的想法。其一是，人通过活动（烦忙与烦神）构成一个整体，甚至可以说人创造了世界。其二是，事物的意义取决于人所创造的世界。这就是把人的存在放大了。放大以后怎么办？还不好办，还是有一个虚无的问题。人的有限性在海氏那里被解为时间性。而时间性是曾在、当前、将来三维构成的整体性。若是按以前的时间观，把时间解为线性的流逝，人就不免悲观。但海氏提供了一种三维循环的整体时间观，况味就好多了。人只要直面死亡（虚无），向死而生（仍旧是“练习死亡”！），面向将来，继承过去，承担当下，则还是能获得自己的整全性的——人看起来就不残缺了。

这套解释在理论上被叫作基础存在学（本体论），说白了就是把存在学的基础设在此在的实存结构上，或者说是以人为本的存在学方案。这套办法怎么样？好不好？不好。一是因为过于主体哲学化（主体主义化），把什么都往人身上推，就会有问题。二是在策略上，仍然没有逃脱苏格拉底的路子，无非是让人直面死亡和虚无。“直面”？说来容易做来难。你去直面直面看？

1930年后，海德格尔想出了第二套解释方案，我愿意把它看作把人缩小的方案。实际上把人缩小并不难。汶川地震时，有一个镇掉到了裂开的地缝里，而这个裂口又封闭起来了，这整个镇就消失了，不知道去哪儿了。这时候我们得承认，人算个什么啊！我以前是学地质的，在地质史的时间概念上，人的历史差不多还是零，可以忽略不计的。但现代人却是极端自负的一群，我们会想，我们就是老大，自然不就是我们所加工的对象吗？

人越来越失去了敬畏感。什么是敬畏？比如：自然观上的谦恭，伦理上的报应。

如果人不大，那么谁大？天大地大神大。只有人是一个要死的东西，是短命鬼。海德格尔要给人重摆位置。首先他是在世界的四个基本元素中，把人设为其中之一个，所谓“天地人神”是也；其次是在人与自然——存在或者“本有”（Ereignis）的关系上，把人设为服从者、响应者、被占有者。这样一来，人怎么存在，人类文化怎么产生出来，都需要有一个重解。比如说到真理，海德格尔就说，真理不是人事，而是天事；说到语言，海德格尔说，根本的语言不是人言，而是天言。若此，则人就被放到了一个较低的、谦卑的位置上了。

这时候，思想或者哲学的焦点问题，就在于怎么让人放下身段，放弃用知识和理论的途径，用虚怀的心态对待事物，对待比人更强大的东西。人的有限性问题自始就被转变为人如何服从神秘、服从存在（本有）的问题。

这当然还是一种神思，虽然它在许多方面已经不同于传统宗教的解释路径。

如果我这样说下来，各位仍旧说难懂，那么，我可以试着用另一种说法。昨天在从陕北回西安的路上，一位艺术家问我，你跟我说说，海德格尔的虚无观到底是怎么回事。我想了想，跟他说，前后期很不相同，在前期，海德格尔差不多认为存在就是虚无，他揭示了三维时间性的虚无结构，认为那就是人生此在的本相；而在后期，海德格尔把虚无问题神秘化了，他说，把虚无看作是存在（语言）的隐蔽运动，是一种否定化、虚无化、不化的运动。这位艺术家说不懂。我说我再简化些，举个例子吧，好比说，我说“这是一棵树”，这是一个简单的陈述，谁都能懂，但我为何能这样说？因为我在说这是一棵树时，已经隐含着说了无数个“不是”——它不是一块石头，不是一个人，不是一只狼，等等。海德格尔想告诉我们，正是这无数的“不是”、无限的“不”，才让我们脱口而出：这是一棵树。这就告诉我们，是一种隐而不显的力量让我们在一个显白的区域里言说和行动。这种力量就是虚无，也可以说，就是存在/本有本身的运动。

这时候，人就只能以一种响应、接受、期待的方式去参与到存在/本有的隐而不显、亦显亦隐的运动之中。

好吧，我们已经说了海德格尔的两种方案，这两种方案都是希望对人的存在、人的有限性、人怎么承担虚无，提供解释。两种方案有一个共同点，即：都希望离开传统哲学和科学的途径，另辟蹊径，寻找一种非科学、非理论的道路。前一种方案后来被解释为存在主义（实存主义），后一种方案呢，可谓众说纷纭，我愿意把它叫作“后哲学的哲思”，也是“后神学的神思”。它还是开放的、未定型的。它指向未来。它所传达的是科学—技术—工业时代里一种非科学、非理论的思想要求，而首要地，它要求我们对非科学、非理论的解释可能性和解释空间保持开放姿态。在这一点上，我认为海德格尔是成功的。

我就漫谈到此。谢谢大家！

2011年11月28日下午记于西安交大南洋宾馆

哲人远逝，书本此在[*]

2015年2月5日下午，我的研究生李阳陪我和家人去访问位于弗莱堡查林根（Zähringen）的海德格尔故居。此事缘起也真是巧了：我这回到弗莱堡访问，2月2日到达，住在火车总站附近的一个公寓里，3日傍晚带家人在旁边一家老挝人开的饭店里吃饭，快吃完时，南京大学的王恒教授和弗莱堡大学的博士生金砚闯了进来，也是来吃饭的——这真叫机缘巧合！于是就一起喝了点小酒，谈话中得知金砚就租住在海德格尔故居里，大家就约定了5日去海德格尔故居叙一叙。

差不多15年前我来过弗莱堡，当时是跟克劳斯·黑尔德（Klaus Held）教授和彼得·特拉夫尼（Peter Trawny）博士一起从乌泊塔尔（Wuppertal）来的，参加德国现象学学会年会。会后有

---

* 本文系作者2015年2月5日傍晚访问弗莱堡查林根海德格尔故居，次日记录成文。

一天下午，我与黑尔德教授和特拉夫尼博士等驱车去托特瑙堡，参观了海德格尔的小木屋，却未曾想到要参观他的故居。记得当时在小木屋门口拍了照，还听黑尔德教授谈了海德格尔的一些趣事，以及海氏的老子译稿遗失的事体。另外还有一件事给我印象深刻：我们一行人下得山来，在托特瑙堡镇上一家咖啡店里喝东西，一位本地老太太是服务生，我就问她认识海德格尔么？她居然说不知道。其时我真是无比惊奇，因为这个小镇现在人气蛮旺的，多少跟海德格尔的木屋有关。记得黑尔德教授就笑话我：你以为德国人人晓得哲学呀？

当年我还比较年轻，对于哲学和事物的热情恐怕要比现在高得多。第一次来弗莱堡，也见到了《海德格尔全集》主编冯·海尔曼（Friedrich-Wilhelm von Hermann）教授，也参观了以前只在书上读到过的不无神秘的海德格尔的黑森林山上小木屋，心情是相当激动的。

现在好像不一样了，岁月消磨掉了好奇和热情。这一次来弗莱堡小住，感觉也就是旅游度假而已；如今对于哲学与日常生活世界的距离，也更多了一份体会，更多了一份清醒。不过，当我5日下午4点半光景到达位于查林根（Zähringen）的海德格尔故居（Rötebuckweg 47）时，心情还是有一点激动的，毕竟海德格尔的著作和思想，陪伴我20多年了，对我的精神和生活产生了至深的影响。

哲人已逝，故居依旧。这是一栋两层楼的别墅，占地有两亩，坐落于一个山坡上，现在住在里面的，是海德格尔的孙女格特鲁德·海德格尔（Gertrud Heidegger）一家。博士生金砚租的房间在门厅左侧，只够放得下一张小床和一个书桌。我心想，这不是在给海德格尔家看门么？好在另外还有地下室可供使用，当晚我们就在地下室里聚餐。

不一会儿，王恒、夏宏（我师弟，也在弗莱堡大学访学）、窦绪凯（曾经考上过我的博士生，现在也是弗莱堡大学的博士生）也到了。于是大家就在屋前拍照留念。这时候，格特鲁德女士和她丈夫出来了，带着两个四五岁的小朋友（是他们的孙子）。我们就在后院聊起天来。聊天中我才知道格特鲁德曾经到过中国，在南京大学讲过自己的爷爷。我问她认识她爷爷不？她说当然啰，她爷爷去世时她已经21岁，是大姑娘了；她指着屋后另一栋房子说，她爷爷是在那里去世的。

我们提出来要合影留念，格特鲁德女士和她丈夫欣然同意了；然后我们提出来能否参观一下海德格尔的书房，她也慷慨地同意了。于是我们一干人上了房子的二楼，进了左侧的一个房间，大约有二十几平米，靠门口的两面墙是两排书架，靠窗口则是一张大书桌。格女士介绍说，她爷爷的书房一直保持着原样，书桌和座椅都是原先的，只是书桌旁的沙发外套更新过了，窗户也是原来的，只是窗玻璃更换过了，等等。大家七嘴八舌地问了一通，也跟格女士谈到她爷爷跟中国学者萧师毅战后一起翻译老子《道德经》的事，她竟然在书架上找了一阵子，找出一本海德格尔使用的斯特劳斯（Strauss）《道德经》译本，袖珍本，打开看，发现封底还有海德格尔用铅笔做的页码标识，如此等等。这些都让人感觉亲切。

我坐在书桌旁边的单人沙发上，让李阳给我照了几张，后来发现只有一张是清楚的。哲人远逝，书房依旧，书本此在，想想海德格尔曾在这儿写作（当然他也经常在托特瑙堡的小木屋里写作），曾在这里接待友人（我们知道的好多德国哲人都在这儿出现过），也曾在这里接受过《明镜》记者的采访，如此等等。这些都让人惆怅唏嘘。

我跟格女士说，要是你爷爷还在就好了。格女士笑了。我们谢过格女士，感谢她给我们这么好的待遇，竟然让我们进了海德格尔的书房里，因为平常这个房间是关闭着的，不可以随便进去参观的。

当晚我们在海德格尔故居的地下室里喝酒，第一杯酒是为哲人喝的。在一个寒冷的、宁静的夜晚，一群来自中国的哲学工作者，躲在20世纪最伟大的哲人马丁·海德格尔的故居的地下室里喝酒，实在也是一个命运性的事件呢。

9点多下山回城。路上我想，这大概是这次德国之行的第一收获罢。

2015年2月6日记于弗莱堡

现象学的直接性与神秘性*

2015年2月10日晚上，在弗莱堡访学或留学的几位哲学学者，王恒教授、夏宏教授和博士生金砚、窦绪凯，约我在弗莱堡的香港酒楼聚餐，说是给我送行。饭后聊天，我提了一个问题：请各位谈谈现象学到底意味着什么？我说，现象学可能是20世纪以来真正原创的新哲学，其他诸如新马克思主义（西方马克思主义）、实用主义、分析哲学，等等，虽然在20世纪也有许多新的进展，但总归都是西方传统哲学的延续和发展，而唯有现象学是新创的，而且是持久的，那么我们要问，它的真正创新点在哪？它为何具有持久的力量呢？

在弗莱堡这个20世纪现象学哲学的发源地，我们这些做哲学

---

* 本文系作者2015年2月10日晚在弗莱堡香港酒楼的一次关于现象学的谈话，事后记录和扩充。

的聚在一起，除了喝点小酒，是应该谈谈现象学的。

当时各位都谈了自己的看法。我记性不好，第二天请窦绪凯同学凭记忆记下，通过微信传给我。他的记录如下：

王恒教授认为，现象学最根本的特点和任务在于探讨意义的源始发生，并认为聚集在现象学名下的各位哲学家虽然观点和思路大相径庭，但都在探讨意义究竟是如何发生的。夏宏教授则认为，现象学意味着“千人千面”，现象学就是为了探讨这种多样性——但王恒反对说，如果这样来理解现象学，就很难说真正的现象学了。金砚同学认为，胡塞尔现象学不能笼统地加以讨论，因为它也是在不断变化之中，从最初对意识的静态描述，到后面对意识现象的发生性的研究，并且加以代际、历史等现象的讨论，因此需要视情况不同加以分别讨论。窦绪凯同学认为，现象学的根本原则和精神还是统一在“回到实事本身”这句口号里，但究竟什么是“实事本身”，他也没有特别明确的想法。

这是各位发表的见解的要点，未必准确，但大意不差了。每个人都有自己的学理背景和研究重点，故各位见解上的不同是完全可以理解的，而且是好事。

当时轮到我讲了，我说，现象学的要义在于：观念领域/观念世界的直接性及其非知识把握的可能性，或者说，现象学告诉我们，观念领域是可以直接把握的，而且是可以用非知识的方式把握的。我说“红”，大家立即都理解了，无需任何“中介”。胡塞尔说这是通过目光转移与个别直观同时发生的“本质直观”。但什么叫“目光转移”呀？这事不乏神秘。可以说，所谓“本质”是可以直观的，这本身就神秘兮兮的。现象学把以往认为抽象的、疏离于我们生活世界和生活感受的观念领域当下直接化了，使之成为生动的、温热的、当下发生的、随时可启动的。我认为这是现象学的基本创新点，也是它的力量所在——这是一种彻底归零和重新开始的哲思力量。

除了这种“直接性”，我还想强调的是“神秘性”。“神秘性”是怎么回事呢？前面讲了“本质直观”就不乏神秘。就此而言，我们所谓“直接性”也即“神秘性”。我讲“神秘性”不是要宣扬神秘主义，这个时代是不可以宣扬神秘主义的。“神秘性”时时处处都有。比如此刻我们坐在这儿聊天，想起来就特神秘呐。我刚到弗莱堡的第二天，我们莫名其妙地在一家莫名其妙的小餐馆里偶逢；而金砚同学又莫名其妙地竟然住在海德格尔的老宅里，于是我们就去海德格尔家里搞了一次聚会，真的莫名其妙。这种机缘是神秘的，无法说明的。我们此刻在这里聊天，虽然主题明确，相互间也很坦诚和友善，但我们之间，在这个场合，仍旧有许多幽暗的东西在穿行，有不少东西并不容易说明。世上人与事充满着幽暗和神秘。而这是人与事的本相，也是生活/生命依然引人入胜的意义所在。

如若哲学（还有艺术）不能领悟和守护生命中神秘幽暗的东西，那即便不说是哲学（还有艺术）的堕落，至少也是一种失责吧？

守护神秘就是抵抗科学和技术。我们得承认神秘的地盘越来越小了。在技术时代，一切都被说明了，或者说都被纳入科学的说明要求之中了。我们人人都是尼采所讲的“理论人”，也就是“科学人”。我们时代的人类已经完全被科学—技术—工业—商业的庞大体系掌握了，谁也逃不脱。然而悖谬的是，凡进入科学说明要求之中的生活要素或生活行为，或者说祛魅了的生活要素或生活行为，多半是一种虚弱化的开始。比如人类的性爱，通过技术手段（说明、展示、刺激），在今天已经没有多少神秘成分了，人类性爱欲望由此得以放大，但同时人类的性爱能力前所未有地被弱化了，甚至影响到了人类物种的自然繁殖能力。这时候我们要、我们不得不期待一种抵抗的力量。这时候我们就不得不问，如果哲学和艺术不能为抵制科学技术对生活的全面占领做出贡献，则它们有存在的意义么？

最近我发现了德国思想史和艺术史上的一条艺术—神话的路线，就是从19世纪的艺术家瓦格纳（Richard Wagner）到哲人尼采（Friedrich Nietzsche），到20世纪的现象学思想家海德格尔（Martin Heidegger），到今天的艺术家安瑟姆·基弗（Anselm Kiefer）。我发现，这是德国现代哲学和艺术传统里一种抵抗技术、守护神秘的思想努力。瓦格纳认为艺术的使命在于恢复神话（他所谓的“神话”也即我们所讲的“神秘性”），没有神话的生活是无意义的，他于是开掘了日耳曼民族的北欧神话；尼采更进一步，跳出日耳曼民族，转而去发掘古希腊—欧洲的神话传统；海德格尔继承了尼采的衣钵，同样回到前苏格拉底的古希腊，进一步探索诗与思的神秘—神话通道；当代艺术家、德国新表现主义的代表人物安瑟姆·基弗则更进一步，借力现象学方法，取犹太神秘主义为致思和创作背景（犹太文明既是欧洲的异类，也具有世界性），由此切入物质和世界的神秘性维度。

所有这些艺术家和思想家并不见得完全“志同道合”，但他们的动机却是趋同的，是一脉相承的，即我们所讲的：抵抗技术、守护神秘。我相信，只有在这个意义上，我们才能确认现象学的原创性，才能理解现象学对时代的反应能力和指向未来的持久力量。

这是我当时讲的大概意思，现场的细节讨论还有很多内容，但这里只能写下我记忆中还能重启出来的。此时我想，记忆的重启和当下直接化也是不乏神秘的呢。

2015年2月11日晚记于弗莱堡

2015年2月12日晚再记于德累斯顿

越技术，越孤独？
——《新周刊》杂志关于技术问题的一次采访

一

问： 正如海因里希·奥特所说，马丁·海德格尔是“我们时代里思考现代技术之本质的最重要的思想家”。是什么促使海德格尔在后期回归书斋，对现代技术进行深入思考的？是因为人被“连根拔起”的恐惧感吗？

孙周兴： 马丁·海德格尔的哲学分前、后两期。前期以实存论（此在分析）为重点，也就是重在对人的存在分析，企图以此重构欧洲—西方的存在学/本体论哲学传统。然后有一段政治歧途，就是当了10个月的纳粹时期弗莱堡大学校长。卸任后，海德格尔展开了存在历史的非哲学或后哲学的思索，试图对人做一个重新定位，在“人是如何被规定”的意义上来思考人与存在的关系以及世界的基本元素或基本意义方向。这时候，技术问题就成了海德格尔思想的一个核心课题。

海德格尔技术之思的基本动因有二：一是对西方形而上学哲学史的解构，二是对今天人类生活状况的洞察。海德格尔的哲学传统批判工作的基本结论是：哲学—科学—技术—工业—商业的历史性展开和全球性完成，而人（今天是全人类）已经落入技术圈套中了。着眼于今天人类的生活状况，海德格尔看到了技术无所不在的控制性力量，技术已经成为现代文明最核心的驱动力；而且，人类已经从通过技术加工自然进展到通过技术加工人类自身，也即开始加工人类的身体自然了。在20世纪50年代的文章中，海德格尔就预言了这一点。

人类原是自然的一部分，生于自然而归于自然，现在，技术把人类与自然隔离开来了，我们已经不能接"地气"了。海德格尔对此是有深切感受的，甚至于产生了一种对于"无根"的恐惧感。

二

问：海德格尔用自创的一个词"Ge-stell"来规定现代技术的本质。能不能用一般人能够理解的话，来解释海德格尔对技术的理解？

孙周兴：美国学者詹姆信认为，海德格尔的"Ge-stell"是20世纪最神秘的一个理论词语。国内对此词的翻译和理解也多有分歧。已故的熊伟先生译为"座架"。我把它译为"集置"，完全是一个字面的翻译，因为Ge-就是"集"，stell就是"置"。什么意思呢？我想也未必要把它弄得很玄乎。海德格尔的意思是，现代技术已经成为人全面“置弄”“摆弄”事物的方式，比如在观念上，人要“置”事物为对象，这在哲学上叫“表象”（Vorstellen），其实应该译为“置象”；在生产上，人要“置造”（Herstellen）事物。又比如，在某处发现了新油田或者新矿床，但我们现在还开采不了，我们就“订置”（Bestellen）它，以后迟早要开采的。凡此种种，都是“置”，合起来就是“集置”。

海德格尔以“集置”（Ge-stell）来表示现代技术的本质，按我的理解，意思就是事物都被技术人“置”了，而全人类都进入这种“置”的活动中了。好比说南极的企鹅，仿佛还没被技术“置弄”呢，但其实，企鹅身上也已经发现了大量的环境激素，只不过这个量比内陆的人类和动物少一些。你能说企鹅没有被技术“置弄”吗?

三

问：有人把海德格尔称为技术哲学的先驱。请大致介绍一下技术哲学这一分支学科。

孙周兴：我对于“技术哲学”这门学问了解不多，不能乱讲。但我认为，把海德格尔称为技术哲学的先驱肯定是有失妥当的。古希腊哲学家亚里士多德对技术问题就有过深入思考。往近处说，至少弗兰西斯·培根可算最早的“技术哲学家”。

当然正如一般哲学的发展状况一样，在技术哲学上同样也有路线分歧，有人文主义的技术哲学与科学主义的技术哲学。国内有学者区分了所谓“技术哲学”的四个传统，谓“社会—政治批判传统”“哲学—现象学批判传统”“工程—分析传统”“人类学—文化批判传统”，自然把海德格尔放在“哲学—现象学批判传统”里了。这个区分比较细致，但若简明一些，仍不妨依照米切姆（Carl Mitcham）的划分，分为工程派技术哲学（Engineering Philosophy of Technology）和人文派技术哲学（Humanities Philosophy of Technology）。从哲学史的角度来看，米切姆的划分基本上仍旧与我们所熟悉的经验—分析哲学传统和人文哲学传统之两分相合。海德格尔的技术之思，无疑属于以欧陆为主体的人文派。我愿意把海德格尔看作人文主义路线上对技术问题思考最深入的一位思想家。

四

问：在《技术和新人类图景》一文中，你认为，现代技术已经越来越脱出人类的控制而成为“一种统治人类的自在力量”。这让我联想到凯文·凯利的新作《科技想要什么》。他把环绕在我们周围的科技系统称为“技术元素”（technium），认为它是与人类共同进化的一支力量。这样的科技会把我们带向何处去？

孙周兴：我在《技术和新人类图景》一文中描写了一个好莱坞科幻电影故事，由此引发出对现代技术的一点思考。那是随感式的写法，未能深入。以我的大致想法，现在的世界文明中还看不到有哪一种力量、哪一种文明或文化元素，能够对已经占领全球的技术工业的加速运行起到节制、平衡的作用，或者哪怕是起到减速的作用。一些古老文明被卷入技术工业后，在短短百年间被迅速地摧毁，几乎没有还手之力。

在这样一种无力抵抗的情况下，我们自然也就失去了把握未来和预言未来的能力。今天主要由技术专家们提供出来的一些关于人类和文明未来的预测，经常处于相互矛盾的乱象中，令人无法采信。偏人文的学者们的思考更趋乏力，发不出有力的声音。还有，人文学者与科技专家之间的相互猜疑和怀疑，已经到了前所未有的地步。这些都是令人泄气的。

五

问：那么，对待现代技术，应该抱一种什么样的态度？积极拥抱技术？反技术？还是像海德格尔所说的既说“是”又说“不”的“泰然任之”？

孙周兴：这是道难题。我们已经在技术的“集置”力量中难以脱身，这时候，我们对技术难以简单地表态，无法直接说“是”或者“不是”，“好”或者“不好”。我们分明看到了现代技术带来的各种负面因素，甚至于看到了技术时代里作为物种的人类正在面临的灭顶之灾，于是不好意思简单地肯定技术；而另一方面，反技术的立场也会有问题，会让人感到虚情假意，你一边利用着技术成果，一边责骂着技术，不假吗？

当年海德格尔自己不开车，但坐他夫人开的车。所以他比较聪明，主张对技术说“是”又说“不”。要是他干脆说要反技术，不就太假了么？当然，对于海德格尔所讲的“泰然任之”（Gelassenheit），我们还不能做过于简单的了解。它在字面上的意思就是英文的let be，用中文讲是让它去吧。如果这样解就还太简单了。它的第一层意思确实是要冷静、不要慌——都这样了，慌有何用？进一步，“泰然任之”还指向对事物包括技术对象的态度，就是对事物要从容、宽厚些，不要太急色、太挑衅。海德格尔这里传达的姿态固然含有一点点无奈，但要不然又能如何？

六

问：你说过，人类在20世纪普遍面临的现实难题，一是技术困境，二是价值虚无。这个说法在进入21世纪的今天仍然成立吗？有需要补充的吗？

孙周兴：这两项确实是我对20世纪人类难题的概括，而且我认为“技术困境”与“价值虚无”之间是有关联的，或者说，“价值虚无”是“技术困境”的后果和表现。其实马克思他老人家早就预言了这一点：在技术工业社会里一切旧价值都被动摇了，被相对化了，只有可交换价值是稳定的。

我今天依然维持这个想法。进入21世纪以后，这两道难题是越来越难了。

七

问：在今天这个信息时代，科技一方面使得人与人之间的空间距离不再成为问题，但另一方面，科技并没有缩短人与人之间的心理距离。人们似乎更孤独了。出路在哪里？

孙周兴：20世纪有“三大件”，就是在早、中、晚期出现的飞机、电视、网络。这“三大件”威猛无比，已经彻底改变了人类的空间感、时间感、图像意识和视觉经验。这恐怕是文明史上最大的变局。人类真正进入到马克思所谓的“普遍交往”的过程中了。但，确实就像你讲的，人似乎变得更孤独了。一方面是被技术无限放大的普遍交往的可能性，另一方面则是在真假、虚实结合的虚拟空间中个体被平均化、同质化，成为一个无足轻重的分子。如果说在技术世界中个体可能被极度放大，那么，他同样也可能被极度缩小，被缩小成一个没有实质的东西——于是就加深了个体的孤独感。虽然个体难免孤独，但现在我们的孤独被格式化、形式化了，有了另一种深重的孤独。

出路在哪？我眼下还说不上来。我只有一个建议：要拿得起放得下，要进取也要学会后退。这也是我给自己的提醒。

八

问：海德格尔引用荷尔德林的一句诗句来说明，虽然过度依赖技术使得人被连根拔起，但人类还是可以被拯救的：“哪里有危险，哪里便有救。”所谓“回归本源”，应该如何理解？这个解决方案在今天也适用吗？

孙周兴：近代以来中国的一些学者们眼见自家的传统日益颓败，心里一直很急，现在看到西方人也批判和反思他们自己的传统，就开始狂想了，以为西方不亮东方亮，以后就轮到中国文化来救世界了。海德格尔关注过东方思想，特别是中国道家思想，这是无疑问的，但我们并不能把此事放大，以为人家要投靠中国文化了。相反，海德格尔倒是反复引用过荷尔德林的一个诗句，说“哪里有危险，哪里便有救”。

这当然是诗人的诗意表达，传达了一种希望和信念。我们还是得有信心的。而关键点在于，海德格尔认为，虽然今天人类的变局和危险是由源于欧洲—西方的技术工业造成的，但这并不意味着，未来世界文明的挽救就要靠欧洲—西方之外的文化传统了（如果有这个可能性，当然是最好不过了！）。海德格尔认为，面对技术文明的危险局势，首先是要对技术文明的起源进行正本清源的批判，这就是西方形而上学传统的解构工作；有了这项工作后，才能寻找可能的解救之道。这才是所谓“哪里有危险，哪里便有救”的意思。

海德格尔也把这样一项工作叫作“返回步伐”，所谓“回归本源”。这不难理解。人类已经跑得太快了，一味地往前跑，是不是至少也得消停一下，看看方向对不。我们总是落在某种思维定式中，以为前进好，后退不好；以为增长好，减退不好。在这样的定式中，我们便难免误解海德格尔的“返回步伐”。

2012年4月6日于沪上同济

何谓人诗意地栖居？*

一

问：“诗意栖居”这四个字在建筑尤其是住宅领域被十分广泛地应用，它几乎成为一种自我褒奖，同时也带有理想化的成分。然而这实际与海德格尔所注解的“诗意栖居”大相径庭。所以想首先请问孙教授，“诗意栖居”的本意应如何理解？

孙周兴：所谓“人诗意地栖居”出自德国诗人荷尔德林，而不是海德格尔的话。但因为海德格尔影响巨大，荷尔德林的诗歌在某种意义上也是靠海德格尔被“重新发现”的，所以呢，不明真相的人们就经常把这个诗句算到海德格尔头上。这大概是有点不公的。

---

* 本文系2011年3月24日作者接受《绿城》杂志记者采访的访谈录。

房地产行业需要广告，前些年好像特喜欢“诗意栖居”之类。我有一次特别搞笑的经历。好些年前参观过上海一个新开的楼盘，看见楼书上赫然写着：“海格尔说，人诗意地栖居。”我忍不住跟经理说：其一，好像没“海格尔”这人；其二，德国有个叫“海德格尔”的，但“人诗意地栖居”也不是他说的。

“诗意栖居”其实用不着专门解释，诗句嘛，凭人理解就是了。真正诗意的东西是没法说明的，说明了就不诗意了。海德格尔是思想家，不免把事情往深处想，往根源处想。“诗意”的本义是创造、创作，希腊文叫poiesis。“栖居”呢，按海德格尔理解，在德文词源上是与“筑造”“存在”一体的。人存在，即创作，即筑造和栖居。就此而言，人生在世，是诗意地栖居。

这是从根源上想问题。我们平常哪里会想这么多？

二

问：西方的“诗意栖居”的精神实质是否适用于中国？其实中国的“诗”与西方的“诗”有着截然不同的精神实质。

孙周兴：你这个问题有点问题。若从上面讲的根源处说，“诗意栖居”是普适的，无所谓中西。是人都得“在”，“在”就得“作”和“造”，就得“居”。当然你会说中国人以前“居”得跟欧洲人不一样。这是当然啰。但各个地方的中国人也有不同的“居”法，欧洲人，就拿德国人来说，北部的、中部的、南部的，也是各有各的“筑造”，各有各的“居住”。当然现在时代不同了，全世界开始划一，大家都在学西方的造法和住法。

同样，你说的后半句既对又不对。当然中西文艺是有差别的，居于不同的地方便有不同的创作，因为“地方”有别，长出来的花也不一样。但要说东西方的“诗”或者文艺是截然不同，也未必。毕竟人类精神中有许多共通的东西，是我们理解不同民族文化的创造性成果的前提。

三

问：“诗意栖居”，如果放到中国的文化语境下，您认为可以做怎样的注解？

孙周兴：中国传统文人讲究个山水居，所谓“仁者乐山，智者乐水”。这跟中国古代的农耕文明有着紧密关系。依山水而居是不是“诗意栖居”呢？当然是，至少可以说是“诗意栖居”的一种。山水、风水之类，是中国古人合乎自然的讲究，我认为是有普适意义的。现在有不少欧洲人，就特别喜欢中国风水，差不多是一种回归自然的倾向。

四

问：您觉得历史上哪一时期、哪个地方或在哪种文化类型养育下的人，最接近于“诗意栖居”的美好状态？

孙周兴：这个问题不好解答。各民族文化多半都会假定以前有过好日子，有过美好状态，比如欧洲许多学者就认定古希腊早期，大约是公元前6至前5世纪，有一个特别美好的文化和人性状态，有一个“乐园”。中国也差不多有这种“乐园”回忆，如孔老夫子就向往周代。但我宁愿把这种“乐园缅怀”视为一种想象。若一定要说先民有“诗意融融”的美好状态，那可能只是一种理想的寄托，而不一定是事实的认定。

历史上，人类的生活是由战争与和平两个部分构成的。在战争时期，居住问题并不是人类特别关注的，而且战争的后果是居住的破坏；而在和平时期，人类生活的主题成了“劳动/营造/创造”，这时候，“居住”问题是特别受重视的，而且也经常会有好的“建筑”和“居住”。

今天人类的居住已经被全部西化了，是通过西方技术组织起来的。好不好？我认为有许多好的地方，胜过我们自己传统的居住方式，比如说清洁卫生、居住功能的安排，等等，肯定是强于我们中式住法的。

我不想假惺惺地一方面享受着现代技术文明，另一方面又要彻底否弃之，就像我们现在的一些新儒人士，十分的不真诚。我宁愿认为，各民族文化，特别是持久延续的文明类型，肯定都有自己的优长之处，但势必也有欠缺不足。现在多元文明都摆在一起了，必起争端，都有权利地位之争。这些都可以理解。但我们现在要做的不是热烈地全盘否定或者肯定什么，我们需要的是“冷静”和“筛选”——冷静地面对多元文明的成果，然后做一种“筛选”。居住问题上也是一样的道理。

五

问：“栖居的基本特征是保护”，这种“保护”是如何达成的？海氏所说的“四重性”又该如何理解？

孙周兴：看来你真是有备而来的，连这个你也会了？这事可能又得回到农耕来说。“耕作”原本是保护性的，而非现代技术的耕作方式。农民耕地，对土地是怀有感情的，是要善待和呵护土地的，这一点我做农民时是深有体会的。你若不善待土地，土地最后是要报复的。栖居的情形与此类似。我们居于大地上，必须小心呵护些什么。

这就要联系到你提到的“四重性”了。海德格尔说世界是“天、地、神、人”四个元素的共同运动、共同游戏。天/地比较好解，我们常说人生天地间，海德格尔说“天”是世界敞开的一面，而“地”则是世界隐蔽和归闭的一面；神/人就比较难解些，尤其对于我们汉人来说，因为汉人不太有宗教感。其实呢，只要你承认有比自己更强大的东西，有一个更强大的东西影响和决定了我们的生活，而我们人无法反过来影响它，这时候，你就已经有了“神圣感”。

这些都还不要紧。要紧的是海德格尔以天、地、神、人“四重性”把人做了一个重新定位：人不是世界的主人，而只是四个元素中的一个。既然这样，人就得变变姿态了，不要动不动就把自己当作“主体”，当作“老大”，而得低调些、安静些、虚怀些，多做些保护、应合、持守的事体。

六

问： 海德格尔强调的是“学会栖居”，他认为住房是否紧张根本不是栖居的真正困境。言下之意，即便像杜甫的理想那样，“广厦千万间、天下无寒士”，也未必见得就是栖居，这是为什么呢？

孙周兴： 我想海德格尔的意思是说，住房紧张只是表层问题，而不是根本问题。住房短缺当然不好，要解决好；但对人类生活来说，更要紧、更根本的是如何在天地之间、在大地上存在。如若我们的存在环境和存在方式都有了问题，则住得再好也没用，或者也不可能有好的居住。也就是说，诗人荷尔德林所谓的“人诗意地栖居在大地上”，特别通过海德格尔的解释，意思首先指向人类的存在问题，然后才可能落实为人的居住问题。

七

问： 先进的城市、豪华的房子中国都有了，快速的城市化进程有没有使人们日渐接近理想状态？我们在离“栖居”更近还是更远？

孙周兴： 呵，你是先预设了答案来问我。我当然会说，城市化以后，我们离海德格尔意义上的“栖居”是越来越远了。现在我们多半住在钢筋结构里，行走在水泥路上，我们是无法接通“地气”的——我是相信有“地气”的。荷尔德林的诗句讲的是“人诗意地栖居在这大地上”，但“大地”已经隔离我们了，我们已经疏离“大地”了。

八

问： 能谈谈您的研究兴趣吗？是什么因素促使您更重视海德格尔的思想？

孙周兴： 我早年是学地质的，没兴趣，就写诗，没写好，就去做哲学了。我是农民出身，原本的生活世界与现代文明完全不搭界，竟走上了哲学研究的道路，自己想想也有点怪异，属于另类一种。这样变来变去，兴趣是主要的动力。好些年来我主要在翻译和研究德国思想家海德格尔。原因呢，大致有二：其一是海德格尔的思想很重要，是思想史上的巨人。有人笑说20世纪会留下来两个半哲学家，一是海德格尔，二是维特根斯坦，半个是德里达。虽说是笑谈，但基本是对头的。无论是对传统的批判还是对未来思想的开启，海德格尔都是集大成者，也可以说是一位转折性的思想家。其二是我自己的文字兴趣和性情倾向，海德格尔的文字很沉稳，又很有趣，沉稳而有趣，就有点境界了。另外，海德格尔的文字很有些"诗意"，比较适合于汉语读者，不像德国古典哲学家那种没有温度的、冗长乏味的、让人发疯的语句。这也是中国持续不衰的"海德格尔热"的原因之一。

其实我这些年主要转向了尼采研究，目前在主编《尼采著作全集》中文版，希望能在几年内把这个思想怪杰的全部著作奉献给中国读者，还在写一本有关尼采的书，希望自己能把尼采思想弄弄清楚。虽然没全放弃海德格尔，但我在尼采哲学上面花的时间更多一些了。现在想想，比起尼采之狂野，我依然更喜欢海德格尔的沉稳。

九

问：（最后一个问题是我个人感兴趣的）作为同济大学人文学院的院长，您致力于培养怎样的人才，有什么创新的举措？还有，您觉得当代中国人需要怎样的知识结构和心灵品质，或者具体点说，您对学生们有什么样的期待？

孙周兴：同济在中华人民共和国成立前有过文学院，之后没了，现在的人文学院是新恢复的，名气不大。目前虽然也有了本科、硕士、博士的培养体系，但总归是刚刚起步，没什么好吹的。但因为是新的，也有一个好处，就是未定型，有创新的便利。我们就做了一些制度面上的创新。比如我院3个专业，学生们可以在进校后两年内无条件地任选一个专业学习。我若是校长，我会让全校学生任选专业，只对一些热门专业设门槛。道理很简单。对大学来说，学生也算是消费者嘛。你若去饭店吃饭，却被告知只能吃菜单上的一道菜，说别的你不能吃。这叫什么事？这个不好，一定要改。

另外一点，是中国大学的讲课方式要改。因为基础教育的缺陷，我们的学生进大学后也还是依赖教师，自立性差。课堂呢，多半还是灌输式的讲授。我认为低年级学生可以多听些以老师讲授为主的课，而高年级的学生就得以讨论课为主。讨论课要求学生课前做准备，课中积极参与讨论和争论。这样，学生独立研究和思考的能力，以及学生参与讨论、表达意见的能力，才能得到切实的训练。中国学生不善于倾听别人，也难以合作；中国学生考试成绩好，但表达能力差，这都跟教学制度的安排相关。我也希望改一改。

我对于今天学生的希望有下面几点：其一，不要死读书，书呆子时代已经过去了，读书读成傻子，是很悲哀的；其二，要注重母语和基于母语经验的感受能力和表达能力的培养，我把这种能力看作好学生的基本标志；其三，要有良好的意志力，也就是自控能力，一个人要成就无论什么事业，智力当然不可少，但意志力才是第一位的；最后一点，要有点趣味，无趣之人不可爱，无趣的生活是不值得过的。

2011年3月24日 于上海

第二编

今天我们怎么做哲学才好?

今天我们怎么做哲学才好？*

我一直对陈嘉映教授这些年的工作摸不着头脑，不知道他在做什么。这次比较认真地看了他今天的报告《日常概念与科学概念》，差不多有一点眉目了，至少是可以猜测到他现在的部分工作了。大家知道，陈嘉映教授先是做海德格尔哲学的，后来主要研究维特根斯坦哲学，翻译了两部20世纪最重要的哲学书，就是《存在与时间》和《哲学研究》，都做得很好。但如果你跟他说他是做谁谁的哲学的，估计他不会高兴。不过无论如何，比如根据他今天的报告来猜测，他的哲学中成分是相当复杂的，有现象学的，有解释学的，也有日常语言分析、科学哲学、认知科学的，等等。当然，如果我们这样说，陈嘉映教授也仍然不一定高兴，

* 本文系作者2005年10月17日下午3点在华东师范大学对陈嘉映先生终身教授就职报告“日常概念与科学概念”的点评，事后为发表略做修饰。

他会说：我干脆就是做哲学的啊。

20世纪90年代中期，我与陈嘉映教授在绍兴开会时发生过一次争论，当时争的是一个翻译问题，我把该问题概括为：学术翻译者在做翻译工作时应当采取“上行”的策略呢，还是应当采取“下行”的策略？所谓“上行”，意思就是把翻译做得很学术，很严格，有意识地摆脱日常语言的约束；所谓“下行”则是要把翻译做得尽可能地接近日常，尽可能地使用日常语言。我是主张“上行”的，而陈嘉映当时是主张“下行”的。于是就发生了比较激烈的争论，加上当时在场的倪梁康、靳希平、张祥龙、王炜等学友，吵了一个晚上。这里的问题涉及对日常语言、学术语言以及两者关系的不同理解。我当时表达的看法是：日常语言本身是缺乏自我革新的动力的，它的革新和丰富必须借助于学术语言、文学语言以及政治语言的异质力量。[1]

现在读完陈嘉映教授的报告《日常概念与科学概念》，我很自然地回想起了上面讲的“绍兴争论”了。虽然陈嘉映教授这次讨论的是科学概念，而不是翻译，但他的问题却与我们那次争论的问题是同质的，至少是相通的。陈嘉映教授现在把它表达为：“科学为什么需要日常语汇而不完全自创其语汇？科学概念与日常概念相比有哪些特点？科学概念和日常概念是什么关系？”我认为，虽然不能说陈嘉映教授这个报告对这些问题做了最后的解答，但至少是为解答这些问题做了准备，架势摆出来了。就欧洲

1 参见孙周兴：《我们时代的思想姿态》，北京：东方出版社，2001年，第231页。

科学史而言，起源于希腊的形式科学如何在近代被实验科学化了，或者说，如何与实验科学结合起来了，形成现代意义上的科学和科学概念，这一直是令我困惑不已的一个问题，至今没有看到过令人信服的答案。陈嘉映教授的报告提供了一种把现代哲学与科学思想史综合起来的解决路向，作为一种尝试，是大有意义的。

我们先来看看他如何处理这些问题。

陈嘉映教授的报告分为六个部分：（1）概念；（2）日常概念与科学概念；（3）运动；（4）力、加速度、质量；（5）数学取向；（6）万有引力和可理解性。不难看出，就理论来说，这里面重要的是第二和第五部分，因为这两部分直接关乎报告的主题和对课题的解答。不过，我想特别指出的是，陈嘉映教授对所例证的几个物理学概念的梳理是极有意义的，显示出他深入细微的分析功夫。

科学概念与日常概念有何异同呢？陈嘉映教授一上来就把它挑明了。“日常概念”（嘉映也称之为“自然概念”）是以我们的日常生活和日常经验为基准的；而科学概念则不受这个约束。“几何学的圆这个概念和我们平常的圆的概念之间的区别在于：几何学的圆不是通过感性内容和其他概念交织在一起，而是通过定义和其他概念联系起来。换言之，几何学的圆洗净了这个自然概念的内容，和圆满、圆滑没有任何关系。”这个意思不待细解，相信大家都能接受了。作为形式科学的几何学只与形式的点、线、面相关，而与实质无关。在现实生活中，你无论在哪里也找不到一条最短的直线，无论在何时也测不出三角之和为180度的一个三角形，等等。

正因为这样，陈嘉映教授一方面引证夏佩尔的研究，认为后者对科学语汇与日常语汇的连续性的想法是有道理的，“远优于普特南和克里普克把科学定义凌驾于日常界说之上的混乱理论”。但另一方面又指出，不能因此模糊了科学概念与日常概念之间的根本差别。陈嘉映教授大概采取了一种折中的或者辩证的态度，既承认两者的连续性，又认为两者是分离的，因为他有一个有力的证据：大量科学概念语词来自日常语词，如力、运动、惯性、时间、迁跃、细胞。它们与我们的常识、我们的日常概念相联系。不过也有些科学概念是科学理论创造出来的，是直接由理论得到定义的，例如虚数、力矩、电离、夸克。

但在接下来的讨论中，陈嘉映教授实际上进一步否定了夏佩尔的工作，而更倾向于强调科学概念的特殊性以及科学概念与日常概念的区分了。因为，陈嘉映教授说：“关键在于，即使那些来自日常语汇的科学术语，在一门成熟的科学中，其意义也是由科学理论规定的。”“语词意义的自然改变是就事论事的，而语词意义在科学理论中的意义改变是系统的，服从于特定理论的需要，有固定的数学化倾向。”就此而言，我认为陈嘉映教授就不应该在前面扬夏佩尔而贬普特南和克里普克。当然这不是什么大事，放过也罢。

陈嘉映教授对问题的解决着眼于科学理论的整体性。科学理论的这个整体，他甚至把它称为“亚语言”。“科学概念原则上并不取代自然概念，而是构造一个整体，形成一种新的语言，一种亚语言。”这是一个有意思的想法。这显然含着海德格尔—伽达默尔式的哲学解释学的意义。科学理论对科学概念的营造是基于一种整体筹划，是在某种“解释学处境”中开展的。“科学概念不是自然概念的形式化，不是自然概念的梳理、延伸，而是按照一种新的筹划进行的整体改造。”这里我们可以窥见陈嘉映教授的基本思路了。这种综合的思路是他的思考之长处，使他的貌似琐碎的分析工作占有了厚实的哲思品质。

然而问题哪里就这么轻松解答了？问题还得进一步落实到区别于日常概念的科学概念的特征上。在前引的几何学的圆的例子里，陈嘉映教授说“几何学的圆洗净了这个自然概念的内容”，其中用了一个动词“洗净”。这当然是比喻说法，很好听。但关键在于：是怎么“洗净”的？陈嘉映教授提示我们，是通过科学的“数学取向”。“数学化消除了科学概念最后残余的偶然性。因为这些概念的最终有效性不在于它们具有何种理解的内容，而在于它们能够在数学上互相换算。”这个结论自然不能说新鲜了，有意义的倒是陈嘉映教授为此做的几个科学概念的例证，它们很好地说明了数学化过程中发生的“洗净”和“消除”，即：对自然概念之内容的“洗净”和对自然概念之偶然性的“消除”。

上面算是我对陈嘉映教授的报告的一个概括，未知是否准确。这个报告里显然有许多深刻的想法，用不着我在此复述一遍。不过我还想提出几个问题或者几个疑点来讨论，或者说向陈嘉映教授请教。

首先是概念与语词的关系。陈嘉映教授的报告中有一个加了重点号的句子:“[概念]语词是概念的最终形式或最清晰的形式。”以我们通常的理解，语词比概念更广大些，而概念比语词更高些——当然“大”和“高”都是不严格的常识想法。报告中说：概念一端联结于我们的实际经验，另一端联结于概念语词。在概念语词中，事物的某些联系获得了明确的形式，“上升成为语词”了。似乎语词比概念更高些，这与我们通常的想法有悖。但紧接着的话似乎又反过来了：说到“我有个概念”，隐含那是从我个人的经验中形成的，语词却不是从我个人的经验中形成的，而是通过一个语言共同体成千上万年的共同经验成形的。好像概念是个体性的，而词语是人类共同的。当然我会想到，陈嘉映教授这里说的“语词”是“概念语词”。但恕我愚钝，还是被他绕糊涂了。如果是指“概念语词”，如何还能说“语词是概念的最终形式或者最清晰的形式”呢？

接着又回到报告的主题上：日常概念与科学概念的区分。如上所述，陈嘉映教授的基本思路我是同意的。但最后把“数学化”（形式化）当作日常概念与科学概念的区分标准，是不是会有问题呢？且不说这里的“日常”和“科学”用法并不严格，实际上我们日常的、自然的态度和词语用法多半是科学的，是由科学态度和科学概念共同铸就的。当然这还不打紧，关键恐怕在于，并非所有科学概念都是形式化（或数学化）的，也并非所有科学概念都是具有形式化（或数学化）指向的。

我在此愿意引用胡塞尔的看法。概念都是经由“普遍化”形成的，无论是日常的概念还是科学的概念。胡塞尔进一步说，“普遍化”有两种方式：一为“总体化”，二为“形式化”。我们可以随便举例来说明。当我说某某是汉人，汉人是人，人是动物，动物是生物，生物是物质，这是一个“总体化”的过程；而进一步，当我说“物质是本质”、“本质是对象”时，在胡塞尔看来就是“形式化”了，因为在后面这种说法中，并没有一个实指的实事区域，也并没有构成一个有序的概念系列，而只是提供出一个“无内容的”形式规定。“总体化”是黏着于实质和实事经验的，而“形式化”则是纯然超越于实质和经验的。胡塞尔说在这两者之间有一个“断裂”。我相信也有这个“断裂”。而且我认为，唯有通过这个“断裂”，陈嘉映教授前面讲的“洗净”和“消除”才是可设想的。比较起来，我觉得胡塞尔的想法可能要更周到些，而且更能把问题突现出来。而无论如何，如果我们同意胡塞尔的思路，则像陈嘉映教授报告中这样简单地区分日常概念与科学概念的做法还有意义吗？

最后我想提出的问题是：我们怎么做哲学才好？这个问题并不是与陈嘉映教授今天的报告主题毫无关系的，但主要是我个人的问题。我们知道，哲学一直是用概念工作的。西方哲学的核心区域在胡塞尔所说的作为普遍化方法的形式化的层面，正是在此意义上胡塞尔提出“作为严格科学的哲学”。构建一个“形式—本质”的领域一直是以“存在学”（Ontologia，通译“本体论”）为核心的西方哲学的基础工作。可是时代变迁，表象性思维（概念性思维）的哲学在我们时代广受质疑——也正是在此意义上，胡塞尔就被称为“最后一个哲学家”。因此就形成了我的问题：在后哲学时代里我们是否可能做哲学？怎么做哲学？

如果把问题再引开去，我们就会问到：我们用汉语做哲学是否可能，如何可能？虽然近代以来，汉语接受了而且还在接受哲学—科学思维和表达方式的改造，变得越来越清晰、越来越概念化，但时至今日，我们毕竟还不能脱尽汉语和汉语思维的固有特性。虽然话不能说绝对了，但有一点大概可以肯定：汉语言并不适合于表达纯粹形式—逻辑的关系。于是对我们来说，如何做哲学的问题就不仅指向哲学批判和反省，而且指向对我们汉语思想和表达方式的检讨。

前面我讲到翻译的“上行”策略，我说因为日常语言缺乏自我革新的动力，所以需要哲学、科学和文学，这样说时，其实我是有些心虚的。不过，我一直羡慕着陈嘉映教授的工作状态，那是十分难得的一种状态：陈嘉映教授似乎把哲学弄得很日常，同时又保持着旺盛的知识兴趣。没有比这个更难的了。

2005年10月16日于沪上康桥

汉语哲学的做法*

——从《哲学研究》与《哲学论稿》说起

一

我决定参加“陈嘉映哲学三十年”研讨会之后，心里一直很痛苦，因为交不出文章来，而梅剑华博士不断地通过各种方式催交论文，最后大概他也是绝望了，就说给个题目行不？也没给。梅同学一生气，就自己给我立了个题目，叫作“我看陈嘉映哲学”。这位同学真是很可爱，他表达了一个很好的愿望，让我来讲讲“陈嘉映哲学”。但我偏偏不讲，估计也讲不来。

不过，我下面讲的事，依然会跟嘉映做的哲学相关。

---

* 本文系作者为首都师范大学哲学系主办的“陈嘉映哲学三十年：批评与回应”学术研讨会（2011年5月28—29日，北京）而做。

大家知道嘉映译过两本书，一是海德格尔的《存在与时间》，二是维特根斯坦的《哲学研究》。一人占了两头，嘉映在中国哲学界的地位，首先差不多是由这两个中译本奠定的。想当年《存在与时间》初版，是何等热闹的情景呢——当年书少，好书就特稀罕了。我自己当年就是通过《存在与时间》中译本知道嘉映的，当时我刚刚开始读哲学研究生。多年后，嘉映又做出了《哲学研究》译本，自称为最佳译本，我愿意相信这一点。这两个译本，恐怕是对当代中国哲学界影响最大的两本书了。

二

今天我不想谈《存在与时间》，而是要来说说《哲学论稿》。作为海德格尔早期代表作，《存在与时间》固然很重要，但那还是一本具有传统特性的哲学书，是要对此在的实存状态做一种先验的一形式的分析；《哲学论稿》就不同了，它是后期海氏的思想著作，更有指向未来的意义。在我看来，海德格尔的《哲学论稿》和维特根斯坦的《哲学研究》，才是20世纪最重要的两本哲学书（虽然已经是另一种哲学了），自然也是最难读的两本。

这两本书都是第二次世界大战前后写成的，且都是在作者死后才出版的。《哲学研究》作于1945—1949年，初版于1953年。《哲学论稿》作于1936—1938年，首版于1989年。按可能性而言，维特根斯坦没机会读到《哲学论稿》；而海德格尔活得长久，生前倒是有可能读到过《哲学研究》（只不过未见证据）。

两本书均为“未完成的”，具有残篇和笔记性质：《哲学研究》第一部分共693段文字，第二部分共14节文字；《哲学论稿》全书由281节长短不一的文字构成。更有甚者，两本书的书名其实一样：《哲学研究》（*Philosophische Untersuchungen*）用了复数的Untersuchungen（研究、探究、检查）；《哲学论稿》（*Beiträge zur Philosophie*）用了复数的Beiträge（稿件、文章、论……）。这两个书名在德语中几可通用，且寻常无殊，差不多都属于找不着好名、将就着使用的书名。

不但两本书可有一比，而且两位作者也有许多有趣的地方可以对照起来：维特根斯坦与海德格尔均出生于1889年。维氏先死（1951年），海氏后死（1976年）。1889年也是希特勒的生年。三人同岁。维特根斯坦与希特勒是中学同学。[1]而海德格尔曾担任过10个月的纳粹时期弗莱堡大学校长。这么说来，这两位哲学家都与法西斯主义者希特勒有点干系——当然性质是完全不同的。还有，两人都是以德语为母语的。

而且，差不多都是以1930年前后为分界，两者的哲学都发生了一场剧变：在维特根斯坦那里分出“维Ⅰ”与“维Ⅱ”；而在海德格尔这里，则是所谓“转向”，甚至也有人试图区分“海Ⅰ”与“海Ⅱ”——不过，这种标识似乎未为海德格尔本人所接受。[2]

---

1 据传两人同校而不同班。参见江怡：《维特根斯坦传》，石家庄：河北人民出版社，1998年，第27页。也有人推测（金伯利·科尼什：《林茨的犹太人》，伦敦，1998年），是维特根斯坦最早引发了希特勒的反犹情绪。但此说未为学界所确认。

2 海德格尔只确认自己的思想发生的“转向”。参见海德格尔：《同一与差异》，孙周兴等译，北京：商务印书馆，2014年，第156页。

令人奇怪而又不无遗憾的是，20世纪西方哲学的两位大家，同在一个欧洲地方（在交通开始发达的20世纪，欧洲实在不算个大地方），而且都讲着德语，但竟然从未有过对话、交流和讨论。有记录表明，维特根斯坦对海德格尔做过一点点同情的议论；而海德格尔却从未说起过维特根斯坦及其哲学。

或问：各自写着“书名相同”的书，但那是“同一本书”吗？又或问：若两位大哲再生，碰在一起，他们将如何面对？两人会引对方为同类和知己吗？抑或，将有一场口水大战？他们竟能对话吗？

这些虽属假设之问，但也不是完全无稽的问题。眼下我们只想设问：《哲学研究》和《哲学论稿》均失掉了传统哲学著作的严格性，写作全无章法和规矩可言，难道这是偶然的吗？是维特根斯坦和海德格尔写不来“哲学书”了吗？

“哲学书”到底要怎么写才好？

三

如我们所知，维特根斯坦把自己的《哲学研究》称为“风景速写”。海德格尔则说自己的《哲学论稿》由六个“关节”组成。前人可不是这么叫法。

比较而言，海德格尔的《哲学论稿》看起来还更合乎理路些。它诚然也不是体系化的哲学论著了，但全书的281节文字被划分为八大部分，且各各立了标题；中间的六个部分被称为“关节”，而所谓“关节”（Fuge）合起来就是“构造”（Gefüge）。在此意义上，可以认为，这本非体系化的《哲学论稿》也绝非是完全随意的，而是有思想的“严格性”的。——非体系而有结构，未免有点矛盾了。

在《哲学论稿》开篇不久，海德格尔即公然宣布：体系时代已经过去了。

要问的是：“体系”意味着什么？我以为主要有两点：首先是结构性，即体系哲学（理论）对课题的处理和讨论是有完整结构的；其次是推论性，即体系哲学（理论）在方法和表达（风格）上具有推论性质。这两点是体系哲学的基本要素。

体系时代的终结是一个重要的标志，表明以形式化、推论性和结构性为特征的哲学或理论探讨已经不合时宜了，或者至少，不再是唯一的和优先的了。

就海德格尔言，《存在与时间》仍然是一部体系性的著作，虽然它是未完成的；而《哲学论稿》就很难算得上一部体系性的著作了，虽然如上所述，它也有“关节”和由“关节”构成的“构造”——海氏此时似乎还不好意思把这书写得过于残片化，大约也还没有找到诗意表达的路径。要说《哲学论稿》中有推论，也只是“弱推论”了。

于是可以问：非体系化的、非推论的思想还能叫哲学吗？

我已经在别处问过，这里不妨再提一次。这个问题差不多是要追问后哲学的思想前景。要问的是：后哲学的思想怎么做才好？无论是海德格尔的《哲学论稿》，还是维特根斯坦的《哲学研究》，两者同样具有“非哲学”性质——两者虽名为“哲学”，其实都是“反哲学”或者“后哲学”的。

后哲学的思想怎么做？后期海德格尔和后期维特根斯坦为我们提供了两种尝试，也可以说是两个路径：海德格尔是非哲学而有哲理，有诗意而非诗化；维特根斯坦则是坚守日常经验和日常语言。

哲学一直在说形式的、普遍的道理。前期的海德格尔和维特根斯坦还都在讲形式的、普遍的道理；但后来，两者都不再讲这种理了，而且试以别的讲法了。两者后面的讲法，当然也是各有千秋，似还不能简单地分出高下来。

四

这时候我们可以回到主题上了。我们立的题目是：汉语哲学的做法。在今天的场合里，其实我想说的是陈嘉映与汉语哲学的做法。

我们不得不承认，现代汉语哲学还是新生儿，甚至是不是生下来了也还大有争议——是所谓中国哲学的合法性问题。既如此，讨论汉语哲学的做法就有些让人拿不定，怎么谈法？谈一个也许没有的东西么？

哲学要说理，这肯定没错。但得看它说的什么理。哲学一直在说形式的理，而且主要是一种形式语言的讲法。若是这样，则没有形式语法的汉语就大有欠缺了，甚至汉语哲学的可能性和合法性也因此经常受到质疑。

然而现在，特别是通过海德格尔和维特根斯坦，明摆着哲学（西方—欧洲哲学）已经不再讲形式的理了，而且也不再只有形式语言的讲法了。这就给汉语思想一个新的机会，一种新的可能性。

对此，陈嘉映教授是有觉悟的。他在一本近著中指出："哲学不能建立普适理论，哲学不能为任何问题提供唯一的答案，哲学不能为任何事情提供预测。科学通过巨大的努力摆脱了形而上学的影响。哲学面临着相应的任务：哲学需要摆脱实证科学的思想方式。"[1]

这是以否定方式讲哲学能做什么。但有了这样的否定性限制，仿佛汉语哲学就有戏了。只不过，我想补充说的是：现在，哲学面临着相应的任务——哲学需要摆脱形式科学和实证科学的思想方式。

五

陈嘉映哲学三十年，是很重要的三十年，对于汉语哲学，对于中国学术，都是特别重要的时间阶段。今天的会，我不希望是一个吹牛拍马的会，而是一次反思20世纪80年代以来中国当代思想和学术的机会。

嘉映在性格上有十分沉稳的一面，表达上也是讲究清楚明白的。这就决定了他虽然横跨海德格尔与维特根斯坦，但其实呢，

1 陈嘉映：《哲学 科学 常识》，北京：东方出版社，2007年，第250页。

他在气质上并不真正适合于做海德格尔。然而偏偏他师从颇具诗情的熊伟先生。嘉映写的《海德格尔哲学概论》，在许多地方暴露了他的性格和表达上的特性，就是少诗意而多哲理。而后期陈嘉映更加维特根斯坦化了。

下面这段话算是嘉映对于哲学的总体看法：“哲学意在克服常识的片断零星，它对经验进行反省，进而揭示自然概念之间的错综复杂的联系。然而，这种连贯总是局部的、多义的、不固定的。理解从来是与我们变迁不定的生活世界联系在一起的，从来不可能有提供普适理解意义上的普适理论，从来不可能有对世界的完整理解。入乎万物一体的融通之境，用巨细无遗的理论为世界提供统一解释，只是幻觉。”[1]

倾向于后期维特根斯坦的嘉映也同样提出了一个后哲学的问题：“执着于经验反省和概念考察，而不去建立普适理论，那还叫哲学吗？”嘉映自说自话，答道：当然还叫哲学，但早已不再是哲学—科学。

仍旧是否定性表达居多，但总算为我们提出了哲学的两项任务：一是经验反省，二是概念考察。这听来还是大话，在嘉映这里，大话已经不多见了。我们看嘉映最近一些年的工作，确乎是按照他自己对于哲学的规定来做的。

也不难看出，嘉映更多的是跟着维特根斯坦上路的。我愿意相信，他走在正道上，而且终成正果。

1 陈嘉映：《哲学 科学 常识》，第250页。

实存哲学与现代汉语哲学*

一　引言：被低估的中国当代思想

今天这个会议“存在哲学与中国当代思想——暨张志扬教授从教50周年庆祝会”是我设想和组织的。之所以要组织这个会议，首先当然是因为张志扬教授是我的朋友，特别老的朋友了，而且更应该说，我们之间有着亦师亦友的深厚情谊，适逢他从教50周年，我理应尽一份兄弟之谊，为他做一次庆祝会；其次（可能是更为重要的）则是因为，我以为应该找个机会，来反思一下20世纪80年代以来强烈地受到西方思潮影响的中国当代思想状况，看看收成几何。张志扬教授是一个有意思的个案，特别是在实

* 本文系作者2012年6月3日上午在“存在哲学与中国当代思想——庆祝张志扬教授从教50周年”研讨会（上海同济大学2012年6月1—3日）上的报告。

存哲学（所谓“存在主义”）路线上，标举“个体存在”问题和“偶在论”思想的张志扬教授，更是值得我们关注和研讨一下的。我在20世纪90年代，差不多十五六年之前，就在《读书》上发表过两篇文章[1]，讨论张志扬哲学，并且提出了“中国式的存在哲学”的命题。惜乎中国学界向来不太关注同行的事业，当时及以后都没人接我的话，只好随它去了。

大家知道，中国当代思想在当今世界哲学界没有多少发言权，其影响差不多被忽略不计，就翻译而论，中国当代思想著作被翻译成外文者少得可怜，与大规模地被译介成外国语言的中国现当代文学形成一个巨大的反差，在德国书店里你可以看到像张抗抗、张洁这样的中国当代作家的作品的系统翻译。我可以说：中国当代思想（人文学术，甚至包括社会科学）是被严重地低估了。个中原因殊为复杂。首要的原因自然是：当今世界的理论话语主流形态是西方的，人家没必要译介至今恐怕仍然处于“学习阶段”的第三世界的思想、学术、理论；与此相对，所谓第三世界国家的民族文学，却由于基于民族语言经验和感知方式的独特表达而引起其他民族文化的兴趣和关注——我想，当今世界文艺的广泛翻译和交流可能真正应了所谓的“越是民族的就越是世界的”。要改变中国当代思想不被翻译或者少受重视的状况，显然还有待于未来世界文明总体格局的变动，以及多元理论形态的互

1　即《玄妙之门》和《思想的本色》两篇，后收入拙著《我们时代的思想姿态》，上海：同济大学出版社，2009年。

动和相互间的差异确认，恐怕尚需时日。

另外我要说的是，中国当代思想被低估了，也并没有什么了不起的。思想是经常被低估的。17世纪意大利的维柯（Vico）被低估过，17世纪德国的哈曼（Hamann）也被低估了很久。19世纪的尼采差不多也是如此，想当年，《查拉图斯特拉如是说》第四部只印了40本，还没人要读呢。所以说思想被低估了也没什么。说不定哪一天，世界文化会重新发现我们所谓的“中国当代思想”——谁知道呢？在这方面，我觉得重要的是，我们要找到属己的思想的方向和力量。

本次会议的真正合适的主题也许应该换成我现在讲话的题目，即“实存哲学与现代汉语哲学”，因为我们难以找到与“存在哲学”对应的西文名称，而只有“存在学”（Ontologie）。这当然跟相关译名的持久混乱相关了，因为德文的Existenzphilosophie经常被汉译为“存在哲学”，而以我们的主张，它应该被译为“实存哲学”。这个暂且可以不管。在今天的报告中，我主要想来讲三点：一是，什么叫实存哲学？二是，现代实存哲学与非欧洲中心主义。三是，实存哲学与现代汉语哲学。

二　什么叫实存哲学？

前面我提到要以“实存哲学”的说法来代替“存在哲学”。查德文的《哲学概念史辞典》中的“实存哲学”（Existenzphilosophie）条目，首先给出的一个概括如下：“自1929年起在德语区流行的、由F. 海纳曼（F. Heinemann）首创的名称，表示以实存（Existenz）为定向的哲学思潮……该术语包括了不同形式的有关实存的哲思：雅斯贝尔斯的实存阐明以及相关的总体立场，基尔凯郭尔关于人相对于上帝的主观实存的哲学思考，海德格尔的此在分析，以及其他种种次要形式。”[1]

显然，所谓“实存哲学”（Existenzphilosophie）差不多等于“实存主义”（Existenzialismus），后者经常被我们汉译为“存在主义”，后面这个译名因为久已深入人心，而且具有良好的语感，估计一时半会儿很难被消除掉。但实际上它是一个十分不合适的翻译。一方面，这个译名很难体现和涵盖实存哲学的历史渊源；另一方面，它明显未能与Sein、Being的中译名“存在”区分开来，从而容易引起混乱，已经在很大程度上造成了讨论的障碍。有关情况这里不宜多加展开，我们先确认“实存”译名可也。

什么是“实存哲学”？我想大致可以举出如下五个规定性：

其一，实存哲学是“个体论”。它指向个体，是一种个体性的思考，或者可以说是从个体性出发的思考。但这并不意味着，实存哲学并不谋求普遍的、共同的意义。个体性的思考如若不求普遍意义，那将是无效的，而且会是荒谬的。此在（Dasein）指向个体实存，但当海德格尔说Dasein的本质是“实存”时，他说的是：个体性的此在的普遍意义（形式意义）表现在“实存

1　约阿希姆·里特尔编：《哲学概念史辞典》，“实存哲学”条目，德文版，巴塞尔/斯图加特，1972年，第2卷，第862—863页。

结构”中。海德格尔对此是有清醒的意识的，在《存在与时间》中，他也把这种普遍意义或者“形式的东西”称为“本质的结构”:“我们就日常状态提供出来的东西不应是某些任意的和偶然的结构，而应是本质的结构；无论实际上的此在处于何种存在方式，这些结构都应保持其为规定着此在存在的结构。”[1]

其二，实存哲学是“实现论”。它关乎个体的生成、实现、展开、运动及其依据，因此不仅包括雅斯贝尔斯、海德格尔等现代实存主义者，甚至哲学史上的亚里士多德、奥古斯丁、帕斯卡尔等也可归于“实存哲学”路线。只不过，这条思想路线在西方思想史上处于潜伏状态，一直都未成气候，直到20世纪才显山露水，成就大业。也正因为它一直潜伏着，故在思想史上，它始终构成对于柏拉图主义主流传统的抵抗和反叛；反过来自然可以说，它一直受到了主流传统的压制。

其三，实存哲学是“潜能论”。它强调个体存在的丰富可能性，强调个体朝向将来的开放和自由，从而也强调个体存在的动态的实行特征。可能性高于现实性——这个亚里士多德诗学的基本命题也是实存哲学的核心思想，也是由海德格尔提出的“实存先于本质”（或按通译，即“存在先于本质”）这个实存哲学原则的另一种表达。现实性是单一的、现成的，而可能性则是丰富的、未来的。当可能性趋于无限多样而使个体无法把握时，个体

1　海德格尔:《存在与时间》，德文版，第16—17页，参见中译本，陈嘉映、王庆节译，北京：商务印书馆，2016年，第25页。

实存就有了命运感，有时候甚至走向了宿命论。

其四，实存哲学是“超验－神性论”。作为一种“超越”论，它最后的归宿多半是神性论，从而在欧洲历史上总是与神学难解难分，几乎成了神学的准备性前提或者组成部分。无神的实存主义者属于异类个案，据说只有马塞尔。实存哲学因为要寻求个体实存的理由和根据，只好采纳类似于因果说明式的哲学和科学论证，最后只好承认有一个终极因、自因之因。就此而言，实存哲学总归是一种指向“超越/超越性”（Transzendenz）的思考，从而是一种“超验的”（transzendent）思考。

其五，实存哲学是“形而上学”。无论在题域上还是方法上，实存哲学与存在学/本体论都有相互交织、不可拆分的关系，构成西方—欧洲形而上学传统的两大思想方式。我认为这一点既是尼采的看法，也是海德格尔的思想。这两大思想方式无处不在，是我们追问、判断、理论的基本样式，也是我们人类的生活倾向和性格特征的集中表达。

最近在中山大学的一次座谈会上，我随口举了个例子，把“本质主义”与“实存主义”的区别（在学科上就是“实存哲学/实存论”与“存在学/本体论”的区别）简化为如下语式和逻辑：如果你认为“我是人，所以我是女人”——这就是本质主义，是存在学/本体论的思想方式；如果你认为“我是女人，所以我是人”（我当好了女人才能成为人）——这就是实存哲学/实存主义的思想方式。这两种思想方式虽然各有倾向，却又是紧密交织在一起的。海德格尔在前期哲学中认为，前一种思想方式必须以后一种思想方式为基础和前提，他的《存在与时间》即以此为定向。

其实呢，我们每个人都既是本质主义者又是实存主义者，只是各有倾向而已。就人的行动而言，具有本质主义性格的人过于僵化而易致平庸；而具有实存主义性格的人则过于动荡而有失稳重。当一个个体过于倾向于本质主义时，他的想象力和创造力就会出问题；而当一个个体过于倾向于实存主义时，他的稳定性、持守性和责任性就弱了。不待说，最理想的状态自然是两者达到均衡。

按字面意义来讲，Existenz差不多就是中文的“出位”。具有实存哲学/实存主义倾向的人是喜欢“出位”的人。“出位”是人的本性，说到底人人都是“出位者”，只是程度不等而已。我以前有过一个学生，很聪明的学生，性格上倾向于实存主义，跑来跟我讲要出去一段时间，我问去哪儿呀，她说不知道；我问什么时候回来呀？她说不知道；我又问了一句，那你有钱吗？她说没有呀。这时候我就清楚了：她只是想出去，为出去而出去。但为何要跑来跟我讲一声呢？很明显，她虽然属于实存主义性格倾向的，但仍然有本质主义的保留，知道即便只想出去，也得告诉老师或组织一声。这个例子似乎表明，没有人是彻底的实存主义者，也没有人是彻底的本质主义者。

“出位”意义上的“实存”经常在政治上表现为一种革命的理想。历史上的革命者都是实存主义者。安分守己的本质主义者是不想革命的，不想“出去”的。20世纪最革命的革命者是切·格瓦拉。切都当上了古巴的第二号人物，但还要“出去”，还要上山（上的还是他国别人的山），还要去打游击，真正属于“为革命而革命”的，最后被打死了——他最后说的话是“别开枪，我是切·格瓦拉”。综观20世纪的革命者，恐怕只有这个切是真正的实存主义者，而别的革命者都难得做到“为革命而革命”的纯粹境界。

三　现代实存哲学与非欧洲中心主义

如上所述，实存哲学/实存主义是欧洲哲学文化传统中的隐线，经由亚里士多德、奥古斯丁，到近代基督教神秘主义一线（包括艾克哈特、哈曼、谢林等），在欧洲思想史上一直未成显赫主流。而在德国古典哲学之后，形势大变，马克思、基尔凯郭尔、尼采成就了19世纪反对柏拉图主义（唯心论、观念论）的实存哲学大潮。强烈地反叛主流传统（反本质主义传统），这是19世纪实存哲学思潮的主要特征。

实存哲学真正彰显和突现为主流思想形态，还要到20世纪上半叶。通常的哲学史或哲学辞典把20世纪的“实存哲学”分为两大类：一是以上帝之实存为前提的实存哲学，例如以马塞尔和艾伯纳（Ebner）为代表的实存哲学；二是并非以上帝之实存为前提的实存哲学。后者又可细分为三个形态：一是海德格尔的实存论存在学，以存在之意义问题为主导问题；二是雅斯贝尔斯的实存阐明，旨在阐明人之实存的存在方式及其与神性超越者的关联；三是萨特的实存主义/存在主义，把海德格尔的洞见改造为一种主体性形而上学。[1]

这种划分有一定的道理，但也是有一定问题的。首先它在表述上并不十分清楚。按照蒂利希的理解，每一种实存哲学，只要它贯彻得彻底，都会有神性的归宿。我更倾向于同意蒂利希的主张，在20世纪实存哲学三大家中，除开萨特，其他两位，雅斯贝尔斯和海德格尔，无疑都是有神性超越论的指向的。

这还不是我们要关注的焦点。我们这里要关心的是由现代实存哲学所开启的思想境界和思想立场。作为主流本质主义传统的对立面，实存主义或者以实存为定向的哲学思考，在历史上向来都是欧洲—西方哲学科学文化传统的“异类”，在19世纪中期以来更是在欧洲哲学中兴起的形而上学传统批判工作的集中表现；而在学术立场上，实存哲学/实存主义本身包含着非欧洲中心主义的倾向，或者至少可以说，它推动了以本质主义、理性主义为基础和内核的欧洲哲学对于自身的欧洲中心论立场的反省和批判。这其中的内在联系不难理解。个体实存之思在起点上就含有反对普遍—本质—形式思维的特质，而欧洲中心主义立场正是以本质主义为基础的（这在黑格尔那里是多么显赫！）。

考夫曼正确地指出：“实存主义是一种每个时代的人都有的感受，在历史上我们随处都可以辨认出来，但只在现代它才凝结而为一种坚定的抗议和主张。”[2]这里所谓的“坚定的抗议和主张”不仅是指对本质主义的思想方式和制度模式的抗议，而且也是一个

1 约阿希姆·里特尔编：《哲学概念史辞典》，“实存哲学”条目，第2卷，第862—864页。

2 考夫曼编著：《存在主义》，陈鼓应等译，北京：商务印书馆，1987年，第2页。

非欧洲中心主义的立场。我的意思是：实存主义作为一种针对本质主义哲学的抗议，同时也是对种族中心主义的抗议。

四　实存哲学与现代汉语哲学

最后我要来说说我们今天会议的主题：实存哲学与中国当代思想。前些年中国学界关于中国哲学的合法性问题的讨论，更多的是取“本质主义”哲学为西方哲学标本，以此来比照中国传统思想文化。而近些年来的关于“存在”和“是”之译名的持久争论，同样地——更是——预设了一个简单等式：哲学＝存在学/本体论＝本质主义或者柏拉图主义。然则我们很少思量：撇开了“实存主义”的西方哲学还是完整的西方哲学吗？

有关实存哲学与现代汉语哲学，我在这里只能做如下十分粗糙的提示：

其一，现代西方实存哲学通过对传统柏拉图主义/本质主义的批判和解构，为后哲学文化格局的形成和后种族主义/非种族中心主义的思想立场的确立做了准备，因而也为包括中国思想文化在内的世界多元文化真正的交流和沟通提供了平台和基础。19世纪中期以来世界范围内的各民族文化交流和沟通是以欧洲哲学文化一方独大的强势地位为特征的，拿中西交流来说，实际上从未构成一种平等的对话和沟通，而一直处于欧洲中心观念的笼罩之下。20世纪西方思想和学术的一个重大进展是，通过对非欧民族文化的自主特性和权利的确认而达到非种族中心主义的思想境界，而在此过程中，现代实存哲学/实存主义思潮起到了关键的作用，做出了最重要的贡献。

其二，如果说以本质主义为标识的欧洲哲学和科学的形式化思维是以具有形式语法体系的欧洲语言为前提和基础的，从而与汉语思想传统难以构成真切有效的置换和转渡（因为语言的根本限制！），那么，以个体性、生成性、实际性为思考方向的实存哲学显然更能与中国思想文化传统相契合，也更能真切有效地进入现代汉语思想之中。

其三，我们看到，在实存层面上——而不是在学理讨论的层面上——基督教信仰在汉语世界越来越广泛地被接受，我们也看到在汉语神学的理论言说与以民间乡村为主体的基督教信仰现实之间存在着某种落差，或者说，在汉语神学的理论思考与实存论意义上的中国基督教实际信仰生活之间存在着某种紧张关系。我认为，这一实存事实也有力地证明了具有超验指向的实存哲学与现代汉语思想可能有的亲缘关系。近代以来中国社会艰难地走向现代的进程同时也是传统宗教—准宗教的伦理体系崩溃的过程，尤其是经过“文化大革命”运动，民众敬畏感缺失，变得无法无天，日常生活方式趋于混乱。这种状况通过后毛泽东时代的商业化大潮的强化而日益加剧，伦理和信仰亏空已成为中国民众精神的一大病灶。这时候，基督教乘虚而入，尤其在当代乡村已经成为最重要的宗教形式和组织力量。在中国民间生活仪式的组织（临终关怀和死亡仪式等）方面，基督教发挥了具有积极意义的作用。基督教在当代中国的影响更多的是在实存论上的，与之相比较，有关汉语神学的理论言说则显得软弱无力。这也在一定意义上表明了实存哲学在中国的生长空间。

其四，众所周知，现代西方实存哲学/实存主义最后表现为社会抗议行动（尤其在战后欧洲社会），同样地，特别是从20世纪80年代以来，中国的实存主义也具有革命性定向。20世纪80年代中国思想解放运动传达出来的开放政治主张，本身是以实存主义的个体自由和人性解放诉求为基础的。现在我们完全可以理解，何以以萨特为标志的西方实存主义思潮成为当时思想解放运动（在官方被称为“资产阶级自由化”）的主导性力量之一，尤其对青年一代知识分子产生了极其重要的影响，也引发和促动知识界和思想界基于自身个体经验而形成中国特性的实存哲学/实存主义。经历1989年北京政治风波以后，萨特的隐退和海德格尔的突现，标明中国思想界对实存哲学/实存主义的理解更多地进入思想史/哲学史反思的学理层面，但同时并未放弃实存哲学的社会政治意蕴，而是进一步落实为政治哲学的探讨，形成了更复杂的哲学政治和政治哲学讨论语境。

在当代思想文化史的进程中，张志扬教授独具风格的以“个体”“偶在”为核心的实存思考和言说，成为新时期以来紧随时代步调的有深度、有力量和个性化的思想家，成为中国当代实存哲学/实存主义思潮的代表者和引领者，其意义和价值有待总结和确认——而这也是我们本次会议的宗旨。

2012年6月1日初稿于沪上同济

2012年12月16日改定于香港沙田

张志扬与中国存在主义*

本书的主体是2012年6月1—3日在同济大学召开的“存在哲学与中国当代思想学术研讨会——暨张志扬教授从教50周年庆祝会”的会议论文，少部分是编者会后特别约请相关同仁撰写的。

为何要开这个会，然后又要来编辑这个文集呢？首先当然是因为张志扬教授，我与志扬教授之间有着亦师亦友的深厚友情，这份情谊已经长达20多年，弥足珍贵，因此我觉得我有责任来给志扬教授张罗这件事。在学术圈内，志扬教授向来以沉稳和低调著称，向来不愿意张扬自己，这次自然也不例外，当我提出举办这个会议的设想时，他一开始是坚决拒绝的。但对于朋友们，志扬又是一个不善于抵抗的人，这次自然也不例外。于是有了这

---

* 本文系作者为《存在哲学与中国当代思想——张志扬从教五十周年庆祝会文集》（孙周兴、贾冬阳主编，北京：商务印书馆，2015年）写的“编后记”。

个会。

在我起草的会议邀请函中，我做了另一番说明，说明了本次会议的学理上的动因。这里不妨节录在下面：

> 作为20世纪欧洲—西方世界最重要的哲学思潮，“存在哲学”（“实存哲学”）或“存在主义”（“实存主义”）对中国当代思想文化影响殊为深远，特别在20世纪80年代以来成为中国新时期哲学与人文科学研究的持久热点之一，构成20世纪80年代思想解放运动的重要推动力，也成为当代中国学人的重要哲思路径之一。这期间，我国当代著名哲学家、海南大学教授、同济大学和中山大学等校兼职教授张志扬先生以其独具魅力的个体思考，形成了可以称为“中国化的存在哲学”的突出思想成果。为反思“存在哲学”对中国当代思想文化的影响，同时也为庆祝张志扬教授从教50周年，中国现象学专业委员会与同济大学、海南大学等高校，联合举办本次学术研讨会。特邀您参加会议并发表高见。
>
> 会议主要论题有（供参考）：1.存在/实存哲学的历史和问题。2.现代存在/实存哲学思潮与西方文明的危机。3.存在/实存哲学与中国当代文化思潮及其反省。4.张志扬的思言路径与中国当代思想的开展。

这是公文写法，自然是场面上的说法了，但显然也不是假话。确实，我觉得，所谓“新时期”以来的30多年，中国学术（汉语学术）大有成为西方理论的“跑马场”的味道，各色理论和思潮浩荡而来，且迅速切换，一不小心就掉了队。志扬教授一直没有掉队，而且经常暗暗地起到引领之作用，无论是20世纪80年代的存在哲学（实存哲学），还是后来的语言哲学、宗教哲学，抑或是更后来的政治哲学，志扬教授都十分敏感地把握了学术热点切换的节奏；而同时，他对于这种快速切换又是特别警觉的，而且是反思最多的。这种反思，才是汉语学术自主性之确立的肇始。

另一方面，我以为，中国当代学界缺规矩、少仪式，经常乱来。比如教授上岗，难得见到就职演讲之类，偷偷摸摸地就当了教授；教授退休，特别是一些名教授荣休，也是稀里糊涂地一退了之，少见有庆祝和纪念的仪式。这可能也是如今我们的教授不太被当回事、不太受尊重的原因之一罢。再比如，文科学术会议（理工科的会议我不是太清楚）的组织和安排，经常弄得跟急吼吼赶集似的，每人10分钟、15分钟或者20分钟的发言，能讲清楚啥？打个哈哈，开了个头，还没进入正题呢，就结束了——遗憾的是，因为发言者众，我们这次会议也还是每人讲15分钟的“赶集会”。在这件事上，我觉得我们实在大有必要引进西方/欧洲的做法，每人一小时发言和讨论，如若发言人太多，则分成若干组，在报告与报告之间留出5分钟时间，让听者流动到自己感兴趣的报告厅。这种设计很讲道理。

总之，学术没规矩和仪式，也是很要命的。往大处说，我们生活（工作）当中一些重要的元素，需要规矩的仪式来加以彰显和纪念，从而会让我们的生活（工作）变得正式、严肃和隆重。

按说，志扬教授还不是退休教授，他已经被海南大学任命为终身教授了，还谈不上庆祝荣休之类。但志扬教授上了70岁，又是从教50年，自然是一个重要时间节点，所以我们要为志扬教授做这次庆祝会，顺便反省和总结一下存在哲学/实存哲学在现代汉语哲学中的效应——毫无疑问，就此论题而言，“张志扬”这个名字是无论如何跳不过去的。

我把收在本文集中的会议论文以及会后特约的相关同仁的论文（共计31篇文章）分为四组，并且分别立了四个题目，依次是:（1）哲学与科学的反思;（2）政治哲学与现代性批判;（3）海德格尔与实存哲学;（4）实存哲学与汉语哲学。这些主题与原本设想的会议论题有了偏差和出入，而且有的文章放在某一编某个位置，也是不一定就完全对头的。这都无关紧要。重要的是，我们在“张志扬”和“当代汉语思想”的名义下，本着友情，也本着哲思，进行了一场严肃认真的思考。

许多朋友从祖国各地赶来参加庆祝张志扬教授从教50周年的会议，大部分友人宣读了论文，少数朋友没有提交论文，但也都在会上表达了对志扬教授的敬意和友情。会后，编者定向邀请了部分与志扬教授关系比较密切的学界同仁为本文集撰写文章，朋友们多半给予积极的响应。志扬教授的硕士生、我的博士生高琪同学在会后论文收集方面费了好多时间；研究生戴思羽同学帮助做了注释格式的统一工作。在此一并致谢！

2013年2月27日凌晨记于沪上同济

译文的风险还是思想的风险？*

很高兴参加今天童世骏教授的报告会。邓正来教授真有意思，要我来点评世骏教授的报告，这个报告好像主要是批评我的。这都叫什么安排嘛！但我愿意相信，正来教授是会站在我这一边的，相信今晚，世骏教授将成为我们共同的“敌人”。

其实，世骏教授的课题是深有意义的。“西学东渐”100多年来，我们多半仍旧幼稚地以为翻译就只是翻译，并非创造；学术研究就只是研究，而并非文化创造；西学就只是西学，而并非我们的生活语境；语言就只是语言，而并非组织（当然也意味着限制）我们生活的力量。世骏教授今晚的报告向我们展示了一个研究者和翻译者的语言经验和反思责任，自然是值得赞赏的；只可

---

* 本文系作者为童世骏教授的报告“西方哲学研究的思想风险及其规避可能”（2009年1月5日复旦大学社会科学高等研究院）所做的现场点评，乃事后记录。

惜，他的立场比较可疑，结论比较吓人，后果比较严重——我可真没想到，他现在变得如此“反动”了！

我先来说童世骏教授的报告。他今晚主要向我们讲了三点：

其一，**单纯依赖西方哲学的中文译本，常常会使思想误入歧途**。意思就是不要读或者少读西哲中文译本。这一点没啥意思，我们已经听多了这类教诲。我想指出的只是：指出翻译因质量不佳等造成的负面意义，当然是对的，也是必要的；但不重视甚至否定翻译或者说“汉化”的积极意义，却是不对的。在这方面，我想我们仍旧得记取鲁迅先生的主张：对翻译事业要持宽容的态度，译文不是太多了，而是太少了；再者，在没有好的译文的情况下，较好的、不太差的也是要的。

其二，**西方哲学中一些概念区分虽然在中国也非常重要，但不容易在汉语中妥善安置**。世骏教授这项工作做得不错，是值得表扬的。他区分了“西方哲学的中国研究”（我更愿意说：汉语西方哲学研究）引进新的概念区分的五种基本方式，讲得比较复杂。我不妨把它概括一下：

（1）把汉语固有的概念区分明确化。世骏教授举的例子是“思维和存在”“主体和客体”“自然和文化”“事实和价值”以及“原因和理由”“规律和规则”，等等。

（2）新建和新创。世骏教授举的例子也很有意思，如“权力”与“权利”、“法制”与“法治”、“必需”与“必须”等。

（3）歧义选择中的意义增生。世骏教授举的例子是：idealism，该词既可以译成“理想主义”，也可以译成“唯心主义”；law

既可以译成“规律”，也可以译成“法律”；更典型的是civil society，不仅可译成“市民社会”，也可以译成“公民社会”“民间社会”，甚至“资产阶级社会”。

（4）模糊（未定译）而致误解。例如rationality和reasonableness，哪个译成“理性”，哪个译成“合理性”？Action和behavior，哪个译成“行动”，哪个译成“行为”？

（5）模糊（不区分）而致误解。例如英文的efficiency和validity，中文常常都译成“有效性”，与此类似的是“legality”和“legitimacy”，中文常常把两者都译成“合法性”。

世骏教授由此引出的问题是：是否也说明在中国人通常用书面语言进行的理论思维与通常用口头语言进行的日常思维之间，存在着不容忽视的落差？但我以为，引出这样一个问题是不够的，还有更严重的，下面我会讲到。

其三，**西方哲学中有些与西方语言和文化难解难分的问题和概念，要通过用汉语的研究来显示其在汉语世界的意义，难上加难**。在这里，世骏教授主要是批评包括我在内的现象学翻译者和研究者，主张不要读我们翻译的，而要读我们写的，你一天到晚只读这些人的译文，就不免虚度一生。这话听起来有些可怕了，或将严重影响我们这些人的活路；不过我们的活路还是小事，问题是我们差不多受到了一项“毒害青少年”的指控，可谓罪莫大焉。

到这里，世骏教授终于透出了他“反动”而“阴险”的立场：“我觉得，哲学术语一定要与我们的日常生活发生联系——或者其术语本来就是日常用语，或者它能用日常用语加以阐释，才真正有意义。”这大概是他今晚报告的主要结论，是“要点”所在。国内的现象学哲学工作者之所以受他批评，原因就在这里。

但对于童世骏教授的这个结论，我有完全不同的意见。首先，各位听得出来，世骏教授的这个结论实际上也是西式的，我们早就听说了，根本不算什么新鲜货色。而且可怕的是，他这个西式的结论怎么得来的？通过阅读翻译？世骏教授是会几门外语的，所以不读译文，那么是他读外文原著得来的结论么？既反对翻译和阅读翻译，他又何必要把从外文中读来的看法翻译成中文向我们报告呀？

其次，问题在于学术和学术语言的地位和意义，以及它与日常语言的关系。世骏教授认为，凡是没有使用日常用语的，或者不能用日常用语加以阐释的，都是没有意义的。于是，胡塞尔的哲学虽然严格，但他没使用日常用语，所以没意义；海德格尔的文本既不严格，也不日常，他自然就是“糊涂蛋”一个了。在世骏教授展示给我们的这样一种“强盗逻辑”中，哲学的大部分已经被取缔了，文学艺术当然更是死无葬身之地了——世骏不至于认为诗歌也是使用日常语言的或者是完全可以用日常语言解释的吧？或者，世骏根本就认为诗歌是没有意义的么？

毫无疑问，对于中国现代学术和文化来说，对翻译事业的反思是一件极为重要的学术工作。但好像不应该是世骏教授做的这种反思法。我认为，当务之急是：如何评估西学东渐史的文化和语言意义（后果）；如何清理当下汉语语言和生活经验的构成要素；如何确认中西语言差异，以及在此基础上确认翻译（转渡）的可能性及其限度；再就是，如何确认研究者及译者的责任。这方面我们确实有许多许多工作要做。但做这些工作的前提恐怕是，要肯定和重视学术翻译。

简单地否定学术翻译，哪怕是某个类型的学术的翻译，不仅是轻率之举，而且容易形成狭隘的偏见——那才是误人子弟了！

总之，从童世骏教授今晚的报告中，我能得出的一点是：思想的风险要比译文的风险大得多呢！

关于康德“启蒙”定义的两个汉语翻译

1783年《柏林月刊》（德国启蒙运动的最重要阵地）第12期发表了柏林神父约翰·弗里德里希·措尔那（Johann Friedrich Zöllner）的一篇反对民事婚姻、捍卫教会婚姻的文章。此人竭力反对“以启蒙为名义”在人的头脑和心灵中造成的混乱，并以下面这样一个挑衅性的提问为“启蒙”（Aufklärung）概念做了一个脚注：“什么是启蒙？这个几乎与什么是真理同样重要的问题，当然应该在人们进行启蒙之前就得到解答！然而，我从来没有看到过这个问题的任何答案！”[1]

启蒙学者们当然接受了这位无名的新教神父的挑衅。莫塞斯·门德尔松（Moses Mendelssohn）率先在《柏林月刊》1784年

1　参见康德等:《什么是启蒙?》(*Was ist Aufklärung*?)，埃尔哈特·巴尔（Ehrhard Bahr）编，斯图加特，1974年，第3页。

第9期上发表了《关于“何谓启蒙?”这个问题》。接着，伊曼努尔·康德（Immanuel Kant）在1784年第12期《柏林月刊》上发表了《回答这个问题:“什么是启蒙?”》一文。在该文开头，康德直截了当地为“启蒙”下了一个定义。这个定义的德语原文如下：

Aufklärung ist der Ausgang des Menschen aus seiner selbstverschuldeten Unmündigkeit. Unmündigkeit ist das Unvermögen, sich seines Verstandes ohne Leitung eines anderen zu bedienen. *Selbstverschuldet* ist diese Unmündigkeit, wenn die Ursache derselben nicht am Mangel des Verstandes, sondern der Entschließung und des Mutes liegt, sich seiner ohne Lietung eines andern zu bedienen. Sapere aude! Habe Mut, dich deines *eigenen* Verstandes zu bedienen! ist also der Wahlspruch der Aufklärung.

关于这个著名的“启蒙”定义，我手头有两个中译本，分别是何兆武和李明辉两位译者做的。何兆武先生的译文如下：

> **启蒙运动就是人类脱离自己加之于自己的不成熟状态**。**不成熟状态**就是不经别人的引导，就对运用自己的理智无能为力。当其原因不在于缺乏理智，而在于不经别人的引导就缺乏勇气与决心去加以运用时，那么这种不成熟状态就是**自己所加之于自己的了**。Sapere aude！要有勇气运用你**自己的**理智！这就是启蒙运动的口号。[1]

1 参见康德:《历史理性批判文集》，何兆武译，北京：商务印书馆，1990年，第22页。

台湾学者李明辉先生的译文如下：

> **启蒙是人之超脱于他自己招致的未成年状态。未成年状态**是无他人底指导即无法使用自己的知性（Verstand）的那种无能。如果未成年状态底原因不在于缺乏知性，而在于缺乏不靠他人底指导去使用知性的决心和勇气，这种未成年状态便是自己**招致的**。勇于求知吧（Sapere aude）！因此，鼓起勇气去使用你**自己的**知性吧！这便是启蒙底格言。[1]

何兆武先生的译本出版于1990年；李明辉先生的重译本出版于2002年，中间隔了十几年。在“译者序”里，李明辉先生申明了他重译此书的理由，凡有三：其一，何先生之专长并非康德哲学，故其译文未达严格学术要求；其二，康德使用的18世纪德文绝非一般德文水平所能应付，故何译不时仍有失误；其三，不同译者表现不同的风格，台湾学者与大陆学者的译文必有不同，故有重译的必要。[2]

尽管李明辉先生同时也指出“并无意唐突前辈，亦非意谓自己的翻译已臻理想”，但我仍旧以为，上面三条理由当中，只有第三条是可以完全成立的。而且我也认为，光凭着这第三条理

1 康德：《康德历史哲学论文集》，李明辉译，台北，2002年，第27页。

2 同上书，译者序。

由，哲学史上的经典作品确有重译的必要。

这些都还无关宏旨。关键还在于译文品质的提高。李明辉先生自己也说“经典之翻译往往一译再译，而后出转精”。另一方面，也正因为这样，我们读者对于后出的译本必有更高的期待，也必有更苛刻的要求。

就上列康德的“启蒙”定义的翻译来说，李明辉先生的重译确有改进之处。首先，李译把何译的“启蒙运动”改为“启蒙”，这是正确的，因为康德在这里是一般地对“启蒙”下定义，而不是对“启蒙运动”这个历史时期下定义。何兆武先生把德文Aufklärung译作“启蒙运动”，应该算是一个失误。

其次，李译把何译的“自己加之于自己的”改译为“自己招致的”也有相当的合理性，至少是更合乎德文的字面意思。因为德文形容词selbstverschuldet确有“自招的”“过错在自己的”意思。我甚至认为可以把它译为“咎由自取的”。这一点在哈曼对康德“启蒙”定义的批评中就已经可以明见。康德认为，人们由于缺乏决心和勇气去运用自己的理智，从而处于“不成熟状态”（Unmündigkeit）中不能自拔；换句话说，这种“不成熟状态”是因为人们自己“懒惰和怯懦”的缘故，所以完全是自己造成的“过错”（Schuld），是“自己招致的”或者“咎由自取的”。哈曼的看法与康德针锋相对：“错误地受到指控的不成熟者（童稚者）的无能和过错究竟何在呢？是因为他自己的懒惰和怯懦么？不——是因为他的监护人的盲目，后者冒充自己是先知先觉的，而恰恰因此必须对一切过错负责。”[1]

但李译把何译的“不成熟状态”（Unmündigkeit）改为“未成年状态”，就并不见得好了，因为“启蒙”的目标并不指向生理，而是指向心智层面的。“未成年状态”给人的感觉更多地指向生理层面。我个人感觉，何译的“不成熟状态”和李译的“未成年状态”都不算好，康德的这个Unmündigkeit可以译为“童稚状态”，意指心智上的幼稚状态。

这还不是重点呢。重点在于李译本中出现的语法上的问题。李译所谓“启蒙是人之超脱于他自己招致的未成年状态”容易让人读成“启蒙是……未成年状态”。原因在于，李译在这里没有采用动宾结构，而是用了“人之超脱于他自己招致的”这样一个形容词结构。如若把这个结构去掉，他这句译文就成了“启蒙是未成年状态”，这就与康德原意彻底背道而驰了。而何兆武先生在这里采用了“人类脱离……不成熟状态”这样一个动宾结构，就不至于产生误读。

如此看来，仅从康德“启蒙”定义的译文来看，李明辉先生恐怕是未能完成他为自己设定的任务，即所谓“经典之翻译往往一译再译，而后出转精”。李译在后，我们当然要求它做得更精致到位一些。但遗憾的是，我们看到李译也未臻“严格学术要求”呢。

我在写《哈曼与启蒙的危机》一文时，也曾参照何兆武先生

1 参见哈曼:《书信选》，A. 亨克尔选注，美茵法兰克福，1988年，第146页。

的翻译，对这个定义做了重译，这里也不揣冒昧，摆在这里供有心者批判：

> 启蒙就是人脱离咎由自取的童稚状态。童稚状态就是没有他人引导便无能于运用自己的理智。如果个中原因不在于缺乏理智，而在于缺乏决心和勇气，没有他人的引导就不敢运用理智，那么，这种童稚状态就是咎由自取的了。Sapere aude！[贺拉斯语]要有勇气运用你自己的理智！这就是启蒙的口号。[1]

以上议论没有冒犯两位译者（特别是李明辉先生）的意思。何兆武先生是我尊敬的学者和翻译家。李明辉先生的作品我虽然没有读过，但也早就听说他学养深厚。只是他重新翻译的康德的“启蒙”定义，看来还不如何兆武先生的旧译。至于整个重译本品质如何，我这里不能妄加评判（因为我没全面对照过）。又至于我自己的译法是否严格，是否比前译好一些，只能由读者诸君来判断了——毕竟，我同意李明辉先生的说法，学术翻译还要由专家来做，而我并非康德专家。

2015年2月8日改定于弗莱堡

1 康德：《回答这个问题："什么是启蒙?"》，《文集》第六卷，达姆施塔特，1983年，第53页。

哲学和科学之外的解释可能性

今年的7、8月间我碰到了一些稀奇古怪的事，且听我简单叙述一下。

7月中下旬我在法国巴黎逗留，住在我的朋友、著名画家司徒立先生家里。蒙他照顾，一切都挺好的。好几天，他在楼上画画，画雄浑山景；而我在楼下写东西，弄得跟劳动竞赛似的。不过在午间，因为司徒大人上班去了，他就还有一个任务是给我俩做吃的。到7月20日光景，我说我要回一趟上海，让他夫人在网上给我订了巴黎—上海—柏林的往返机票。一切都弄好了。司徒兄送我一幅画，很好看的兰花，把它从架上拆下来，卷成一长卷，让我捧着。

临行那天，司徒夫人上班，司徒自己走远了是要拄枴杖的，我便自己提前4个小时出发去机场（通常在国内，我们提前2～3小时就行了），坐地铁去凯旋门，转机场巴士（我想这是最牢靠的做法了），结果呢，一路堵车，几成蜗牛行，从凯旋门到机场的路上竟花了两个半小时，等我到了机场，被告知5分钟前已经关门了，不能check in了。我力争，我请求，都未成，机场工作人员说：你明天再来吧。

我于是只好返回司徒兄家，住下。第二天是周六，司徒兄让夫人送我去机场，我们驱车到了机场，路况却是无比好，不过半个多小时的辰光。问工作人员，说要等，看最后有没有空位（大概是，看有没有人像昨天的我那样赶不上飞机的）。于是我和司徒夫人去楼下喝咖啡、看书。回头再去check in的地方，那位先生把两手一摊，告诉我：很遗憾哪，今天没空位，你明天再来吧。

我们于是只好返回司徒家，住下。事情变得有点搞笑了。我这来回地折腾，除了行李，手上总执着司徒送的这卷画，远看起来有点凶狠的。

第三天下午，司徒夫人又开车送我去机场。这一回临行前，司徒兄说了：这次坐不上，你就别回来了，在机场打地铺抗议吧。言下之意，他已然烦死了。我说好，我争取。终于，到check in快结束的时候，那位法国先生走过来告诉我：祝贺你，你成功了——好像我得了什么大宝贝似的。我于是告别了司徒夫人，手上握着司徒兄的画（他说值钱的！），坐上了飞机。一路无言。

飞机经北京中转，再飞上海浦东。麻烦，但也都算正常。到了上海，下来取行李。眼见着同行的旅客们一个个都把箱子、背包领走了，最后在传送带旁边只有我一个人了——我的行李没到。天呐，就我的！

去问相关航空公司的行李部，有个小姑娘让我填了一张单子，说他们会查的。我说，不行，现在就得查，你至少得告诉我行李在哪里呀，快打电话去。小姑娘被我逼着，打电话到北京，一会儿有了回复，说北京机场没有。我说那你联系巴黎呀，小姑娘说不可以的，办不到的。不过总算明白了：我的行李大概还在巴黎，当然也有可能去了美洲、非洲什么地方，也有可能遗失了。

我只好空手回家了。第三天或第四天，机场派人把行李送到家来了。

这一路，自然很惨的。谁说不是呢？许多倒霉事都给我占了。

事情还没完。消停了几天，和同事们一起吃饭，有个擅长情报工作的万事通同事，问我做了一次签证还是两次签证，并且说一般欧洲国家只做一次的。我一听傻了眼：这就是说，我这次还回不了柏林了？房子还租在那儿呢。第二天去德国领事馆询问，而且是托了关系的，说要补办签证，并问我是否两年内到欧洲去过两次以上，若有，就不必重启申请程序，可以直接把护照交给领事馆申报。我说有啊，我2010年去过，这次又刚刚回来，不就两次了么。于是交护照给他。他一看，说不行，你是公务护照，我们不能直接收，必须由市外办审批后转给我们。

没办法，只好回学校重新启动出国审批手续，甚至要德方重发邀请。回德国的机票已经订在那儿了呀。只好叫各个环节都加急又加急。自己就干等着。

故事快到高潮了。

在等待的过程中，有一天，有位朋友从老家来，带来一位做设计又研究周易的朋友，同时招呼来一帮上海、杭州的朋友，一大桌子，喝老家绍兴的酒。我坐在这位“设计－周易”朋友旁边。几盅下去，这位周易朋友跟我说：教授，你最近不太顺吧？我说嗯，有点。他说：是的，你家的东墙根在滴水，所以最近做事不会顺的。我大惊，他怎么知道的？我家空调下水管没弄好，漏水，又查不出问题部位，没办法只好让人重接了一根下水管，通到东北角的淋浴房里，现在天天在那儿出水呢。但这老兄怎么知道的？我只好服了，请教了“对付”的办法，一一记下不表。

看到这里，各位会说，这个周易朋友一定是瞎蒙的，刚好被蒙对了嘛。我开始也是这样想的。但请允许我补充说说当时喝酒时进一步的情节。一起喝酒的还有一位广告公司的老总，比较自以为是的那种成功人士，看这位周易朋友跟我说着这些，便很不以为然，言语间十分地不屑，甚至有点儿讽刺味道。这位周易朋友总算大度了，并不争辩，基本沉默。后来，过了一阵，他忽然对这位广告老总说：你家院子西北角有个大裂缝，裂开有一阵子了，给你带来许多麻烦。广告老总听罢，立即像换了个人似的，赶紧道歉，连称“大师大师”，连说“失敬失敬”，并赶紧讨教办法。

到这一步，正应了我国著名铁道部发言人的那句名言：不管你信不信，反正我是信了。

你若不信，请给个说法嘛！

在回程前一天的8月11日，我终于拿到了领事馆的签证。傍晚回到家里，便觉得很踏实了，突然想起应该看看机票啊——我在巴黎时让司徒夫人订的机票，还没检查过呢。一看，我又傻了眼：我让司徒夫人订12日晚上的机票，结果上面写着“00.05.12.08”，倒真的是晚上12点5分，不过不是12日晚12点5分，而是11日晚12点5分。这次我又被吓得不轻，赶紧吃了饭，什么也没准备，只把衣物书本放入行李箱，就直奔浦东机场去了。呵呵，也可谓有惊无险！

此后我在德国柏林住了有一个多月，凡事都比较顺当，没什么特别可记录的了。

上面所记是亲历的。我还能说什么呢？我是做哲学的，虽然主要做非主流哲学家，像尼采，像海德格尔，不能说是特别严格的哲学家，甚至是反哲学的哲学家，但终归是哲学家，而且，我终归是要接触欧洲主流哲学的。欧洲主流哲学具有科学和逻辑的精神，凡事均以哲学和科学的办法处理之。说重些，哲学和科学的解释已经成了我们日常思维的基本的、独一的解释，日常我们说背理，差不多就是违反科学。我们今天难以离开科学开展生活了。这没什么不对，似乎也没什么不好。但我们得问问自己：除了哲学和科学，就没其他的解释空间了么？哲学和科学真能穷尽一切么？

问题也可以表达为：哲学和科学之外，还有其他的解释可能性么？我愿意认为，这不是个学理问题，而是一个生活问题。

2011年9月17—18日
记于柏林南星—阿姆斯特丹机场

文化创新到底需要哪些前提？*

同济大学的汪品先院士在2014年10月15日《文汇报》头版上发表《如何重建创新的文化自信》一文，读后感佩不已。汪先生在文中提出三个问题，即：一、科学究竟是生产力还是文化？二、汉语在科学创新中是什么地位？三、如何弥合科学和文化的断层？这三个问题都极为重要，其中第一个问题尤其具有时代性的意义。如果说我们在30多年前把科学技术界定为生产力是基于当时中国社会的要求，因而有一定的合理性，那么，在中国社会已经融入世界、完成了社会生产力大释放的今天，我们需要回归实事，重新来确认科学的文化属性了。科学当然可以转化为生产力，但科学首先是一种文化。国人对科学的功利主义理解无疑

---

* 本文系作者对同济大学海洋学院汪品先院士在2014年10月15日《文汇报》头版上发表的《如何重建创新的文化自信》一文的回应，成文后已"过时"，故未发表。

是创新的一大障碍。所以汪先生要问：科学究竟是生产力还是文化？汪先生在文中提出的其他两个问题也同样发人深省。但我在这里不准备具体地回答他的三大问题，而是要顺着他的主题来追问：文化创新（当然包括科技创新）到底需要哪些前提？

顺便插一句：我这里的说法了无新意，多半都是些废话，或者是老调重弹。但问题在于，我们为什么不得不一再毫无新意地老调重弹？

汪品先院士在文中提到，我国现在论文产量巨大，但原创成果不多。这些年也不断有人或真或假地发问：为何我们的创新能力不强呀？创新人才匮乏呀？个中原因当然是殊为复杂的，既有几千年文化传统的影响，也有社会发展阶段的限制，更有社会制度特别是教育制度方面的局限和障碍。然而无论如何，我认为文化创新需要有如下三个基本的前提：一、个体自由；二、批判精神；三、人性化教育。如若没有这三个前提，则创新和创造只能停留在不断的讨论和漫长的期待中。

前提一：**个体自由**。“自由”概念在我们这儿曾经被视为洪水猛兽，在今天也还经常被当作西方文明的个人主义价值观，时而会受到不真诚的批评和指控。但马克思他老人家的社会理想不就是要达到人的自由么？在我们国家现在提倡的“社会主义核心价值”中，“自由”是12个核心词语之一，可见“自由”理念在今日中国也已经得到了意识形态意义上的制度性确认。

人首先是自由的个体，自由是人的本质规定性。这尤其是20世纪成为主流的实存哲学的基本诉求，成为20世纪人生哲学的基调。从哲学上讲，个体是一种可能性的存在，是向将来开放的存在，所以个体本质上是自由的。可能性高于现实性，因为现实性是单一的、现成的，而可能性则是丰富的、未来性的。人的本质是自由，意思就是说，人本质上就是创造性的，自由的个体才是创造性的个体。

既然人的本质是自由，创造的前提是自由，那么，尊重和保障个体自由创造的社会才是好社会。但无论中外，这样的社会都不是自古现成的，而是需要努力争取的。在近代欧洲，尤其是在“启蒙”的旗帜下，人们开始思考和谋求个人自由及其制度保证。康德在著名的《回答这个问题：“什么是启蒙？”》一文中说：“这一启蒙运动除了自由而外并不需要任何别的东西，而且还确乎是一切可以称之为自由的东西之中最无害的东西，那就是在一切事情上都有公开运用自己理性的自由。”[1] 康德这里所谓的“公开运用自己理性的自由”就是言论自由。个体自由的核心是言论自由。康德论证了言论自由是所有自由中最无害的自由，这真是哲学家的机智和高明：言论自由最无害，你还不给我么？但我们看到，事实上直到马克思时代，在德国也还没有充分的言论自由，弄得他老人家还要整天呼吁新闻出版自由。不过话还要说回来，马克思能呼吁言论自由，也表明当时的德国社会已经有了相当的自由度。

---

1 参见康德等：《什么是启蒙？》（*Was ist Aufklärung*?），埃尔哈特·巴尔（Ehrhard Bahr）编，斯图加特，1974年，第11页。

概而言之，如若没有个体自由，则不仅根本谈不上创新和创造，而且连人的本质也难以满足和实现。个体自由的基本理念以及对个体自由的制度性保障，乃是一个社会文化创新的前提，在现代社会里尤其如此。

前提二：**批判精神**。“批判”在现代汉语中渐渐蜕变为一个否定性的、消极的词语，令人遗憾。但在词源意义上，“批判”（critique）源自希腊文的krisis，意为“区分、争执、决定、判断、考验、探究”等，显然其本来意义与否定、攻击、打倒无关，而倒是正面的，至少是中性的。批判是哲学的本质，批判性思维是哲学的基本姿态和方法——这里所谓的哲学是广义的，包含科学、学术、理论。

欧洲哲学史上第一个批判性思维（Critical Thinking）的典范是苏格拉底诘难式对话的批判方法。他的方法叫“助产术”，是一种“探究式质疑”（probing questioning），也被叫作“辩证法”。苏格拉底先通过“自知自己无知”把自己放低调了，然后在提问、诘难、论辩中否定对方的观点，把对方逼到死角；进一步，苏格拉底认为通过对讨论主题的区分性描述和归纳，就可以提出明确的定义了。苏格拉底的方法为西方批判性思维规定了基调，而论辩之风的形成也为语法和逻辑等形式科学的形成奠定了基础。

在近代欧洲，批判性思维表现为怀疑的哲学批判方法，典型代表是法国笛卡尔的“普遍怀疑”方法，也被叫作“批判的怀疑”方法。笛卡尔认为哲学必须有一个牢固的基础，那就先要

“普遍怀疑”。首先是怀疑自己的各种感觉，更要怀疑外部事物的存在。什么都可以怀疑，但最终有一样东西是不可怀疑的，就是“我在怀疑”，而“我在怀疑”就是“我在思考”，就是“我思”（cogito）。笛卡尔由此得出哲思的出发点“我思故我在”（cogito ergo sum），由此重新开始，开创了近代知识论哲学的新进路。

笛卡尔的怀疑方法后来被康德所接受，发展出“理性批判”的哲学体系和知识系统，开创了德国古典哲学；也为胡塞尔所继承，成就了20世纪影响深远的现象学哲学。胡塞尔主张哲思首先要“悬置”一切先入之见，他的“无前提性”要求实际上就是笛卡尔的“普遍怀疑”方法。胡塞尔说：哲学意味着彻底地思想。显然，所谓“彻底地思想”是以“批判的怀疑”为前提的。

批判性思维在我看来就是一种“归零思维”。我们可以看到，西方哲学史和科学史上的重大创造都是“怀疑—归零—重启”的结果。彻底怀疑的归零思维和批判精神是西方哲学文化得以不断创新的动力源泉。而通过怀疑和归零达到的重新开始，本身也是人的自由本质的表现。

前提三：**人性化教育**。合乎人性的教育是上述两点（即个体自由和批判精神）的必然要求。如若没有人性化的教育，则个体自由无法实现，批判精神也无从培养。而这同时也意味着，自由人性和批判精神必须成为教育的基本理念。现代大学的奠基人威廉姆·封·洪堡深谙此点，他的教育理想是一种“完人”理想，而其大学教育思想的核心原则就是自由，即教的自由与学的自由。

令人伤心的是，在经历了30多年改革开放后的今天，我们国家仍然没有构造出一个以自由为原则、以完美人性为目标的整体教育体系，我们的教育事业依然是一个欠改革的重要领域。邓小平晚年认识到，中国改革开放以来最大的失误在于教育。在邓小平之后，这种失误也还没有得到纠正。

那么，被我们耽搁了改革的教育体系的主要问题和失误在哪儿？在我看来可以概括为如下三点：

其一，基础教育阶段的过度学习，导致青少年身心畸形和扭曲，天真童心受到摧残，想象力和创造力被扼杀。相信每一个有良知和健全理智的公民都会有此感受和判断。其二，高等教育阶段过度行政化，导致大学成了官僚衙门，高校制度设计混乱和僵化使得大学自由教育理念难以贯彻。其三，旧式意识形态对教育的强力干预，导致各个环节的教育过程缺乏真诚和公正，虚假和欺骗成风，从而难以实现大学的自主性和自由本质。创新/创造要以真与诚为基本的精神品质，但我们今天问题重重的教育体系却不可能培养出具有高贵品格和独立人格的人才，则如何可能有真正的文化创新？

综上所述，我认为，文化创新的三个前提（即个体自由、批判精神和人性化教育）归根到底是一体的，统一于一个词语：自由。一个通过制度来保障个体自由的社会才可能是一个创新性的社会；一个具有自由独立精神的个体才可能是一个创造性的人物。

2015年2月6日续写于弗莱堡

我们需要什么样的学术研究？*

我一直不想在课堂上或者文章中特地谈论政治，也无意介入这些年来国内新左派与自由主义的持久争执——这种争执有时成了意气之争，也就是我们绍兴乡下人讲的“相骂”。但“不介入”显然并不表明我是没有政治立场的。实际上，一个人是不可能没有政治立场的，我也不可能例外。亚里士多德说“人是政治的动物”。为什么？因为人是“逻各斯”的动物，因为人是要说话的。人当然也有可能自言自语，但正如哲学家维特根斯坦所证明的那样，人不可能有完全的“私语”。这就是说，人通过语言终究是公共的，因而终归是政治的。我不表达也已经是一种表达了——这在逻辑上十分简单。

政治是人的宿命。所以，还是亚里士多德伟大啊！

---

* 本文系作者2011年9月21日晚在同济大学博士生、硕士生课堂上的讲话内容的一部分。

你说话前，你要掂量好了：我应该以什么样的方式说话/表态/主张？就此而言，我们写作，我们研究，甚至我们阅读，就都有个政治立场的问题。什么都可以，也都应该还原到“政治/逻各斯”的根基上面。政治无所不在，于是就有学术研究的立场问题了。但这不是关键所在，关键的是，而且困难的是，我们究竟需要什么样的政治和政治立场？

大家知道，昨天我院哲学系举行了外国哲学专业的博士论文答辩。其中有一位同学做的是柏拉图研究。从写作角度看，应该说他的论文做得相当不错。但他的论文的基本结论是：“只有哲人之间才有友爱。”我对他的这个结论很有些意见。他后来跟我狡辩说，这是从柏拉图哲学的角度推出来的结论，或者说就是柏拉图的结论。然而我看到，他在文中分明表示，这是本文的基本结论，也是他愿意接受的。

我不愿意接受这样的论文结论。后来在毕业聚餐时，我问他，你什么出身啊？他说是江西的农民子弟。我又问，农民子弟怎么变得这么“反动”呢？你能把你论文的意思和结论告诉你爸妈吗？会不会把他们气死啊？他脸红了。我接着说，包括我在内的纳税人供你们读书，而且显然，绝大部分纳税人并不是哲人，他们（我们）不会对你有意见吗？

各位千万不要以为我要刁难学生了。我哪里会啊。各位知道，我是很温柔的，始终主张要善待学生的，而且我也是努力这样做的。我只是觉得，我们真的需要想一想：我们需要什么样的学术研究？好比说，得出“只有哲人之间才有友爱”这样的结论的学术研究，是我们所需要的吗？显然，我不是专门针对上面讲的这位同学提出这个问题，我是对我们所有做学术的或者准备做学术的人们提的，当然也是对我自己提的。

这个问题很难。马上有人会反对说，学术是纯粹的、非功利的，不是“需要”或者“被需要”的问题。马上也有人会反对说，学术是自由的，我们不能限制学者们（比如今天在场的博士生和硕士生们）自由研究、自由表态和发言的权利。这两种反驳当然都很对，尤其在我们这里，在学术功利化、学术政治化特别厉害的中国，我们怎么强调纯粹学术、自由学术都是不为过的。这些年来大家呼吁大师的出现，我想是好意吧，但，没有纯粹学术和自由学术，怎么会有大师啊？自由本来是大学和学术机构的基本原则，也是学者们从事的工作的基本要求。洪堡认为，除了“自由”这一条，大学还要有一种“孤独”（Einsamkeit）精神，“自由”与“孤独”两者合起来，才是大学的精神品质。洪堡的理想是有些老派了，但就学术研究而言，这两条依然是不能缺的。

问题在于，纯粹学术和自由学术不也是一种主张吗？不也是一种政治立场和政治表达吗？所以，还是前面讲的那句话：政治是人的宿命。就此而言，我们仍旧要问，我们需要什么样的学术研究？或者，既然本质上要求自由的学术研究必然是具有政治性质的，那么，我们仍旧要问：我们在从事学术研究时应该采取什么样的政治立场，传达什么样的政治主张？

既然学术研究的本质是自由，我认为，我们的学术研究首先就要主张自由，它的结论和成果必须是为维护自由做出贡献的。不然的话，学术研究的本质要求就不可能实现。学者们如果一方面主张自己的研究是自由的，另一方面又不认同自由的政治理念，那么显然地，这样的学者是自私的，至少是不真诚的。你只给自己自由而不给别人自由，你就面临着两个危险：一是你因为自相矛盾而失了逻辑一贯性；二是你因为自相矛盾而失了学术真诚性，变成一个无法让人采信的骗子。

自由是现代社会的基本理念和基本价值。与此理念相应的是民主制度，民主制度是为了贯彻自由理念而必需的制度设计，因为这种制度设计的观念前提正是民意优先和言论自由。民主制度说白了就是讨论的制度，无论是大的组织还是小的团体，凡事都要有个讨论，比如我们今天在座的研究生组成一个班，就有一个制度安排问题；我们学院有70位教师，500多名学生，也有一个制度设计问题。什么制度比较好呢？还是讨论的制度、民主的制度好。一个组织一定要有一个“老大”，这个“老大”怎么产生？我认为还是需要民选，让每个人表达出自己的意见，形成合力后就好办了。

举个例子说。去年我院换届，我作为院长到期了。我们学校的组织部门就来找我院书记，说走个形式，征求一下意见，让孙周兴继续当院长。我说，不行，一定要全体老师选，在18个教授的名单里，没有指定的候选人，每个老师投一票，选出下一任院长。组织部有人问，那万一把孙周兴投没了怎么办？我说，这叫什么问题？把我投没了，表明老师们认为有比孙周兴更好的人选，可以把学院做得更好，我当然乐见其成啊。上头没办法，只好按我的办法做。结果你们都看到了，我又当选了。

选完后，我在全体教师大会讲了一个话，大意是说，民主制度是一个权力让渡的机制，你们信任我，投我的票，表明你们把一部分权力让渡给我了，这也就是说，在一些问题上，在学院一些事务上，你们得听我的；而另一方面，我呢，必须对你们让渡给我的这点权力负责，为大家争取利益，谋求发展，等等，我如果没有负好这个责，那就对不起你们的信任，你们下回就可以不投我了，甚至，如果我在掌院过程中犯了错，你们是有权通过教授委员会或院教职工大会，对我进行审查，甚至把我免掉的。

我们学院风气好，关键在于实行了这个制度。有人问我，你当了院长，学术上出版的东西依然不少嘛，为何？我说，一是我努力、我勤奋，二是我推行民主制度。我说的是真话。我院重大事务都由教授委员会决定，我的责任就少了许多。教授委员会怎么产生呢？是每年春季学期开学时，全体教授开会，没有候选人，投出11位教授，就是本年度的教授委员会。你看，我也把自己的权力让渡了，让给一个通过民意产生的组织。有人会提出“多数人的暴政”之类，我认为是瞎掰，我坚信，在多数情况下，我院11位教授做的决定肯定比我一个人做出的决定要正确。

这是我理解和推行的民主制度。各位千万不要以为，诸如自由、民主、平等之类都是遥不可及的宏大观念。根本不是。这些观念在我看来是十分直接的、切身的。我们每一天的生活，我们的行动、交往、表态等，都程度不等地在贯彻、表现此类观念。

当然我也承认，我们的整体社会制度还不健全，还没有完成民主化变革。而且正是在这种制度环境下，我们中国人还需要学习自由——自由也是需要学习的。也正是本着这一点，我一直在学院里推讨论班（Seminar）形式，通过这种形式，我们将学习如何进行讨论，将渐渐地学会自由。

我们需要什么样的学术研究？我想我已经交出了答案。根本上，学术是为了寻求人类美好的自由生活的可能性，而美好的自由生活需要良好的或者较好的制度设计。学术研究的动机和效果，都在于促进人类朝向和接近美好的自由生活理想，以及为此所必需的好制度安排——这才是我们所需要的学术。

2011年12月9日补记于沪上新凤城

我们的研究要有几个转向*

首先代表同济大学哲学系向刘放桐教授致敬，祝贺他八十大寿。我们同济大学哲学系差不多是复旦哲学系的派出机构，约半数是刘放桐老师的弟子或者刘老师的弟子的弟子，反正来自复旦的居多。所以前几天孙向晨教授短信问我，刘放桐老师八十大寿，你来不来呀？我回短信答两个字：必来。因为刘老师是我尊敬的前辈学者。

于我个人，与刘老师还有一段未成的缘分：当年要不是1989年北京政治风波，我自己就成了刘老师的弟子。1989年我同时考上南京大学夏基松老师和复旦大学刘放桐老师的博士生，但南大下手快，早就把我的档案调走了，复旦呢，是北京政治风波结束

* 本文系作者在复旦大学哲学院主办的“西方哲学教学和研究的回顾与前瞻暨刘放桐教授执教60周年学术成就研讨会”上的讲话（2013年10月25日，上海）。会后整理。

以后才给我录取通知的。我当时想，刘老师的普通话水平跟我比较接近，还是到复旦去吧，但一问才知道已经不可能了，因为以当时的形势，我已经无法把档案从南大抽回来了。所以，政治运动对个人还是有大影响的。要是当年我来了复旦，则许多事情就有变数了，个人命运就不一样了，我们同济大学哲学系可能还会有，但肯定不是现在这个样子了。

刚才同志们关于刘放桐老师的学术和人品说了很多，我差不多都能同意。我个人觉得刘老师身上有两点最让我印象深刻。其一是学者的批判精神，包括对社会的批判精神和对自我的批判精神。其二是学者要保持良知，包括学术良知和人伦良知。在这两点上，刘放桐老师一直是我学习的榜样，也是我一直愿意在日常交谈中宣扬的。

我们知道刘放桐教授是国内较早开始美国实用主义研究的，但他早先的研究以否定式批判为主，后来到20世纪80年代后期，刘老师自觉地修正自己的研究立场和话语方式，开始对实用主义哲学做正面的、公正的评价。一个人要改变自己最难，尤其在世俗意义上功成名就之后。刘放桐教授在这方面做得特别好。

再就是人际关系的处理，刘放桐教授总是与人为善，宽厚待人。这是我有过亲身体会的。怎么体会的，这里且不说了。我甚至觉得，正是由于刘放桐老师的正直、公正的学者风度，改革开放以来的复旦哲学才一直保持着良好的势态。

话分两头。本次复旦会议的议题是西方哲学教学和研究的回顾与前瞻。我们看到，所谓改革开放30多年以来，我国西方哲学教学和研究有了重要的进展，主要是研究和教学视野的转换。差不多从20世纪80年代马哲式的西哲理解，到语言哲学和实存哲学式的西哲理解，再到政治哲学式的西哲理解，我们对于西方哲学的了解和讨论方式，应该说越来越丰富了；而且也算跟进得快，现在差不多可以与西方哲学界同步对话了，这意思就是说，他们能出的招数，他们思考的路数，我们差不多都知道了。这时候就可以提出一个问题：到了这个地步，我们的西哲教学和研究应该如何开展下去？是不是应该有些新的气象了呢？

这方面我想得不算多，但毕竟做了这么多年西方哲学，总归也有一些体会。下面我主要讲三点，或者也是三个期许和建议：

其一，西方哲学要转向外国哲学或者世界哲学。我们的学科名称是外国哲学，但落实下来，实际上我们差不多只在搞西方哲学。在学科结构和教学体系里，其实也只体现了西方哲学的逻辑。这当然是因为西方哲学和西方文化的强势。但如今，世界格局变了，多元文明的交流日增，虽然主流的力量还是西方哲学文化，其他思想方式仍然处于弱势地位，然而对于文化事业，恐怕不能简单地以强—弱为判据，那是强盗逻辑或者土豪思维。如今全球范围内区域（地方）文化的传承越来越成了难题，这时候我们反思我们的久已成习惯的立场，我们得问问：为何还要守住“西方哲学”这样一个地域性的标识？

其二，外国哲学要转向哲学本身。在我们这里，不光是哲学研究，而且整个文化讨论，一直以来都被局限和纠缠于“中西古今”之纷争。在这种格局中，站队变成第一要务，各种主义由此派生，继之各派纷争。“古为今用”和“中体西用”已经是算不错的姿态了。脑子清晰的人物不在多数。像鲁迅这样的人物是少而又少的。鲁迅被指责反传统、反国学，有一回他反驳道：谁不知道保护传统，但问题是谁来保护我们？这是鲁迅先生的超人之处。其实就哲学而言，管它中哲、外哲、马哲，只要是哲学就好，只要是对我们的时代和生活有反应能力、能提高我们的生活的哲学就是好的。所以，我们不仅要从西方哲学转向外国哲学，而且要从外国哲学转向哲学本身。

其三，哲学本身要转向现实，朝向未来。有了上面两个转向，我们自然就要进一步说：哲学本身要直面当下生活世界，要有未来指向。不同于一般自然科学和具体科学，作为人文科学的核心学科的哲学永远不可能失去与历史的关联。今天的物理学可以不理睬亚里士多德的物理学了，但哲学必须不断重温和研讨亚里士多德的哲学，包括他的物理学。在当下时代里激活2 500年的哲学史，这是哲学的必备功课。然而这并不意味着当代哲学可以完全归于哲学史研究，变成一种学究的博学。通过批判不断归零，并且不断地从当下语境出发重新开始，这是哲思的本色。

通过以上三项，我倒不是想说，我们应该取消“西方哲学”或者“外国哲学”这个学科了；我只是想说，在新的形势下，对于这个学科的定位和定向，以及一般地对于哲学这门学问，我们要做一番新的考量了。

2013年10月25日记于沪上同济

2015年2月8日补记于弗莱堡

作为心灵治疗的哲学*

同济大学人文学院最近新建了心理学系，这大概是我校十年以来新成立的唯一的学科。而我们为什么要在人文学院、在哲学系成立心理学学科呢？因为现在国内心理学系的状况不是很妙，似乎大家不知道应该把心理学放在哪里。据我所知，浙江大学是放在工科里的，大部分高校是放在教育学院的，很少放在人文学院或哲学系。我认为这种对心理学学科的安排和设置是有所偏失的，尤其是偏离了欧洲的大学传统，心理学本来就是属于哲学的。

几年前，我在南开大学哲学学院庆典的研讨会上讲了一番话，成文后放到博客上，居然被流传开来。我讲的是：哲学到

* 本文系作者在浙江大学哲学系主办的“生活哲学与现代人类生存”学术研讨会（2016年5月28—29日）上的演讲（报告时长25分）。由方芳根据录音整理，然后经作者略做修订。

底有什么用？我用三句话来回答这个问题：第一，哲学让人不自杀，哲学史上没有一个自杀的哲学家；第二，哲学让人脑子清楚；第三，哲学让人好好说话。我认为这是哲学最重要的三个功能，分别对应于哲学的形而上学意义、心理学意义和修辞学意义。这也是哲学的原初意义。在开端处，哲学就具有这样的意义，古代希腊人就是这么来要求哲学的。这三个意义，其实完全可以合在一起，本质上都是心理学的问题。自杀问题、脑子问题、说话/表达的问题，都是心理学的问题。而这样的心理学显然不是统计和实验的心理学，而是哲学心理学。四五年前我在同济大学建立了一个哲学心理学的博士点方向，可能在国内是第一个，目前也没有看到哪里还有。当伟大的哲学家尼采自称为心理学家的时候，也一定是在我上面所说的哲学心理学意义上来讲的。

如果我们说哲学原初意义上是心理学，那么，我们在座的搞哲学的就都是心理学家了。这也应了我的一个说法：脑子清楚的人都是哲学家。心理障碍、精神病是心理上的道理没有理清楚。哲学就是讲道理的学问，不仅要讲物的道理，也要讲心的道理——哲学首先是要讲心的道理。物之理与心之理，这是一个基本的区分。

从哲学史上或者哲学心理学的起源上看，哲学都是从医治人的心病开始的。前苏格拉底的智者们主要是教人说话、教人论辩的，而且是一个收费项目。当时教人说话、教人论辩的学问，叫作修辞学或论辩术，但智者们认为，自己不是简单地教人说话，而是要改变人的心理状态。高尔吉亚认为，修辞学与医学可以有一比；普罗塔哥拉的说法是，修辞学家像医生一样，医药治疗肉体，修辞学治疗灵魂，用的是逻各斯的训练，就是说，修辞学通过逻各斯治疗灵魂。这个话很有意思。逻各斯就是说话的意思，说话可以治病么？现代行之有效的心理治疗，主要的一派就是通过说话来进行治疗。当时让我下决心建立心理学系，就含有这样的一个起因：我亲眼见证了著名心理师赵旭东教授对一位患者的治疗，在大约一个半小时时间内，通过不断的问话，不断地追问患者与他父母三人之间的关系，整个过程让我很感动。一个人出了心理方面的问题，主要原因就在于他在最亲密的关系中无法定位或定位紊乱，不知道怎么定位了，所以要通过说话来重新定位某种关系，稳固某种关系，压制某种关系。后来我就把这位心理分析师引进到了我们学院，成为哲学心理学方向的博士生导师。谈话是心理学和心理治疗的一种基本手段和方法。

到古希腊晚期和罗马时期，很多哲学家直接赋予了哲学以治疗的含义，所谓治疗的哲学。伊壁鸠鲁认为，哲学应当可以帮人治病。他说，如果哲学不能帮人治病，那就是空洞的；如果哲学不能治好人的心理上的毛病，那么哲学就压根儿没用。两百年以后，罗马时期的西塞罗更加直接地说：哲学是治疗灵魂的医术。哲学要帮人治病，治心病，就像医学要帮人治疗身体上的病一样，如果哲学不能治疗心病，那它有何用？

我们经常问哲学有什么用，现在人们觉得哲学越来越没有用了，我认为主要是因为它背离了治疗的原初要求。而这一要求是西方哲学一直就有的主张。如何来安定我们的灵魂、安顿我们的心灵，这是哲学的原初含义。从中古到近代早期，人们更多地在基督教意义上来处理这些事情。虽然当时也有心理学，比如康德的理性心理学，但灵魂意义上的问题主要是通过神学和宗教来解决的，没有成为哲学的专题（虽然也属于广义的形而上学）。后来心理学从哲学形而上学中分立出来，成了一门独立的学科。即使到此时，比如在20世纪初，无论是弗洛伊德的精神分析学、胡塞尔的现象学心理学、雅斯贝尔斯的实存哲学和精神病理学，还是由海德格尔发展出来的实存论心理分析（所谓存在主义心理学），以及其他种种心理学思潮，都高度体现了哲学与心理学的统一性，或者说心理学的哲学性。

作为学科的心理学成就大业，是在20世纪，所以它是一门迟发的学科。在欧洲，心理学之所以迟发，直接的原因是：灵魂问题在很长时间内不归人管，而归神管。但是，请记住1900年这个世纪之交的伟大年份。在这一年里，自称为心理学家的伟大哲学家尼采在发疯11年之后终于离开了人世；在这一年里，伟大的现象学哲学家出版了现象学哲学的奠基之作《逻辑研究》，开启了反心理主义（相对主义）、重建欧洲知识/哲学理想的事业；也正是在这一年里，伟大的心理学家弗洛伊德出版了他的奠基性著作《梦的解析》，开启了现代精神分析学科。

为什么心理学横空出世，在20世纪初成就大业？原因似乎很简单：疯子尼采在1883年宣告的“上帝死了”成了现实，一个价值虚无、精神动荡、道德沦丧、心理不安的时代到了。这时候，人就有一个自救的想法。怎么自救法呢？许多人想到了哲学。宗教与哲学统治人类文化约2 500年，一直是诸民族文化中两个支配性的要素，而现在，宗教衰落了，人类的宗教感越来越虚弱了，过去主要由宗教来组织的道德和信仰生活有崩溃的危险了，这时候，人们自然会想到另一个要素，即哲学，期待哲学来充当宗教的替代品，给我们的生活一个非宗教的解释和慰藉。哲学在精神生活中发挥的作用有其超出宗教神学的高妙之处，如果说宗教是命令式的、独断的，许多时候信就信、不信拉倒，是不太讲道理的，那么，哲学就不一样了，哲学是需要论证的，虽然有时候也不免独断，但总的来说是讲道理的。所以，我在上次的讲话中提到，现代人特别喜欢哲学，为什么呢？因为人分为两种，一类人心智比较弱，喜欢服从，就去信教；另一类人心智比较强，对自己精神方面的生活要求比较高，希望自己去承担对自己生活和行为的论证，这个时候他就需要哲学。在这个意义上说，哲学会越来越热闹。我们同济大学哲学博士点已经成为全校最难考的博士点，去年是10个里面录取一个，今年是8个里面录取一个。有的学院是1.2人录取一个，基本上就是直接录取。虽然我们本科招生不行，但是我认为哲学是我们中国最有希望的一个学科。就像我说的，人分两种，一种是心灵虚弱的人，他不需要哲学，需要信仰，我交给你，让你管我就是；另外一种人是需要自己去承担的人，想要自己去论证自己的生活，自己去把握自己的生活，这些人便需要哲学。

这个时候我们可以发现，为什么在20世纪上半叶，大概是在

1900—1930年，欧洲出现一个哲学高潮，以现象学为代表，出现了胡塞尔、萨特、海德格尔、舍勒等很多哲学家。为什么呢？因为在当时，尤其通过对当时价值哲学、本体论哲学的关注，欧洲人认为宗教不行了，我们需要把哲学重振起来，可以通过哲学来解决我们的问题。然而，两次世界大战摧毁了这种梦想，摧毁了通过哲学重建欧洲知识理想的梦想。但我认为今天哲学依然有自己的意义。

现在心理学已经成为一门重要学科。我这里说的心理学是处于人文科学中的心理学，是哲学心理学而不是作为实验科学的心理学。实验科学的心理学有它的可怕之处。我曾经参加过一次相关的博士论文答辩，主题是选择一些样本，对一批农民工子弟与城里孩子做定量的统计研究。整篇博士论文都是数据，让我一个问题也提不出来。而得出的结论无非是：农民工子弟动手能力比较强，城市小孩动手能力比较弱，但城里孩子的学习能力比较强，比农民工小孩好3个百分点。我认为这样的研究没有多大意思，这些情况我不用研究都知道。这样的实验和统计的心理学研究，虽然在当今的研究中属于主流，但它正在摧毁我们的心理学。心理学不能这样弄的。心理学需要关注每一个个体，要去面对每一个心理状态不一样的个体，这才叫哲学心理学。

实验心理学从19世纪中期以后就发展起来了，当时的背景是：既然物之理可以用科学和实验来处理和解决，那么，心之理虽然比较复杂，但终究也一样，也是可以通过科学和实验来处理的。这是近代以来西方盛行的“普遍数理”的知识理想在人文科学（精神科学）领域里的表现。然而，哲学心理学或者说作为人文科学的心理学从一开始就含着反对把心理和精神问题自然科学化和实验化的倾向和动机，因此它是与20世纪初由狄尔泰发起的人文科学方法自主性的讨论相联系的——如若人文科学没有独立于自然科学的方法，则哲学人文科学迟早要被纳入理学院，成为数学系或物理系的一部分；如若心之理与物之理毫无分别，则艺术、哲学、历史人文科学还有存在的必要么？这个问题今天依然存在，而且可以说愈演愈烈了。我们不久前举办的人文学院院庆就讨论了这个问题——“技术时代的人文科学”。实际上，这个问题已经存在300年了，人们一直在争论，人类的精神生活能不能用自然科学的方法来研究？如果说，人文科学没有自己的方法，没有自己的研究手段，那么最后它实际上变成了自然科学的一部分。把人文学院放到数学系去，成为数学系的一个研究所，会导致这样的后果。所以这是一个严重的问题。心理学开展于一个假定：心的道理完全可以被数量化。这是近代以来，西方盛行的普遍的知识理想在精神科学或者人文科学中的一个表现。所以说，弗洛伊德精神分析法、现象学心理学、存在主义心理学等，它们从一开始就包含着对这种近代传统假定的一个反抗，具有这样一个反抗的动机。这与19世纪晚期、20世纪初发起的人文科学方法自主性的讨论联系在一起。如果心的道理与物的道理都要用逻辑、物理、科学的方法来讲，都要用物的道理来讲，那么，艺术、哲学、历史、人文科学等就没有存在的必要。这个问题，现在是日趋激烈了。

20世纪是心理学越来越强大的世纪。弗洛伊德精神分析法、现象学心理学、存在主义心理学是20世纪哲学心理学的三大流派。我愿意认为，这三者都与尼采相关，都是对尼采的柏拉图主义批判任务的回应，无论是精神分析还是现象学、存在主义，都是如此。尼采对形而上学的心理学谬误的揭示，特别是对道德心理学的探讨，以及对身体—感性世界的强调，直接启发了弗洛伊德的精神分析学的产生。而胡塞尔的心理学现象学展开的心理意识分析，通过把本质观念世界的直观化，完成了对尼采所谓的形而上学“另一个世界”的消解。观念世界并不是独立于我们的感性世界的，而是存在于我们的感性世界里面。我们的生活世界本来就是有意义的、有趣味的。我认为，现象学最直接、最伟大的意义就在于，我们以前认为观念世界是与我们的生活世界无关的，是独立于我们的，现在则发现，观念世界就在我们的生活世界里面。什么是观念？什么是本质？我们随时可以发动一场对一个观念或一个本质的讨论，而不需要任何中介——这就是现象学告诉我们的。这一点完全是由尼采对所谓的“另一个世界”的消解带来的。它把我们的生活世界给激活了，没有什么独立于生活世界的观念世界。这两个世界的划分，是柏拉图主义里面最要命的地方，而现象学直接把两者合为一体了。这对我们的生活理解来说是一个颠覆性的想法。而存在主义心理学，现在更多地与雅斯贝尔斯的生存哲学和精神病理学、海德格尔的存在主义实存分析相关，同样也接受、延续了尼采的立场。我认为，这三大派是可以贯通起来的，这三者的沟通和整合也是今天和未来哲学心理学的任务和发展方向。在20世纪的中叶就有了对这三者整合的努力，代表人物是路德维希·宾斯万格（Ludwig Binswanger，1881—1966），被认为是存在精神分析或实存分析学的代表，发展了对话治疗、工作治疗、综合治疗等具有现象学和实存主义倾向的精神分析理论和心理治疗方法。

最后我需要回答一个问题，一个贯穿我这篇报告始终的问题：我们到底要什么样的心理学？我强烈建议要把心理学与哲学放在一起。因此之故，我邀请赵旭东教授到我们哲学系当导师，开设了“哲学心理学”博士研究生方向，下面设了“实存哲学与精神分析”和“文化心理与心身修养”两个研究方向。我当时是如何说服赵旭东教授的？我跟他说：哲学要通过心理学而服务于民众精神，让民众的脑子变得清楚些，变得坚强一些；心理学得通过哲学维持自身的高贵品质，而不是沦落为目前占主导的英美式的实验和统计心理学。我认为，哲学心理学的建设，是我们哲学学科的当务之急。我们要重新把心理学这个地盘抢回来。心理和精神，当然是心理学的课题，但更是哲学的课题。哲学与心理学是一条战壕里的战友。在今天这个宗教感日益趋弱而自杀者越来越多、心理压力日增而精神病患者趋多、个体自由空间增加而越来越需要主张和表态的时代里，哲学和心理学将成为两门最有用的科学——而它们必然会结合在一起，叫“哲学心理学”。

想的与做的现象学*

很高兴来参加今天的会议。一晃离开浙大已经十年了，中间回浙大的机会也不算多，除了庞学铨教授组织的活动，我似乎跟浙大也没什么关系了；但实际上我还是经常回杭州来的，因为当时要调离浙大时在中国美术学院做了一个点，叫“艺术现象学研究所”，到今天竟是十年多了。感觉呢，跟艺术家们玩还是要开心些和放心些。另外，之所以做这个点，自然也跟我对于哲学文化和艺术文化的看法有关了。我这些年主要在做尼采研究和尼采翻译，海德格尔和现象学虽然也还做一些，但不再是主要的任务，因此对于今天的主题，所谓“当代现象学的新发展”，就没有发言权了，不知道说些什么好。庞兄一开始说是不需要我讲话

* 本文系作者在浙江大学哲学系主办的“当代现象学的新发展”研讨会（杭州，2012年4月28日）上的讲话。

的，但前两天又来问我讲题，我只好胡乱立了个“哲学的与非哲学的现象学”，是根本没有深思过的题目；昨天晚上我上完课，想准备一下今天的发言，突然冒出一个新题目，叫“想的和做的现象学”。

我就还从艺术现象学说起。记得2004年我在杭州组织过一次艺术现象学国际会议，当时庞兄也积极赞助，会议是在印象画廊里搞的，应该说是成功和有效的。会议文集编成《视觉的思想》一册，竟能重版！前年，我参与组织了一个“现象学与建筑”对话会，是在苏州开的，会议记录稿出了厚厚一大本书，也竟能重版！去年则有两个艺术现象学的会，上半年北京大学美学研究中心开了一个，年底我在中国美术学院组织了一个。总之，艺术现象学在国内还是蛮热闹的，特别是不少造型艺术家参与其中，就更显得有意思了。

哲学现象学向包括艺术在内的其他领域的渗透也给我们一个契机，让我们重新理解现象学。什么是现象学？当年在浙大我曾被一位校领导这样问过。我东拉西扯地说了一通，等我讲完，他严肃地说道：噢，原来是跟我搞的土木专业一样的东西。现在想来，他的话是有道理的。现象学本来就不是一派一门，任何行业都可能以现象学的方式来做，海德格尔的说法是“现象学是思想的可能性”。再有，似乎也不能说只有从胡塞尔开始才有现象学。萨弗兰斯基说尼采那儿有现象学，我想他是有道理的——无论是就尼采对传统形而上学的解构还是就生活世界课题在尼采思想中的突现来讲，尼采都堪称现象学家。

这还不算狠，还有更恐怖的呢。德国当代最伟大的艺术家安瑟姆·基弗在一次访谈中说到：丢勒是一个现象学家。这话就有点吓人了，15、16世纪的画家丢勒，怎么也成现象学家了呢？这事我还没想通，不便评论。但无论如何，这个基弗却真的是个现象学家。此点容我后面来讲。

海德格尔说现象学是“思想的可能性”，要基弗来说，恐怕得说现象学是——更是——行动的可能性。现象学是思想方式和行为方式，所以不仅是哲学的，也是艺术的；现象学不仅是用来“想”的，更是用来“做”的。当然，“想”与“做”也总难分。况且今天的情况是：思想是做出来的。做出来的思想叫“观念艺术”。

就作为思想的现象学来说，它的基本品质（精神气质）是什么？我想各位都会有自己的看法，而且差异会很大。在去年一次会上，我用四个词语来加以概括，谓“直接”“务实”“虚怀”“专心”。直接是很难的事，因为中介太多了。现象学的直接性要求表现在看、说、做多个方面。胡塞尔强调看的直接，海德格尔则进一步，说到了做的直接（实行意义优先），等等。“务实”本是现象学的原则“面向实事本身”，用不着多讲。“虚怀”呢，就是要放下架子、放下包袱，对非理论化的事与物留点空间，也就是要对哲学和科学之外的解释可能性保持开放心态。所谓“专心”，我差不多愿意用洪堡对大学的要求“孤独、纯一”（Einsamkeit）来解释，洪堡说大学需要Einsamkeit，这个要求很好。我们看到现在的大学像个养鸡场，哪有对于事与物的专心了？

以上四个词语，是我目前对于现象学精神的设想，即由

“想”的现象学引出来的姿态和立场。当时我讲这些，在场的几位艺术家听了很是同情。

接着我要来说“做”的现象学。大家知道胡塞尔就说过现象学是“工作哲学”。在早期弗莱堡时期的海德格尔，现象学更是“做”字当先了。其实到这一步，哲学和哲学家就有点守不住自己了，恐怕要丢掉自己的饭碗了，因为要说“做”，艺术家们（广义的）更能“做”。于是，大概在去年，我终于想明白了一个事情：为何战后德国哲学衰落，而德国艺术拔地而起，成就伟大气象。

这就要涉及当代艺术这个复杂课题了。因为课题太复杂，我只能把它直接化。当代艺术是一种解放的和革命的艺术，它冲破传统艺术规定性，全面渗透入人类生活中。而根据我的不成熟的考察，当代艺术是有一些基本预设的，在我看来，这些预设体现的是“做”的现象学，而且经常会带有政治意味，是艺术政治的预设：

预设一：人人都是艺术家。这是战后德国最重要的艺术家博伊斯提出的口号。人人都可能创造，凭什么说你是艺术家我不是？人人都是艺术家，人的任何行为都可能是艺术行为或者带来艺术效果（行为艺术和社会参与艺术）。

预设二：艺术无所不为。为何只有画家用的颜料、雕塑家用的石块才是艺术材料，而其他材料不能用于艺术创作？为何自然事物、现成品就不可能是艺术品？当代艺术突破了材料的限制，什么都可以用来艺术创作；又打破了现成品与艺术品的界限。这方面首创者是杜桑（1917年）；但真正有力量的依然是博伊斯。

上面讲到的基弗，虽然仍然在做架上画，仿佛还是一个油画家，但他在材料上是革命的、无限制的，什么材料都可以成为他的创作材料。

预设三：要做观念而非想观念。观念是“做”出来的。从“想”到“做”，这也符合马克思之后的现代哲学动向。用造型表现观念更有力量。在新近出版的一本访谈录中，基弗集中讨论了五大“基本元素”，谓“火、水、气、土、空”，认为他的艺术就是做这样一种探索。基本元素的探讨不是哲学的事么？现在怎么成了艺术家的工作？我们只好说：哲学被艺术化了。

预设四：以创造克服平庸和同质。当代艺术是有政治诉求和政治动机的。它看到了基于技术的现代民主政治在全球推进的不可避免性，同时也看到了民主政治的弊端，即普遍同质化和平庸化（我们知道，这是尼采，也是鲁迅反民主和革命的理由）。可以认为，当代艺术的兴起有着纠民主政治之偏的政治动机，试图以普遍创造来纠正普遍平庸。艺术与政治的联姻，成了当代世界文化的难解难分的双重主题。

我不想说当代艺术就是现象学的，做这样的判断未免太过轻佻了。当代艺术是一个混杂体，但其中稳重而有力量的部分（比如德国新表现主义）是有深度、有思想、有主张的，既体现了“想”的现象学的基本精神，又进一步把“想”的现象学转换为“做”的现象学。而无论如何，我们应该承认：“做”的现象学是更有力量的。

2012年4月27日晚记于中国美术学院专家楼

有一种力量叫直接发动*

很高兴来西安美术学院参加今天的活动。今天论坛的主题有两个：1.艺术现象学与艺术表现；2.回到肉身：数字复制技术时代的艺术表现。说实话不是太好的标题（不知谁起的），但涉及的课题却是严重的，也是有意思的。问题可能有二：其一，20世纪有一种哲学叫现象学，它跟我们时代的艺术有什么关系？其二，今天是图像时代、数字互联网时代，我们怎么做艺术才好？

我原先为今天的讲话立了个标题，叫“为什么艺术一定是现象学的？”。立下这个题目，我自己就吓了一跳。怎么可以这么武断地说话呀？以为你搞一点所谓现象学，就什么都是现象学的了？所以想着还是温柔点，改成“艺术现象学是如何可能的？”。

---

* 本文系作者2015年9月21日在西安美术学院“敞开之地·第一期”论坛上的讲话。论坛主题为：1.艺术现象学与艺术表现；2.“回到肉身：数字复制技术时代的艺术表现”。

不过又觉得不是太好，才改成现在的标题，谁都不会有意见。但其实我的意思还是：艺术一定是现象学的。这话也可以继续说下去：哲学不一定是现象学的，而艺术一定是现象学的。

为何？我试着来解释一下。主流的传统哲学追求普遍性、共相、本质，故可以叫作“本质科学”。这显然是从稳定性角度考虑的。个别的东西会变，会消失掉，但普遍的东西是不变的，比如个人都会死，但“人”这个普遍本质、普遍观念却被认为是不死不灭的。哲学和科学要追求恒定不变和确定的东西，所以只好牺牲个体和殊相而以普遍和共相为标的。甚至胡塞尔意义上的现象学的目标也是这样一门“本质科学”。

西方主流的哲学文化传统因此被叫作“本质主义”，它的科学形态是“本质科学”，特别表现为诸门形式科学。作为“本质科学”的西方主流哲学的目标是一个绝对、抽象、形式的世界的构造，马克思称之为“理念王国”，尼采名之为“另一个世界”。这个传统在19世纪中期以来已经受到彻底的批判和怀疑。其问题在哪？主要问题有二：一是放弃了对个别性的、感性的生活世界的关注，并且蔑视之；二是以一种抽象、间接和隔离的方式让这个“本质/理念世界”来支配我们的生活世界和我们的生活，从而使我们的感性生活失去了主动性和直接性——人人都是“理论人”，我们忙于理论却不会从我们的感性语境出发发动创造了。

就在这个时候出现了现象学。胡塞尔意义上的现象学极其复杂，但我认为它最核心的想法只有一个：本质直观。什么意思？我们说了，“本质”是普遍性，是共相。“直观”呢？就是直接地看，人人都会。“本质”与“直观”可以联在一起吗？不就像“木质的铁块”和“方的圆”吗？胡塞尔把这两个不搭界的东西联系在一起。这个了不起。“本质”本来要由一套哲学和科学的方法及程序来把握的，现在胡塞尔说不用，我们直接可以看。我看到一个人，就看到了“普遍的人”，即人的本质，而且也是直接看到的。我看到一个苹果，就直接看到了“苹果”这个普遍性、这个“共相”。许多人怎么也拗不过来，说这怎么可能呀？那是因为你已经是尼采所讲的“理论人”，你总认为普遍性、观念、本质这些东西都是高度抽象的，必须由高度复杂的程序和方法来把握；你总是以为人类文明史为我们贮备了一个“观念库”，我们要通过学习才成为“理论人”或“文化人”，我们才掌握了这个“观念库”，必要的时候可以使用它。这些想法在胡塞尔看来很愚蠢。比如说我提议，我们现在讨论一下什么是“艺术”，你说且慢，等一等，这个我还没学过呢，理解不了。真实情形不是这样的。真实情形是，我说“艺术”，在座每个人当下直接就理解了，不需要任何中介，虽然未见得立即能开展多深入的讨论，但大家立即就知道了——看到了——哦，艺术。

好了，我觉得这就是现象学的意义和力量。现象学告诉我们最根本的一点就是：观念世界/本质世界的直接性。什么叫直接性？就是不需要任何理论中介（甚至不需要作为理论的现象学），观念世界/本质世界是在我们的生活世界直接呈现的，甚至观念世界/本质世界就是我们的活生生的感性世界。我们今天的论题有一个叫“回到肉身”，我不知道起这个题目的人的想法是什么，我的想法，意思就是回到我们的感性世界。

那么你会问，这跟我们的艺术和艺术家有何关系呀？在座有的同志知道我和司徒立教授在中国美术学院构造了一个艺术现象学研究所，已经十几年了。我也经常被人问及这个问题。现象学与艺术有关系吗？如何关系起来？这也是我们今天会议的主题之一。我的回答前面已经有了：艺术一定是现象学的。为何？因为当我们说现象学告诉我们观念世界/本质世界的直接性时，我们未及道出的一点是：观念世界/本质世界的非知识性把握的可能性。或者说，强调观念/本质世界的直接性，这同 时意味着：观念/本质世界是可以通过非知识、非理论的方式来达到的。而这就是说，观念/本质世界首先——主要——是要通过艺术来达到的，因为艺术是人类非知识、非理论方式中的最主要的方式。

作为20世纪最有新意的哲学、很可能是唯一创新的哲学，现象学的力量何在？现象学的意义何在？我们已经有了回答：观念世界的直接性及其非知识性把握的可能性，或者说，观念世界是可以直接把握的，而且可以用非知识的方式把握。现象学作为一种哲学，试图把自己清空，为艺术留下地盘，从而也为哲学的重新开始提供可能性。这是一种抵抗的力量。一个现象学式的问题是：哲学和艺术如果不能为抵制科学技术对生活的全面占领做出贡献，则它们有存在意义么？

有一种力量叫“直接发动”，它是现象学的基本要求，也是艺术的本性和意义。

2015年9月20日记于北京惠侨饭店

陈铨与战国时代的尼采[*]

2007年5月，同济大学百年校庆期间，陈铨先生的女儿和女婿从江苏吴江来，说要把他们已故父亲的外文藏书捐赠给我们人文学院。我当时不免有些诧异：我知道陈铨先生是中华人民共和国成立前同济大学文学院的教授，且担任外文系主任，按说陈先生的外文藏书应该送给外文系（现在是独立的外语学院）才对呀；再说了，陈铨先生1952年自同济大学调入南京大学外文系，直到1969年去世都在南大工作，要说捐赠，也应该考虑捐给南大外文系呀。然而，陈先生的女儿和女婿却执意把这批外文藏书献给我们刚刚恢复不到一年的同济大学人文学院。我们自然是乐于接受这些珍贵的外文书的（其中以德文著作居多）。当时我代表人文

* 本文系作者为《从叔本华到尼采——陈铨德国哲学文集》一书（西安：陕西人民教育出版社，2016年）写的“编后记”。

学院，向陈铨先生的女儿和女婿表达了感激之情，并且表示，将为他们捐赠的陈铨先生外文藏书设一专柜，以示纪念。

陈铨先生的这些书，现在陈列在同济大学欧洲思想文化研究院（隶属于人文学院）的图书室里。这些书刚刚上架时，我还专门跑去看望了一回，在书架前伫立了许久，心情是相当复杂的。其实我后来了解到，陈铨先生于1957年6月14日在南京大学被打成右派，被打发到外文系资料室做图书管理员。在当时的《关于右派分子陈铨的结论》中，校方指控“陈在鸣放中利用各种机会污蔑和攻击党的领导及党的各项政策”，共列有12项问题。1961年9月25日，陈铨被摘掉了右派帽子（可见他的问题不严重呀）。但在“文革”中，已经被摘帽的陈铨仍旧受到了批斗，经历百般摧残，十分凄惨，终于在1969年1月31日在南京大学去世。1979年1月31日南京大学发文为陈铨平反，“恢复教授职称及政治名誉”，而此时陈铨已经离开人世10年多了。现在看来，陈铨先生20世纪五六十年代的悲惨经历固然不能全怪他当时的所在单位，是当年国家疯狂的政治运动使然，但家人的切身感受和经历又岂是我们外人所能完全了解和体会的？在他们的经验和记忆里，“外文系”恐怕已经成了一种创痛的标识、一个伤心之地，所以才有了上面讲的捐书故事。

陈铨先生（1903—1969）是四川富顺人，1921年考入清华留美预备学校，比贺麟先生低两届；1928—1930年于美国奥柏林大学获硕士学位；后赴德国基尔大学攻读博士学位，1933年转学柏林大学，获文学博士学位。当时在德国，除了陈铨先生，还有同期从美国来柏林大学的贺麟先生，以及在海德堡大学攻读博士学位的冯至先生。这三位“德国博士”的年龄和才气均不相上下，但三位当中，命运最悲惨的恐怕就要数陈铨先生了。

我们知道，陈铨先生与林同济、雷海宗并列，为“战国策派”三大主将之一，在20世纪40年代初名噪一时。这三位主将都有清华背景，都是留美学人（陈铨先生后又转赴德国留学），抗战时都是西南联大的教授。三位当中，陈铨先生是文学家和哲学家，后来是同济大学教授，中华人民共和国成立后从同济大学转到南京大学外文系；林同济先生是文学家和翻译家，翻译过莎士比亚的《哈姆雷特》，中华人民共和国成立后在复旦大学外文系任教；雷海宗先生是史学家，著有《中国文化与中国的兵》等，中华人民共和国成立后在南开大学历史系任教。而在“战国策派”这三大主将中，命运最不济的竟也是陈铨先生。

在一定程度上，陈铨先生的命运是与尼采相关联的。在“战国策派”主将中，陈铨和林同济是“尼采迷”，雷海宗则主要受到斯宾格勒的影响，因此也有尼采的间接影响。“战国策派”的基本主张是所谓“文化形态史观”，大体认为欧美目前文化形态类似于中国古代的“战国时代”（所谓“战国时代重演论”），方才有两次世界大战的混乱格局，而中国如果要在这个“战国时代”生存下去，就必须激发起民族的生存意志，必须“尚力”。《战国策》半月刊的发刊词表明了该派人物们的文化主张和“尚力观”：“本社同人，鉴于国势危殆，非提倡及研讨战国时代之‘大政治’（high politics）无以自存自强。而‘大政治’例循‘唯实政治’（real politics）及‘尚力政治’（power politics）。‘大政治’而发生作用，端赖实际政治之阐发，兴乎‘力’之组织，‘力’之驯服，‘力’之运用，本刊……抱定非红非白，非左非右，民族至上，国家至上之主旨，向吾国在世界大政治角逐中取得胜利之途迈进。”“战国策派”的“尚力政治”（power politics），其思想背景显然是尼采哲学，特别是尼采的“权力意志”学说。陈铨先生甚至把尼采的意义提高到关乎民族国家生死存亡的高度：“中国处在生存竞争的时代，尼采的哲学，对于我们，是否还有意义，这就要看我们愿意作奴隶，还是愿意作主人，愿意作猴子，还是愿意作人类……因为尼采的哲学，根本就不是替奴隶猴子写的。”[1]

因为“尚力”，所以必定也要“尚武”。最典型的是史学家雷海宗先生，他于1935年撰《中国的兵》一文，对中国历史上的“兵”做了大尺度的分析。据他的研究，春秋战国时代实行“征兵制”，上等社会人人当兵，文人也不能例外；汉代则实行“募兵制”，上等社会不服兵役了，流民和贫民们当兵，遂使国势衰落；此后唯有唐代实行半征兵的“府兵制”，方使得汉族中国又强盛了一回。雷海宗这篇著名文章的结论大抵是：两千多年中国社会的发展是畸形的，因为它向来重“文德”而不振“武德”，致使国家积弱；只有发扬“武德”，实行征兵制，人人当兵，才

1 陈铨:《尼采的思想》，载《战国策》第7期，1940年；后收入陈铨:《从叔本华到尼采》，重庆：在创出版社，1944年，上海：大东书局，1946年。

能使中国自立。

在当年救亡压倒一切的特定时代处境中，“战国策派”的“尚力崇武”思想属于知识界对于民族命运和国家忧患的正常反应。试想国难当头，家破人亡，内地的大学都流亡到了西南边陲（我们听惯的说法是所谓“中国之大竟放不下一张课桌了”，实情确也如此），这时候，还不许学者们来一点暴力性的高调主张么？后来有人批判“战国策派”的国家主义和民族主义的“尚力”立场，甚至斥之为“法西斯主义”，大抵是有点上纲上线了，也算是“站着说话不腰疼”之一种了。总体上，我以为，“战国策派”的基本逻辑并未偏离五四运动以来中国知识分子的核心关切和思想基调。

同样地，与五四运动时期相比较，“战国策派”心目中的“尼采形象”也没有太多偏离，并没有发生根本性的变化。尼采差不多是中国新文化运动中不落的思想明星。如果说在“五四”新文化运动（有人也称之为中国近代的“第一次启蒙运动”）中，中国知识分子们喜欢把尼采树为一个“反传统、扬生命”的生命哲学家形象，那么，在“战国策派”陈铨、林同济等人那里，尼采这个基本形象仍旧保持下来了。只不过，像鲁迅这样的“五四”学人会突出尼采的个性论—实存论维度，而“战国策派”的学者们则更强调——甚至蓄意强化了——尼采哲学中的政治色彩，把尼采哲学当作民族精神的“兴奋剂”或“强心剂”，借以发扬民族国家的群力。之所以有这样一种分别，主要还是因为前述的“救亡压倒了启蒙”的缘故。再者，较之对于尼采没有多少义理上的了解但又要高举尼采旗帜的“五四”学人，20世纪40年代的“战国策派”学人的“尼采形象”的确立有了较为坚实的学术和理论基础，比如陈铨先生和林同济先生，他们对尼采哲学的理解和探讨是比较深入的，构成了中国尼采研究的最早成果。尤其是陈铨的《从叔本华到尼采》一书，可能是中国第一本尼采专题研究，从而具有开创性的历史意义。

当然这只是比较而言。陈铨先生的主业终究是做文学的，哲学顶多是他的副业，他关于叔本华和尼采的著作还是以传记—文学式介绍的成分居多，理论成分不占多数，在哲学思想的研讨上还不免粗疏。对此我们应当持有“历史的同情”，因为毕竟还在20世纪30年代后期至40年代早期，那时候，国际上的尼采研究恐怕也还没有真正上路呢——我们看到，也正是在这个时期，恰好德国思想家马丁·海德格尔也在战争动乱中研究尼采，通过十年讲座讨论“尼采哲学”，后整理出皇皇巨著《尼采》两卷本，由此才得以真正把尼采确立为“哲学的尼采”。此外就是世界大战带来的暴戾之气，它一方面让我们产生对当时学者和学术的同情的理解，另一方面也让我们不得不警惕当时一些学术思想中流露出来的狭隘偏向，比如在陈铨及“战国策派”那里。

本书收录陈铨先生的德国哲学论著10篇、哲学书评2篇、哲学译文4篇，共计16篇，是我们目前所能看到的陈铨先生全部的德国哲学方面的文字了——毕竟陈铨先生的学术主业不是哲学。正文部分的10篇完全是陈铨先生关于叔本华和尼采哲学的著述。其中

《叔本华生平及其学说》《从叔本华到尼采》原是单本著作，分别于1940年和1944年出版，后者作为单本著作出版时，还收有《尼采的思想》《尼采的政治思想》《尼采心目中的女性》《尼采的道德观念》《尼采的无神论》等文章。所以，本书的主干其实是陈铨先生的上列两本著作。另有一篇《叔本华的贡献》发表在《战国策》第3期，但内容即《叔本华生平及其学说》之第一章，故我们不再收入本书中。

在本书的“附录”部分，我们收录了陈铨先生的4篇哲学书评（含一篇会议报道）（附录一）和4篇哲学译文（附录二）。3篇书评当中，一是关于格罗克勒的《黑格尔辞典》的，二是关于司腾泽尔的《狄尔泰与德国现代哲学》的，三是关于贺麟的黑格尔中译本的；4篇译文当中，前三篇（《哲学与人生》《黑格尔哲学对于现代的意义》《精神与世界》）都是克尔大学（现通译为基尔大学）理查德·克罗那（Richard Kroner，又译克罗纳、克朗纳）教授的作品（克罗那是陈铨的导师），另外一篇则是尼采的《萨亚屠师贾的序言》（现在通常译为《查拉图斯特拉如是说》）。陈铨先生所译的《查拉图斯特拉如是说》序言，大概是他唯一的一篇尼采译文，颇具纪念的意义，故我们也把它收入其中——尽管在陈译之前已有过中译本，而在陈译之后，特别在今天，已经有接近20个中译本了。

感谢我的同事韩潮教授，是他组织了几位研究生把本书的文字录入电脑中；感谢我的研究生李阳同学和戴思羽同学，他们两人为电子稿的校对花了不少工夫。尤其是首篇《叔本华生平及其学说》，原稿（复印件）极为模糊，几乎无法辨认，校对工作难度不小，是李阳同学专门去图书馆复印了一个较清晰的本子，然后逐字进行校对的。

本书最后仍留下十几处文字上残缺、模糊的地方，承蒙滁州学院的孔刘辉博士帮助解决。孔博士并且为我们提供了《国际黑格尔联合会第二届大会》和《关于黑格尔》两文的复印件，使本书得到进一步完备。在此谨表谢意。

书中许多外国人名的汉语翻译，陈铨先生或采取当时的通译，或是用自己的译法，许多跟现在的译法有差别。这就给今天读者的阅读带来了困难。要全面改成今译恐怕不是妥当的做法，有违历史文献的真相。我采取的比较折中的办法是：其一，正文中一概保留原译；其二，凡重要人名，若陈铨先生的译法与今日通译不同，则在人名首次出现时加注标识；其三，其他不常见的人名，则不做标注。

无论如何，陈铨先生是我们的前辈，是我们的校友（院友），如今在他曾经工作过的同济大学，他所从事的文学和哲学的事业在中断了近60年后终于得到了恢复，在一些领域里也有了令人高兴的进展。所以我们才决定编辑《陈铨德国哲学文集》和《陈铨德国文学文集》，由我和韩潮博士分别承担——我们愿意认为，这既是对学术传统的一次确认，也是对陈铨先生的一种追思吧。

2014年1月10日记于同济

2014年11月21日补记于南京

一个远方的悲剧性的哲学家

——纪念我的老师刘锡光先生

一个悲剧性的哲学家，一个很少有人知道的已故的哲学家，他叫刘锡光，是我的硕士研究生导师。

在浙江大学哲学系盛晓明教授等同仁的努力下，刘锡光先生的《主体的发生》终于在杭州出版了。2014年12月20日下午，在浙江大学西溪校区（原杭州大学校址）召开了一个新书发布会和刘锡光先生的纪念会。先生是在1991年突然去世的，留下一堆未完成的手稿。时隔23年后，先生的书终于被整理和出版了。这算是他留下来的唯一一本著作。

我觉得，我该为刘锡光先生写点什么的。

一

1986年，我在位于泰安的山东矿业学院地质系当教师，应该是下半年吧，我写信给母校浙江大学社会科学系的刘锡光先生，说要报考他的研究生。其时我刚从写诗的“文艺青年”转向“哲学爱好者”，实在不喜欢，也不能胜任地质专业的教学工作，很想回到浙江老家去，但又只有考研一条道，所以联系了刘锡光先生。不过，我之所以联系刘锡光先生，主要原因是我在刘再复先生的《性格组合论》的序言中，看到了一段对“远方的浙江大学的副教授”刘锡光先生的赞扬，而且又在浙江大学的招生简章上看到了刘锡光先生的招生方向“人类本体学”，以为应该是一门有趣的学问。

刘锡光先生很快给我回复了，表示欢迎。我于是开始恶补哲学。记得是1987年春节前后在泰安参加的考试。上半年面试时，我第一次见到了刘老师。9月，我终于如愿以偿，回到了母校，但不再是地质学系，而是社会科学系，专业是马克思主义哲学。

在浙大跟刘锡光先生读硕士的两年（我是提前半年毕业的），应该说是我在哲学上打基础的阶段。当时给我印象最深的是刘锡光先生和盛晓明老师的课程。刘老师关注的核心课题是主体意识的发生，但他的兴趣极其广泛，除了皮亚杰的儿童心理发生研究、刚刚译介进来的国外原始思维研究，刘老师也关注马克思哲学、现象学和存在哲学，此时更关注古人类（体质人类学）研究以及脑科学研究。我记得我曾经为刘老师翻译过一篇德文的尼安德特人研究文章，大概是我做的第一篇译文。

开始时我对刘锡光先生无所不包的学术研究持有极大的兴趣，也跟着读了大量的书籍。但盛晓明老师讲的康德哲学似乎对我的吸引力更大。盛晓明老师精研康德，讲课风格很有哲学味，有一种循循善诱的魅力。于是我在哲思方向的选择上就遇到了一道难题：我相信，作为哲学正道的康德式哲学是排斥发生学研究的，或者说，发生学的研究无助于哲学讨论，甚至可能干扰哲学思考。比如，康德说人类知识的先天直观形式（时间和空间）加上感性材料构成了数学的知识，先天的知性范畴整理感性经验才有了自然科学的知识，这时候，我们不能追问先天直观形式和知性范畴是从哪里来的，是怎么发生出来的。简言之，哲学是不能降为发生学的。

今天我们看到，这种想法是未必可靠的，哲学研究为何不能与发生学结合起来呀？多学科的综合哲学研究、普遍性知识与地方性知识的差异化研究在今天已成气候，这时候，我是不是应该承认刘锡光先生当年的努力的高明之处呢？

二

其实我在报考研究生之前，就已经对海德格尔产生了最大的兴趣。当时在山东矿业学院的图书馆里查到20世纪60年代的《哲学译丛》，里面有熊伟先生翻译的海氏文章，读后似懂非懂，但觉得这才是美好的、有趣的哲学。我入学后跟刘锡光先生说要做海德格尔研究，他表示支持，因为他对海德格尔也有大兴趣，但多半是从“人学”的角度切入。

大概在研究生第二学年，刘锡光先生就对我直言：你已经跟不上了。意思是我不能理解他的发生学思路了。现在我想他是对的。但当时他并不反对我选择海德格尔作为硕士论文题目。在马克思主义专业里做海德格尔哲学，在眼下的国内哲学界不算稀奇，但在那个年代却是有点犯忌的。刘老师却并不在意。

慢慢接触下来，我也大约知道了刘锡光先生的身世经历。他从中国人民大学哲学系毕业后来浙大工作，当时是浙江大学最年轻的党委委员。据说有一天走在路上，有人招呼他：喂，刘老师，你当右派了。于是他就成了右派。据说是他缺了一次会，就成了右派。从此，刘锡光先生的悲惨命运开始了。他先后在自己的老家种地，在浙江大学看门浇花，也竟然在我老家绍兴南部山区的王坛镇采石场里劳动（那地方离我家只有5公里路）。天呐，我小时候路过那个采石场时见过刘老师吗？

1979年刘锡光先生被“平反昭雪”了，得以回到浙江大学任教。他以巨大的热情重新开始哲学研究。他广泛地阅读，对各种哲学和各门科学都抱有浓厚的兴趣；他很少跟人议论哲学之外的生活琐事，只跟人讨论哲学。他能滔滔不绝地跟人讲自己的哲学，其纯粹哲学的追求不但吸引了本系师生，而且也吸引了一些理工科研究生来听课，有好些成了忠实的“刘粉”——与他们相比，我这个“刘氏弟子”倒真是应该惭愧的了。

三

令人遗憾的是，虽然刘锡光先生能充满激情、神采飞扬地讲哲学，且有自己鲜明的问题意识和独创的哲学见解，但当他用笔写作时，他的表达足以令人崩溃。我曾经花了不少时间帮他修改一本书稿（我想应该就是现在由盛晓明老师花了大量精力修改、整理出来的这本《主体的发生》），到最后我绝望了。他的表达方面的最大问题是经常用复句（关联句）制造出逻辑关系不清晰的语句和段落，让人无法索解意义。

我想，应该是20多年的右派生活，导致刘锡光先生思维与语言的分裂——他有相当清晰的哲学思维，但已经没有用正常的语言把自己的思想表达出来的能力了。对一个哲学家来说，这是致命的，悲哀莫过于此了。

一个远方的浙江大学的副教授，一个远方的悲剧性的哲学家，他叫刘锡光，一位值得尊敬的学者，一位值得同情的“失语者”。让我们记住这个名字，也许就等于记住了一个扼杀个体自由创造，甚至于消灭个体生命的时代。

2015年2月7日记于弗莱堡

人生就像悬崖边的树*

萌萌离开我们7年了，7年还差一个多月。时间真快，我们生者的生命在流逝，我们不断流逝的生命在这里纪念萌萌。想当年，在广州的萌萌追悼会上，我记得张志林教授是主持，我代表中国现象学专业委员会和哲学界的朋友们致悼词，这是我平生所做的唯一一个悼词，此前没有过，此后也不曾。而在此之前，在萌萌和志扬的张罗下，《现象学与分析哲学》的对话会在海南大学举行，在座几位“概帮”同志（做分析哲学的几位教授）都参加了那个会议，那是我最后一次见到萌萌。我一直算不清楚时间，直到收到这次纪念会的会议通知，才知道这一晃，已经7年过去了。

---

* 本文系作者2013年7月7日在海南大学社会科学研究中心举办的“萌萌逝世7周年纪念会暨萌萌学术思想研讨会”（2013年7月6—9日，海南尖峰岭）上的讲话。

昨天张志扬教授要我在今天的会议上先讲话，我想他的意思是，在座人物当中，要数我跟海南大学“三剑客”关联最早，渊源最深。想当年，1992年，我博士毕业，我在杭州大学后门的电话厅里给萌萌打电话，说要到海南大学工作。但志扬、家琪都劝我打消这个念头，萌萌呢，竟然给我写了六七页的长信，力劝我不要来海南。我知道他们都是为我好，说是我有更大的发展空间。

昨天我一直在想，今天要我先讲话，是不是应该率先给会议定个调子才好？纪念我们亲爱的萌萌，我们当然要表达我们的哀思和怀念，我们这些朋友是这样，我们的同学们更是这样。但我们不能一味停留在哀思上面。记得几年前我来海南时见到肖帆兄，感觉他比较颓唐，仍然沉浸在对萌萌的不尽怀念中，我当时对肖帆兄很是敬佩，男人真性情，但我同时也批评了肖帆兄，我说，萌萌地下有知，看到你这种状况，是不一定会开心的。这次不一样，这次见到肖帆兄，我感觉他状态好多了，我感到很高兴。萌萌在世时更多地给大家带来笑声，虽然她也忧郁，她也流泪，她也哭泣，但总归是快乐多于忧伤。所以在此我很愿意提一个建议，希望这次会议，除了表达对萌萌的纪念之外，更多的是对生之欢愉的赞美。当然，我希望这种赞美是要通过对萌萌学术思想的研讨来完成。我特别高兴的是，萌萌的弟子们为本次会议提交了这么多论文来讨论萌萌的思想。

我想，萌萌若听到我的这个建议，一定会露出灿烂的笑容。这笑容是我们每个人记忆犹新的。萌萌温暖地看着我们呢。

我刚才说了我跟海南大学社会科学研究中心的关系，跟萌萌的交情，实际上渊源更加深远。大约30年前，1984年初，大学毕业前夕，我当时学的是地质学，但却是一名诗歌爱好者，我参加了北京大学中文系中国现当代文学专业诗歌方向的考试。当时的考卷中最后一道题是论述题，要考生解析和论述诗人曾卓的一首诗《悬崖边的树》。二十几年以后，我才知道曾卓先生是萌萌的父亲。我当时外语太差，所以没考上北大，没成为一名诗歌研究者，不然也不一定研究什么哲学了。我认为这都是“命”。

悬崖边的树！——多好的诗意想象啊！我现在已经记不太清楚这首诗的具体内容了，但这个标题我一直没有忘掉。也许曾卓先生是因为历尽磨难、劫后余生写的这首诗。但这位在20世纪40年代就已经成名的诗人在这首诗中道出了人生真相——人不就是悬崖边的树么？人不就是边界上的行者么？人生脆弱无比，说折就折了；人生太过短暂，说没就没了。人生总归虚无，但生命之花依然坚强地绽放——因为人是有灵魂的。

人不就是悬崖边的树吗？然而，人又不是树。因为人被赋灵了。刚才视频上有个标题，叫“萌萌灵在”。太对了。有了魂灵，我们才会思念，才会回忆。思想和回忆都是一种“通灵”。正因为“通灵”，我们今天才聚在一起，纪念我们亲爱的萌萌。

未来世界的哲学问题*

吴根友教授的报告《知识的视野与思想的视野——传统文化的创造性转化与创新性发展的可能思考》讨论了如下四大问题：1.儒学发展史，就是知识视野与思想视野不断扩展的历史；2.从“三教合一”到“三统融合”；3.新仁学、自由意志与马克思主义的“实践”观念的融合与传统文化的创新；4.“世界哲学”与“求通”的哲学理想。吴教授的报告尺度相当大，涉及内容甚多，也不乏新见，充分显示了中国哲学界这些年来一直在流传的一个貌似玩笑、实则不无道理的说法：“打通中西马，吹破古今牛。”但我不想讨论该报告的前面三块内容，而只想来谈谈自己觉得特

* 本文系作者在第四届“中哲、西哲、马哲论坛”（2014年12月13日，复旦大学）上对武汉大学哲学学院吴根友教授的报告“知识的视野与思想的视野——传统文化的创造性转化与创新性发展的可能思考”的点评。后以“未来‘世界哲学’的问题域”为题，刊于《人民日报》2015年2月2日学术版。

别有趣的地方，就是其中涉及的“世界哲学”以及相关问题。未来的世界会是怎么样？未来人类面临着什么根本问题？这是人们普遍关心的问题，是人类各门科学要研究的课题，更是作为“根本之学”的哲学必须关注的题目。

首先，关于“世界哲学”概念。说来也是形势变化太快。前些年我们还在不断地争议“中国哲学的合法性”，如今我们开始讨论“世界哲学”及其构建了。这个跨度不是一般的大。吴根友教授在报告中专门指出，我们要“在人类社会一体化（Globalization），同时又是全球地方化（Glo-calization）的大趋势的历史背景之下”来思考“世界哲学”。这确实是我们今天学术的历史性处境。按说现在早已经是全球化时代了，早就有了“世界经济”和“世界政治”，甚至也早就有了“世界语”，如今甚至也有了全球联通的“互联网”，因此自然应该有“世界哲学”。我们也知道，2005年，联合国教科文组织已经正式把每年11月的第三个星期四确定为“世界哲学日”（World Philosophy Day）了。

那么，这就已经有“世界哲学”了么？恐怕还未必。今天恐怕还没有一种哲学可以径直被叫作“世界哲学”了。如若以德国思想家海德格尔的看法，“哲学”借助科学—技术—工业—商业体系席卷了全球，从而得以充分展开，得以“终结”——“完成”——了，但海德格尔这个意义上的“哲学”却是特指欧洲—西方的哲学。就此而言，如果有一种“世界哲学”，目前恐怕还是在全球占主导地位的西方哲学，是希腊哲学的传统。当然这只是海德格尔的看法。海德格尔后期一直致力于后哲学（后西方哲学）的“思想”的探索；海德格尔之后，也有越来越多的欧洲思想家在尝试后哲学的或非哲学的“思想”方式。那么，海德格尔以及后海德格尔的这样一种“思想”是不是可以叫“世界哲学”呢？我想可以——前提是我们把多元的思想方式都叫作“哲学”，而不是像海德格尔、德里达等欧洲思想家那样，只把欧洲—西方的传统哲学叫“哲学”。

其实呢，我认为，只把传统欧洲—西方哲学称为“哲学”，这种狭义的哲学定义也是有好处的。好处之一就是：非欧洲—西方的思想文化可以不必跟传统欧洲—西方哲学比高下、争长短了。我们知道，长期以来，欧洲人（如黑格尔之流）正是认为非欧文明缺乏哲学，缺乏推论的—概念的—形式的哲学思维，才得出了欧洲中心主义的观念。如若这样来想，那么，在目前的境况里，在西方哲学文化仍旧占据主导地位的时代境况里，我们与其急吼吼地去呼唤和构建一种“世界哲学”，倒不如做一些差异化的区分和确认，以便更好地保护和发扬包括中国思想文化在内的非欧洲—西方的思想文化类型。

其次，关于未来的世界哲学。有大同理想的学人坚信“世界哲学”一定会到来，或者它正在到来中。马克思早就说过，人类将走向“普遍交往”，人将成为世界历史性的人，而不再是区域性的人了。如此说来，我们当然可以期待一种“世界哲学”。我个人也愿意相信，未来的哲学（取广义的“哲学”概念，即多元思想方式意义上的哲学）必定是世界性的。

于是我们确实有必要来想想：未来的世界哲学可能是什么样子的？

先知先觉者如德国哲人弗里德里希·尼采，早在19世纪80年代就已经开始思考“未来哲学”了。1886年尼采写的《善恶的彼岸》一书，其副标题就是“一种未来哲学的序曲”。在同期做的一些笔记中，尼采反复使用“未来哲学”的说法。其中有一则笔记显然是一本书的纲要（计划），这则笔记的副标题也是“一种未来哲学的序曲”。这则笔记的内容为：1.自由精神与其他哲学家；2.世界解释，而不是世界说明；3.善恶的彼岸；4.镜子；欧洲人自我反映的时机；5.未来哲学家。

尼采这则笔记中最重要的三条是：“解释”“超善恶”和“镜子”三个核心词语。在我看来，在“解释”命题下，尼采触及了在20世纪人文科学中持久开展的“说明—理解/解释”之争，这个争论不仅关乎人文科学的自主性和独立性，更关乎技术时代人类的存亡命运。尼采以“解释”取代“说明”，显然具有力图摆脱说明—推论性哲学方式的后哲学指向。在“超善恶”这个命题下，自称“非道德论者”的尼采实际上宣告了传统宗教的式微和宗教时代的结束，因为每一种传统道德背后都有一种宗教在起作用。而在“镜子”名下，尼采暗示的是“非种族中心主义”或“后种族中心主义”的思想立场的建立，所谓“镜子”，尼采似乎是想说，现在是时候了，各民族的人们都得照照镜子了，尤其是欧洲人。

尼采这里的思考用心颇深，大概可以为吴根友教授讲的“世界哲学”提供一个参照。但尼采说了，这三条还只是“未来哲学”的“序曲”。从尼采出发，我们可以认为，以多元文化传统的交流（竞争、冲突、交融）为基础的未来哲学，是要以非种族中心主义的立场、形而上学批判（后哲学和后宗教的思想文化格局）为前提的。有此前提，吴根友教授所谓的“求通的哲学理想”才是可望的。

最后，关于未来世界的哲学问题。未来的世界不一定有一种“世界哲学”，但“未来世界的哲学问题”却总归是有的。吴根友教授在报告中指出，“世界哲学”将面对10个方面的问题，他的问题提法比较繁复，我愿意把他的10个问题简化一下，表述为：1.人类一体化及其伦理问题；2.克隆技术问题；3.人类繁殖问题；4.民族国家还是万民联合体；5.环境恶化以及环境责任问题；6.世界联合政府的可能性；7.国家主权的限度；8.多元文明对话问题；9.生态主义与人类中心主义的协调；10.地球末日和人类延绵问题。这10个问题当然都很重要，但看起来不免零乱，被我简化以后更显得缺乏秩序了。我在此想进一步概括为三大问题：

第一个问题是文明对话。这已经是一个现实的问题。所谓人类一体化及其伦理问题，与多元文明对话问题是一体的。在不到两百年的时间里，全球各民族已经完全被卷入全球化的浪潮里，同时也被置于一个交流和对话平台上。于是，多元文明的同一与差异，已经成为我们时代无法回避的难题，也是我们现实生活中时时都可能碰到的问题。

第二个问题是人类政治。吴教授报告中讲的民族国家还是万民联合体、世界联合政府的可能性、国家主权的限度，等等，均属于人类政治问题。在世界历史性的时代里，政治已经成为“全球政治”，同时又成为“每个人的政治”。在今天，“人类美好生活的可能性”问题前所未有地与人类的政治组织方式相关涉。

第三个问题是技术困境。举凡克隆和人类繁殖问题、生态与环境恶化问题、能源和可持续发展等问题，都可以纳入技术问题的范围内。实际上，技术问题才是最核心的一个问题，因为前面两个问题即“文明对话”和“人类政治”，说到底都是由技术问题带出来的。技术控制了全球人类生活，人类似乎已经失去了对技术的掌握，而我们分明看到了一个事实：现代技术已经开始威胁到人类作为自然物种的存在。

虚拟与虚无*

——技术时代的人类生活

感谢黄旦教授邀请我来参加今天的会议。今天会议的主题是“移动城市”，世界互联网大会前两天在乌镇开幕，好像动静蛮大的，虽然参加者以第三世界为主。今天在复旦大学有这个会，我不知道是不是商量好的。无论如何，这个会是很有意思的，很有现实感。不过我并不是这方面的专家，我是做哲学研究的，主要研究德国现代哲学，尼采、海德格尔、艺术哲学是我的专业重点领域。我特别怕丢人现眼，弄得不三不四不好，所以犹豫了好几天，不敢轻易答应到这里讲话。但黄旦教授下了命令，我终于只好服从。另一方面，我心里也想，如果哲学不能对当下时代的情

* 本文系作者2015年12月19日在复旦大学“新传播与新关系：移动城市——传播与中国·复旦论坛（2015年）”上的主题报告。根据录音整理，后经本人修订。

形做出一点点回应和反应，我们做哲学的当然就很没意思，也很没面子。所以，我也是怀着学习的心情来参加今天这个会议的。

刚才金宇澄老师讲“暧昧上海：暴露与遮蔽”，讲上海历史的显与隐，里面有虚无、有温情，讲得很有意思。那么我来说点什么呢？我想哲学就不能这么温情了，可能得讲些比较狠的东西。我就来试着讲讲互联网技术时代的人类生活。我的基本想法大抵如标题所示：技术时代日益成为虚拟时代，虚拟化而致虚无，虚无使人自由，而以虚无为根的自由让人无法担当。思之肤浅，不当之处，请各位批评。

一　技术“三大件”，后果很严重

在座各位都经历过的20世纪真是一个奇怪的时代。1900年德国哲学家尼采去世，丢下一句狠话：上帝死了。我们今天讲虚无，讲虚无主义，必须跟尼采联系起来。尼采的“上帝死了”已然构成一个标志性事件。之后直到今天，人类的精神世界就是按照他这句话来运动的。尼采这话如今已经是老掉牙了。意思其实也特别简单：旧文化不行了，人类文明进入了一个新时代。在欧洲，旧文化的核心是哲学和宗教（基督教）。哲学和宗教不再能够有效地组织欧洲人的精神生活和社会生活了。它们当然还在，但力量大减，对当下生活的影响越来越小，其未来性逐渐丧失，这样一种形势和境况，尼采称之为“虚无主义”。

然而我们也看到，就在1900年，欧洲哲学和科学开始强劲反弹，可能是最后一次反弹，出现了像胡塞尔、弗洛伊德这样的大人物，以及一举改变了20世纪人文科学样态的新哲学（现象学）和新科学（心理分析学），胡塞尔的《逻辑研究》和弗洛伊德的《梦的解析》都是1900年出版的。你再来看2000年吧，世纪之交，而且是千年节点，当时我住在德国，我是很期待的，心想2000年太重要了，比1900年更加重要，肯定会出现一些伟大的人类文化作品。然后我真的是高度失望，2000年啥也没有出现，在人类文化史上没有留下任何东西；我们只等来了两件东西，一是美国总统克林顿和莱温斯基的艳情故事，二是男人们用的壮阳新药伟哥。——这两件事当然很重要，请各位高度关注这种变化，这大概是人类作为类的没落之始。

延续2 500年左右的旧文化为何就不行了？人们罗列过种种理由，提出过各种各样的解释，但根本的理由其实只有一条，就是技术工业的发展，我们也说是资本主义的兴起和发展。资本和货币的权力突现，人类精神价值的等级体系被敉平了。

如果说19世纪之前以大机器为特征和基础的技术工业还是初级阶段的，那么，20世纪现代技术的加速发展则更加惊心动魄，对人类生活的改变可谓彻底。

世界开始加速运转起来。尽管有冷战时代的阻碍，但以西方技术文明为主导的全球化浪潮终于成功席卷世界各民族。现代技术的进展似乎体现了一种有序的节奏。在20世纪早、中、晚三期，相继出现了“三大件”，即早期（前三十年）的飞机，中期（中间三十年）的电视，晚期（后三十年）的网络，这“三大件”

从根本上改变了人类物质环境和精神生活。而且三者本身就是一个由实到虚的虚拟化序列。它们在20世纪的进程中渐次地、不断加强地改造和重塑人类生活和人类经验，使人类的时间观、空间观、距离感、美感、视觉和图像经验发生了彻底的变化。

20世纪技术“三大件”，后果很严重。有的后果和效应尚未完全显现出来，故还有未知成分。而当代人类生活的基本特征已经显现，可以表达为：高风险、虚拟化。

二　原子弹：绝对的虚无主义

有人把现代社会称为“风险社会”（贝克、吉登斯等）。但历史上哪个社会不是风险社会呢？哪个时代没有风险呀？为什么单说我们时代是“风险社会”呢？我想，我们时代之所以被叫作“风险社会”，是因为自然风险占主导的时代已经过去了。虽然我们对当代风险社会有各种各样的界定和描述，但有一点大概是明确的：风险结构变了，由自然风险占主导逐渐变成人为不确定性占主导。因此，归根到底还是一个技术工业的问题。人为的不确定性甚至可以概率化，比如飞机失事，我们被告知飞机交通从概率上讲是最安全的，但它真的是不确定的。概率果真能让我们心安吗？

飞机还不是最要紧的。20世纪最大的风险来自核武器（原子弹）技术，这是当年著名科学家爱因斯坦给罗斯福总统的一个建议。罗斯福开始组织科学家做这项研究，但他本人没能看到原子弹爆炸，是他的继任者杜鲁门下令动用原子弹的。

原子弹对于人类意味着什么？有一种观点认为，原子弹固然给人类带来危险，但因其震慑作用也给人类带来了和平，所以未必是一件坏事，所以未必可怕。

这是一个相当流行的观点，但实在不值一驳。你不能因为我们头上有一把剑，它还没掉下来，好久好久都没有掉下来，就说它是安全的。况且实际上它已经掉下来过了。1945年8月6日，它掉在了日本广岛。当日8点16分，相当于两万吨TNT能量的原子弹在600米上空爆炸，6 000多度的温度把一切化为灰烬，冲击波使所有建筑被摧毁殆尽，强烈的光波使成千上万人双目失明，许多人的眼睛变成了两个窟窿，近20万人丧生。要知道当时的原子弹还是初级的，现在的核弹就更厉害、更恐怖了。

广岛原子弹震惊了海德格尔的弟子、德国哲学家安德斯。5年后他断言："1945年8月6日人类开创了一个新的时代，从这一天起人类具有了彻底灭绝自己的能力。"[1] 在安德斯看来，核武器的产生意味着人类已经无法驾驭自己的产品，它代表了一种"绝对的虚无主义"。原子弹就是世界、人类和时间的终结。现代技术对人有组织的毁灭，技术发展的必然结果是：世界将成为一个"没有人的世界"。

让我们注意安德斯的提法"绝对的虚无主义"。此说当然与尼采的虚无主义诊断相关，但安德斯把它与现代技术关联起来

1　参见安德斯：《过时的人》第一卷，范捷平译，上海：上海译文出版社，2010年，第8页。

了，认为现代技术的终极后果是“没有人的世界”。今天我们看到，他这个说法恐怕正在实现过程中。作为自然物种的人类正面临双重威胁，即自然力的加速下降和高智能机器人的出现。所谓自然力的下降，可能特别是人类繁殖能力，在由技术工业造成的环境激素的影响下，现在正在以加速度下降。在座的男士们大概属于最后的男人了。谁也逃不掉，连企鹅都没有逃掉，我们能逃掉吗？企鹅只是比我们慢一点而已。在可以预见的将来，人类应该还在，但恐怕不再是作为自然物种的人类了。另外就是高智能机器人，相信大家都已经知道了霍金的预言和担忧。

第二次世界大战的最后胜利，固然可以表达为世界反法西斯主义联盟的胜利，也可以表达为人类正义的胜利，等等，这样说当然没错，但实际上是不够的。第二次世界大战的胜利根本上是现代技术的胜利，是原子弹的胜利。当时德国和日本都已经开始研制原子弹，但美国抢先了一步。当年如果让日本先研制出来，估计历史就得改写了，今天我们在这里讲的可能是日语呢。

原子弹表明了一个人类政治统治时代的结束和技术统治时代的到来，这才是核心所在。什么叫政治统治？现在大国领导人讨论一下，说现在技术进展太快了，比如手机，我们慢慢搞，别两三年一换，十年、二十年换一代，如何？这种讨论是政治讨论，但如今基本成了无效的讨论。政治家若做出这样的政治约定，那么后果只可能是：下岗或者不被理睬。技术和资本已经掌握了整个人类生活的节奏，从根本上决定了人类命运。

三 词的消失与物的变异

前面讲了，原子弹、氢弹等现代武器不光可能构成对人类的屠杀和毁灭，也标志着人类历史进入了另一个阶段：技术统治时代已经到来，或者更准确地说，技术统治已经高于政治统治。同时，人类生活世界产生巨大的变化。其中最根本的变化可以表达为：词的消失与物的变异。

词与物，是民族文化世界（生活世界）的基本元素和基本意义载体。要理解一个民族文化世界，关键在于理解它的词与物。而在今天，以现代技术为基础的全球化进程正导致词的消失与物的变异。

词的消失表现在如下几个方面：其一，纸媒体大面积溃败，越来越为电子媒体所占领和替代，这个速度太快了，过去十几年中，我的书印量降低了约10倍；其二，方言以及方言艺术（民艺）急速崩溃，比如，我大概属于最后一代听得懂老家绍兴三种戏（绍剧、越剧、莲花落）的绍兴人了，这当然也是词的消失的一种；其三，世界民族语言被整合、被同化，直至消失，在不远的将来，世界上现存五六千种语言大部分将不再存在，估计只会留下若干种通用语言，量不在多。

另外就是物的变异，同样惊心动魄。物大概有三类，有自然物与人造物之分，而人造物可分为手工物与技术物。现代占据城市生活的物主要不再是自然物和手工物了，我们城里人已经很少跟自然物接触，甚至也越来越少跟手工物接触了，我们面对的是技术工业的产物，即我们所讲的“技术物”，是千篇一律地、普遍地被加工和制造出来的“技术物”。手工物与技术物是大有分别的。手工物是身体与自然的直接关联的结果，而技术物则抽离了身体要素；手工物当然也是按一定程式做出来的，但仍不失随机偶然的个别性格，而技术物则是完全按机械的严格性被批量生产出来的，是漠然无殊的；手工物是具体的、饱满的、真切的、温暖的，而技术物则是抽象的、生硬的、乏味的、冷酷的。简而言之，我的意思是想说，手工物是承载意义的，是通过身体做事而在生活世界中呈现的，它们是我们生活世界的一部分，是跟我们的生活世界贴切的，它承载着我们的生命经验，手的感觉、身体的温度、心灵的记忆，等等；但技术物则把意义敉平了，已经无力承担生活世界的基本意义元素，或者说它们需要我们的努力、需要一个过程才可能完成这种功能，也或者根本没这种功能了。如今，与技术物的巨量相比，承载意义的手工物越来越稀罕，渐趋湮没。

在自然物、人工物、技术物三者之间，表面看起来手工物似乎更接近于技术物，但其实，它更接近于自然物。为什么这么说呢？因为手工物跟自然物一样，是有个体性和差异性的，两者合起来可称为“殊异性”，是可经验的——经验的前提是经验对象具有个别性和差异性；而巨量的机械制品（即技术物）则千篇一律，失去了个性和差异性，即殊异性，因而会使我们的经验落空，或者说让我们的经验“空转”，我们的经验不知道如何落地了。无差异之物让我们无可辨认。这是一个最根本的区分。另外还有一点关系到空间，自然物、手工物与技术物在空间上也是有差别的，与自然物和手工物对应的是亚里士多德意义上的原始的具体空间，一个物就有一个具体的位置、一个具体的空间；而与技术物对应的则是近代物理学意义上的技术抽象空间。这一点说来话长，极为复杂，我们这里只能点到为止。[1]

除了上面讲的有可能使经验空转，技术物的虚无性还表现在今天生活世界的普遍电子化。我们已经不再生活在由自然物和人工物构成的自然世界里面，我们更多地生活在由技术物构成的技术世界里，甚至更应该说，我们已经生活在一个电子世界里。在电子世界里我们会有虚无的恐惧感。我不知道各位的经验怎样？我现在稍稍淡定了一点，大概十几年前，我刚开始用电脑的时候，是经常会有一种恐惧感的。我在电脑上写字，实际上是写在一种被称作电子的物质上面；当我把电脑关掉时，写下的字也消失了，但我经常会担心明天重开电脑，里面这些文字——这些电子——还在不在。我是农民出身，农民喜欢拿得住的、结实的东西。但现在我们却难有这种结实感，而更多地有了虚拟感和虚无感。这种感觉听起来蛮可笑的，且不去说它。更可怕和可恨的是有时候真的丢失了什么。我自己确实也丢掉过文档，但这种悲惨经历在此就不宣传了，讲了让人心酸。电子化世界是高度虚无的，相信各位也都有过类似的经验。

---

1 参见拙文《可人之物越发稀罕了，所以我们需要艺术》，见孙周兴的博客：http://blog.sina.com.cn/s/blog_af1bb9200102vvcu.html。

四 金钱的虚拟化作用

还有一个问题是金钱或货币。金钱或货币的本质是什么？日常生活中人人都在使用金钱，人人都喜欢钞票，我们就这么用着，喜欢着，但未必深究之，未必能理解金钱的本质。人们一般把金钱视为一种用作交易媒介、储藏价值和记账单位的工具，是专门在物资与服务交换中充当等价物的特殊商品。在人类历史上，金钱大致经历了从金属货币向纸币的转变，在今天更是通过银行转账系统和互联网金融而被电子化，金钱进一步失去了实物性而成了功能本身。这种转变同样可以被理解为一个“虚拟化”过程——所谓“虚拟化”就是形式化、无实质化。货币（金属货币和纸币）本来就是对实物的虚拟，互联网金融则是对货币的虚拟。这是我的一个基本判断。

对金钱或货币讨论得最多的哲学家，应该是马克思和西美尔。马克思关于金钱所做的经典规定是：“钱是从人异化出来的人的劳动和存在的本质；这个外在本质却统治了人，人却向它膜拜。”[1] 西美尔关于货币的思考看起来更具哲学性。他认为，货币在最纯粹的形式上代表着纯粹的交互作用，货币成了“人与世界关系的充分表达”。在此意义上，西美尔试图发展出一种把货币当作“人类社会中的经验之中介”的现象学。[2]

---

1 马克思：《马克思恩格斯全集》第1卷，北京：人民出版社，2002年，第448页。

2 参见西美尔：《货币哲学》，陈戎女等译，北京：华夏出版社，2002年，译者导言，第4页。

关于货币的本质特征，西美尔指出如下三点：

首先，货币本身的功能化。货币本有实物与功能双重本性，但在现代社会中，货币的功能化倾向越来越大，货币的实物性已经渐趋消失，从金属货币到纸币，到今天金融时代的电子货币，它的功能化性质越来越大。什么叫功能化性质越来越大呢？实际上是越来越虚拟化，货币本身没有了实物特征，货币本身就是功能了。

其次，货币的量化和平均化特性。货币是“一切价值的公分母”。货币最直接而有效地实现了社会价值平等的诉求。我认为这是一种进步。以前在传统等级社会里面，我们要通过宗教、通过政治、通过什么手段来实现我们个人的平等要求，货币的出现让我们有这种直接实现平等的可能性。

第三，货币是绝对的手段，也成为绝对的目的。现代生活中神性—形而上学性消退，以货币为象征的工商主义精神占据统治。欧洲资本主义（资本市场）的产生是跟宗教的崩溃同步发生的。货币本身成为目的了，人们为了赚钱而赚钱。我们一般这样来表达：货币成为现代社会的宗教。

西美尔围绕货币展开的关于“物化、客观化、异化”的讨论显得比马克思更为公允些。西美尔认为，物化和客观化是文化成熟的标志，意味着人类劳动和知识等超越了个体的人的局限，比如说经济价值使主观价值客观化，而金钱是经济价值最物化、最客观化的载体。又比如财产转移和更替方式，从前人类的财富转移方式有二，一是抢劫，二是赠送，赠送比较文明，抢劫当然是不文明的，但西美尔说：交换比抢劫和赠送更客观化，也更文明些。在他看来，客观化程度意味着文明发达的程度。货币承载和关联着千差万别的事物和社会阶层，使它们日趋平均化，从而导致社会文化价值的量化、世俗化和理性化；同时货币又最大程度地保持和促进了个人自由和个体性的发展，经济—文化上的个人主义、自由主义与货币经济的兴起和发展齐头并进。概而言之，货币使人与人的关系客观化，从而保证了个人自由。

我完全赞同并欣赏西美尔的上述观点，以为是公允之论。但另一方面，物极必反，现代文化的极端物化和客观化又对精神生活/主观世界构成了伤害和威胁。人类几千年辛辛苦苦构造起来的文化价值秩序由此被摧毁掉了，被完全客观化了，主观世界受到了伤害。西美尔也说，商人赚钱后仿佛自由了，但常常处于食利者那种厌倦无聊、生活毫无目的、内心烦躁不安，于是只好竭力使自己忙碌起来，变成赚钱机器（这里的考虑完全是叔本华的悲观主义逻辑）。“因为货币所能提供的自由只是一种潜在的、形式化的、消极的自由，牺牲掉生活的积极内容来换钱暗示着出卖个人价值。”[1]

五 人的自由及其限度

上面我讲了原子弹造成的历史虚无感、生活世界里词与物

1 西美尔：《货币哲学》，第320页。

的萎靡和消逝、货币/金钱的虚拟化及其对人类精神/心性的虚无化。我认为所有这些现象的根本驱动力是现代技术。正是现代技术以及以之为基础的工商业（资本社会）导致人类精神文化生活的巨变。今天的人类生活可以概括为三点：

其一，普遍同质。在技术工业席卷全球的今天，人类正在进入普遍同质状态。无宗教感或无神圣感是这种“普遍同质”的另一种描述。其后果是：传统等级价值和人伦关系法则松动，价值秩序趋于紊乱，可交换性成为唯一可靠的尺度；在制度面上表现为充分保障个人自由的民主制被普遍采纳。这是19世纪中期以后的社会文化大变局的结果。

其二，质感丧失。现代技术的虚拟化进展使人类生活失去了质感，生活主体正在被现代技术虚拟化、空心化，变得无所依托和无可把持。生活中已经没有了稳靠的东西。我们经常会处于一种状态，不知道把自己的手往哪里放，不知道去触摸什么。我相信，这种恍惚状态是以前的人类所没有的，甚至我小时候也还不是这样。但现代我们失去了这种可把握性，失去了稳重的质感。构成我们的生活和表达的元素（文本、话语的意义）被动摇了，意义漂移，变得飘动不居。

其三，判断失据。在全球化、多元文化的时代里，一方面是价值多元与价值平面化，另一方面则是个人自我认同/同一性确认的困难；一方面是判断和决断的自由，另一方面则是无力自决、无力判断。今天我们个人做判断和决断，可以说是前所未有地自由。哪怕还有公共讨论的许多限制，但当下中国人大概是历史上最自由的——这恐怕还不是拜政治所赐，而是拜技术和资本所赐。这无疑是最自由的时代。但我们的判断却并不容易，多半失去了依据。今天我们经常持有多元立场，而多元立场往往等于无立场，因为多元立场必致自相矛盾。我们经常会处于国家主义、全球主义、民族主义、个人主义等原则的冲突和矛盾中，从而导致判断失据。

上述三点都可以视为“虚无化”的表现。然而，这种“虚无化”并非全然是一个否定性判断。我自己算是一个“虚无主义者”，但肯定是尼采意义上的“积极的虚无主义者”。自称为“积极的虚无主义者”的尼采宣称：上帝死了，没人管我们了，我们就像沙滩上的裸奔者，无拘无束，奔向自由的大海。“虚无化”意味着个体自由的无限放大，但以“虚无”为根的自由也让人难以承受。“虚无化”更意味着人类自然性的萎缩和沦丧，而这恰恰构成个体自由的限度，甚至人类作为一个类存在的限度。

新媒体与社会分层问题*

互联网技术的推动加速了中国的社会转型与剧烈的社会分化，在很大程度上重构了信息传播资源与公共信息在社会各利益群体之间的分配和流动，并使得不同社会阶层在媒介上的话语表达、形象呈现等方面发生了巨大的结构性变化。社会分层会否变化？新媒体对社会分层有怎样的影响？各阶层的话语力量是否发生了改变？话语失衡有怎样的表现？为此，记者专访了上海市政协委员、教育部长江学者特聘教授、同济大学人文学院院长孙周兴，请他谈一谈对上述问题的看法。

微信构造了一个生活平台。

记者：孙教授，请问您使用手机微信吗？您在使用过程中有怎样的

* 本文系作者2015年6月2日下午接受复旦大学新闻学院孙冰清同学的采访（同济大学综合楼1101室，耗时76分钟）时的访谈录，原题为“新媒体下的社会分层及其媒介话语重构”。

体验？

孙周兴：当然用的，我每天大约会使用一个小时。微信带来前所未有的巨大便利，全世界各地的人们都被联通起来了，比如我的大学同学群，里面的同学们身处世界各地，一天24小时都可能有人在群里面聊天，不亦乐乎。其实我们同学毕业三十年，一些同学毕业后就没见过面，现在通过微信，大家又集中在一起了，仿佛又回到了同学少年。

微信确实占用了我们很多原本用于阅读的时间。技术带来了便利，也带来负面的东西。它正在快速改变我们的生活。不同的人在微信里也有不同的表现，有人在微信上晒个人生活里的点点滴滴，也有人只转发学术性文章——当然，你可以选择关注或不关注。

记者：您如何看待微信呢？

孙周兴：微信构造了一个生活平台，这是互联网技术发展的结果。实际上，从网络时代开始，生活的简易化、直接化已经成为必然的趋势。以前我们要了解一件事情，或者要达到与他人的沟通，是需要复杂的中介的。现在的微信虽然也是中介，但它具有直接的意义。以往无法表达的或者说要费尽周折去表达的东西，现在可以用很直接的方式表达出来。我个人觉得，微信对于生活的积极意义多于消极意义，我会比较乐意去接受这些。

记者：我了解到您现在使用博客而不使用微博，为什么？

孙周兴：我觉得微博太快餐了，而且好像经常是为了追求轰动效应，它不适合我。而博客适合于发表一些规模不是太大的文章。我几年前开了博客，现在里面大概有八十几篇文章，通常是2 000～3 000字的感想、评论、杂记。今年春节前我在德国弗莱堡，十几天时间里写了二十几篇文章，有几篇已经放在我的博客上了。真是蛮合适的。我博客上的大部分内容是学术性的，尤其是关于尼采、海德格尔哲学以及当代艺术的小文章。

记者：您身边的学者、老师也用博客吗？

孙周兴：我们学院的老师，尤其是一些有社会影响的老师，像朱大可、张闳教授等，是国内知名的文化批评家，博客玩得很好。也有的老师，像陆兴华教授，据说是玩微博的，但我不上微博，也就不知道其中的情况。关注我博客的大多数是学术圈的人，另外，因为我主要做德国哲学和艺术哲学研究，这两个专业的学生也会给予关注。

记者：您平时看新闻吗？

孙周兴：我每晚工作之前会上新浪首页看一下新闻，花15分钟左右的时间，了解一下最新的国内外政经动态。现在网页上显示得很明确，最重要的新闻就摆在那儿了。其实网络对我来说，除了通讯交流，就是看看新闻而已。

社会需要分层，但不能固化这种分层

记者：孙立平教授在2002年把中国社会分成了十大阶层，包括了国家社会管理者、职业经理人、私营企业主、专业知识分子、个体工商业者、办事人员、服务人员、产业工人、农业劳动者和城乡失业半失业人群，您赞同这种分法吗？

孙周兴：大致没有问题吧。按职业来划分人群，总归有道理的。

记者：那您觉得网络时代下，社会分层情况是不是产生了变化？

孙周兴：当然有变化的。我认为在今天，网络是民主制度的物质基础。新媒体出现后，先是电影、电视，再到电脑，后来是网络，社会的民主化成为必然趋势。以前是等级社会，你必须会读书、会写字，成为“知识人”，你才有了话语特权。不仅旧时中国如此，欧洲也是这样。几千年来我们的文化都是以纸质为媒介的文化。但新媒体时代或者说非纸媒时代到来后，多样的媒体出现了，事情发生了一些重大变化，其中根本的变化是平民化趋向。网络是民主化的物质基础，也可以表达为平民化的物质基础。大概在一个多世纪之前，有一批文人对这件事情特别恐惧，认为这种平民化会把人与人之间的等级关系拉平，也把所有价值拉平，所有人都会变成平庸的人，文化中就没有可追求的东西了。的确，每个人在网络上是平等的，或者说获得知识的权利是平等的，非纸质媒体的出现让我们获得、通向知识的途径变得多样而且直接，等级关系就拉平了。从这个意义上，我会说中国社会也很民主化。因为有网络，它导致了民主化和平民化，某种程度上也可以表述为文化的扁平化。慢慢地不再有我是教授、你是农民这样一种严苛的区分，或者说，文化特权阶层就要消失了。

记者：是不是可以说学者和农民间的界限没有那么清楚了？

孙周兴：可以这么说。不是说完全没有界限了，而是说它在松动，知识特权这个概念也在松动。这事情不能夸张。比如我们在感叹纸媒时代的终结，但大家还在读书呀。纸媒文化时代的终结恐怕只是纸媒特权的终结，而且肯定有一个过程。非纸质媒体占领了相当一部分纸媒原先的功能，但并不代表纸媒就彻底地消亡了。社会阶层也是这样，我们不能说农民与知识阶层可以完全同一对等了，相反，社会最终还是会落实到分层结构。因为如果社会没有分层，就会缺乏动力。维持一定张力的社会分层，是正常社会所必要的。然而一定要防止用一种制度性的手段来维持和固化这种社会分层。社会分层应该是变动的。一个人是农民，但他有可能成为教授，为什么不可以呢？如果用一种固化的制度把社会分层框死，那就违背了现代社会的构成原则。

记者：从什么社会现象可以看出社会分层的松动呢？

孙周兴：在观念层面上，大家越来越觉得分层的严苛性、严格性没有了，最核心的一点是丧失了文化的崇高性和神圣性。20世纪80年代我上大学时，人们对大学、知识、文化赋予了神圣的意义，但是现在没有了。我认为这是正常的，而且使得精英与民众之间强烈的对比，甚至对抗消失了。这其实可以被视为社会的进步。但同时，整个社会要有良性的制度设计，让阶层之间的切换、变动成为常态。

记者：您觉得未来的中国社会会呈现怎样的状态呢？

孙周兴：首先我认为，民主化是必然的。网络时代必然要求我们形成一个民主讨论的方式，这是建立在物质变换的基础上的，不是以谁的意志为转移的，而是全球、全人类的趋势。民主化意识建立在网络平台上，每个个体都可以自由获得知识，这些知识实际上就是通向社会地位和社会身份的一条通道。在这个平台上，人人都是平等的，机会也将是平等的，这是很大的一个变化。另一方面，从中国的状况来说，改革开放30多年以来，我们碰到的很多问题是制度面上的，政府也很明显认识到这一点，如果没有一个与经济发展相适应的制度的改变和建设，我们的社会是会有问题的。从这两方面来讲，我对民主化的社会组织方式是乐见其成的。民主不是一个让人喜爱或让人讨厌的东西，而是一种较好的社会交往和组织方式。

记者：未来社会是不是有可能每个人同时处于多个阶层，身份转换会变得非常容易？

孙周兴：是的。这个想起来很美好，差不多是当年马克思的理想吧。人最后不能为某种职业所限制，自然也不能为某个阶层所限制，否则人就会越来越变态，也就是“异化”了。如果你们做新闻的被规定不能从事其他活动，不能搞艺术、搞哲学，那么创造性的想法就发挥不出来，最终变成了一个新闻动物，这就是对人性的限制。良好的社会样式拥有能够使个体发挥更多可能性的制度。

媒介重塑着我们的社会，包括各个阶层的特性

记者：现在媒体的报道似乎能够塑造某个刻板化的职业人群，对此您怎么看？

孙周兴：在传统社会里，世界上每天都在发生重大事件，每天都在死许多人，每天都在发生事故，但我们多半不知道，或者要事发好久以后才可能知道。现在的媒体却让我们知道了当下发生的

重大事件。这一点很值得研究。今天的媒体会把很大的信息量方便地扩散到全球，强化了某种东西。任何职业都有自己的特性，有时候这种特性经过媒体的扩散就会变得很可怕。例如我们的城管，他们不可能个个都是坏蛋吧，但现在被记录和被报道的往往是那些做得很过分、很恶劣的城管，于是这个职业就被固化成一个凶神恶煞的形象。又比如说中国前些年老是发生煤矿事故，一发生马上就被报道出来，大家听多了就把煤矿与事故稳定地联系起来了，以为那就是个不断死人的行业。所以媒体有一种强化功能，会把某种群体的形象固化起来。

记者：媒介的这种强化功能还会带来什么后果呢？

孙周兴：还经常会导致人们对许多事情的麻木不仁。比如灾难事件报道得多了，反而让我们很难产生同情心，而是导致我们心灵的麻木。更为恐怖的是，现在媒体铺天盖地的报道会带来对死亡的悲惨场景的审美化。举个例子来说，去年马航飞机在乌克兰被击落，这是一件很恐怖、很惨痛的事件。当时我刚从一个艺术家的画室里出来，在手机上看到了现场搜救的照片。在一片向日葵的田野里，散布着掉下来的尸体，有的是一只手，有的是一个脑袋，还有一张床上的半具尸体……当时我想了很多，一是觉得这些不认识的个体是多么悲惨，人的命运是如此脆弱，但同时似乎又很残忍地感受到了某种艺术性。人对同类的遗体，天然地会有恐惧和同情，但经过媒体摄影处理后，它们似乎还给我们一种美感，仿佛变成了一个艺术品。我想这就是现代媒体可怕的地方。媒体把残忍、丑恶、凶残的东西审美化了，把它美化了。这是需要我们反思的课题。

我上面讲到，现在的媒体具有直接化的特征，遥远地方发生的事情可以直接呈现在我们的手机上，而另一方面，它又在把我们的感受间距化，实际上就是审美化。直接化与间距化听起来是矛盾的，却真实地在我们的生活中发生。媒体对社会生活的组织来说很重要，它也在改变我们的想法、我们的感受和经验方式。

记者：回到之前媒介会把某个阶层固化的问题。由于新媒体的产生，每个人都有可能成为话语的中心，比如有个出租车司机，他把每天的生活呈现在微博上，其形象已跳脱了出租车司机的固化概念，变成一个全方位、很完整的人物。您觉得新媒体的产生对我们打破固化、僵化的印象有帮助吗？

孙周兴：新媒体会造成个体自由度增加，每个个体都有了自己表达的可能性。你讲的这个例子很有趣，可能这个司机本来就是一个文艺青年，但因为他的职业是出租车司机，人们平常并不认为他是一个文艺青年，现在通过新媒体，他有了表达自己的渠道，展示出文艺青年的一面。制度性、职业性的限制被打破了。这总归是好的。正如我刚才讲的，一个社会要让每个个体发挥出自己的最大可能性，而且要允许一个个体改变自己的状况。

记者：自媒体时代人人都可以发声，那么社会各阶层的地位有没有发生变化？

孙周兴：当然有。比如说在今天这个新媒体和自媒体时代里，官员们就比较难过了。人人都可以成为媒体，一不小心就会曝出事件来。这实际上是有积极意义的社会正面现象，但如果光靠群众通过媒体去曝光，没有一个制度性的约束，肯定是不够的。公众人物的行为也受到了约束，比如说前段时间发生的毕福剑事件，对于一个主持人来说，插科打诨、讲笑话是他的拿手戏，不妙的是这次被人弄到了网上，成了公共事件。所以也必须要小心了。精英分子们在现在的公众面前要格外谨慎，这会影响到他的行事方式、职业习惯。我觉得整个新媒体时代会把所有人放在同样的状况里，这就意味着从前的社会角色要重新调整了，甚至会影响到某些职业的生存。比如我们大学教师，如果哈佛大学一个教授的网络公开课比我们讲得好多了，学生们为什么还要听你讲课呢？也许慢慢地教师队伍的数量就要下降了。互联网新媒体正在重塑我们的社会和我们的生活，也在改变社会各个阶层的特性。

记者：人人都可以很容易地接触到媒介、新闻，现在的媒介是否会因此而产生某种适应性的变化呢？

孙周兴：今天人类社会的核心和主导性的东西是技术，媒介后面也是技术。如果说在新媒体情况下人群的互动方式发生了变化，那也是技术推进的后果，是技术通过商业来完成的，比如我们的手机，技术不断向前，两年前的iphone现在已经过时了。技术会不断挑起我们的消费欲望，根据商业需求不断地勾引我们的消费心理，不断推进和更新。整个社会已经被技术掌握了。更友好的用户体验和更便捷的参与方式可能是媒介今后的方向。

平民化的媒体时代里依然有话语力量的弱势群体

记者：您觉得现在中国的媒体究竟应该代表谁说话？

孙周兴：当然应该代表民众说话。我们现在的主流媒体是官媒，传达官方意识形态仍然是最主要的，私营商业性的媒体还处于相对弱势。我觉得比较理想的状态是媒体多样化，现在互联网媒体平台正在慢慢做这件事。比如最近对“大V”的讨论，表明非官方媒体力量的增加。当然，我个人认为，哪怕是在官媒占主导的状况下，公共知识分子还是有责任代表民众来说话。民众在很大程度上依然是弱势的，原因在于：一是表达能力不够，很多民众无法清晰地描述问题，说出道理来，表达出自己的诉求；二是传播渠道虽然多样化了，但还是受到一定的限制。我们的社会需要听到民众的声音，也需要有公共知识精英来替民众说话，不过现在也不能对知识精英寄予太大的希望，他们不再是什么神仙了。

记者：有这样一个新闻，河南郑州有个地方有一块地本来应该建经济适用房，却被建了别墅。有个记者去采访当地规划局的副局长，却被提问，你准备替党说话还是替百姓说话？您怎么看待这件事？

孙周兴：这位官员的反应也算正常，问题实际上就是：你来找我，到底是替老百姓讨公道，还是来替我解决问题的？现在社会上确实存在很多这样的情况，比如一些消息会被封杀。但我认为这事情是会变化的，正如我们国家的政治改革是会推进的。作为公民，我们要遵守宪法和国家法律，法律约束我们的行为和声音。除此之外，我觉得新闻人要凭良知说话，学者也是，否则我们的社会就一塌糊涂了。

记者：现在有很多知识分子或专业人士，借助新媒体达到更大的影响力，比如柴静《穹顶之下》引起全国性的关注；但是相对来讲弱势的群体，他们对舆论的掌控力几近为零。您怎么看待这种差异呢？

孙周兴：的确是这样，这是社会分层下的产物。柴静的事情影响很大，我有个好朋友还专门做了首诗，叫作《我要把柴静娶回家》。柴静原来的地位决定了她是强势的，可以做这些事，你我恐怕都做不起来。哪怕在今天这样一个平民化的媒体时代里，也依然有弱势群体。我刚才说的意思接近于某种辩证的理解：没有社会分层是不对的，社会分层固化也是不好的。每个社会都有弱势群体，这是社会的张力，我甚至觉得社会需要怪异的人。没有乞丐了，社会大概也差不多停滞了。为什么要有异类？有异类才能显示正常，正常才有意义，没有异类就没有参照，正常就显示不出来了。简言之，无论社会是丧失分层，还是分层固化，这个社会都将失去活力。舆论掌控力差异的存在是合理的，但这种差异必须是可变的。

记者：您觉得这种话语失衡是正常的？

孙周兴：对，我认为是正常的。比如说，现在很多人文知识分子的话语权被削弱了，会产生失落感。传统的主流媒体是纸媒，而这个时代的主流媒体是网络、电视，纸媒的影响慢慢被削弱了。以前我的书能印几万册，现在几千册，这就表明人文学者的社会影响力的弱化。这个社会就这么简单，谁掌握主流媒体，谁就有强势话语权。这是正常的，但这种主流和强势不能被固化起来，人文学者也可以到主流媒体里来嘛。社会要创造条件让这种松动成为可能，让平民、非主流的人都可能参与进来，都有机会成为主流，这个时候我们的社会才有活力。

记者： 平民如果想成为话语力量比较强的人，可能需要一件事情作为契机，或者需要长时间的累积，而且持续的时间比较短。对此您怎么看呢？

孙周兴： 我认为这样很好。因为某个事件，某个人突然变成了明星，或者经过自己的努力，从默默无闻到成为主流媒体的牛人，这就是新媒体时代带来的新变化。这很正常，我认为这是常态社会。而且，通过某种突发事件，甚至一个出乎常态的行为，某个人成了公众人物，这种事情以后会越来越多，因为现在传播的速度和力量越来越大。因此个体也要小心，在你没注意的时候，你可能就成为名人了。

记者： 您是否觉得普通人一夜之间成为公众人物存在一定的风险？

孙周兴： 风险当然是有的。明明是一个不高尚的、低级的人物或事件，被媒体炒作后成为公众关注的焦点，这对公众来说负面性意义居多。比如前几年的郭美美、凤姐之类。现在的新媒体时代，没有合理的筛选机制，也没有明确的价值标准，经常会把丑陋的东西常态化，于是把审美变成审丑了。遗憾的是，在很大程度上媒体人也掌握不了这样的行为，因为背后经常是商业运作。长期以来我们对文化成果都有一个道德标准，一个作品、一个报道必须考虑到它的社会效果，但这种要求如今已经松动了。现在有个说法叫“搏出位”，不断勾引民众关注，这样的事情已经见怪不怪了。我不知道怎样准确地判断这类事情，这可能是新媒体时代的风险。就像我所说的，最根本的风险在于把丑恶美化。

记者：现在人们的接受能力越来越高，有一些话语地位比较低的人，为了争取自己的权利，不得不做一些出格的事情，这也可以理解呀，是不是?

孙周兴：这是可以理解的。实际上，出格、出位也未必是贬义的，实际上所有创造性行为都是异常的、奇异的，没有这种奇异性，就不能构成创造性。不过我们还要有所区分，也还要考虑后果，不能让大家认为低俗搞笑和丑陋古怪就是善好。虽然绝对而单一的价值尺度的时代已经过去了，但社会文化仍旧需要相对的价值秩序，不然就乱套了。所以对于新媒体时代的新特性和新现象，我们需要保持一定的警觉，防止失度和无度。毕竟，自由而有度的社会才是值得期待的。

哲学家的半农理想*

一

问：能描述一下你的童年生活吗？在你的记忆里，童年的色彩是什么样的？或者说，你觉得你的童年应该是什么色彩？你的童年，或者少年记忆，对你的一生有过怎样的影响？

孙周兴：我对童年没什么好的记忆。在农村里长大，黑暗和饥饿大概是基本的经验了。我从小就要干农活。因为营养不良，我上大学时才长到一米六多一点，读大学时居然又长了十公分。我老家是绍兴最南部的一个只有几十户人家的小村庄。小学只有一间屋，一位老师，五个年级挤在一间屋子里。所幸这位老师很严

---

* 本文系作者2011年11月8日接受上海《现代杂志》记者安妮采访时的专访记录，此次采访实际上是以答题形式进行的。

格，在那个时代里还让我学了一些东西。

灰暗的童年，没什么好回想的。

二

问：怎么会走上哲学的研究？从地质系到哲学系，这是怎样的一种跨越？

孙周兴：大学里我读的是地质学系。完全不喜欢，我上这个专业只是因为某种奇怪的原因。我在大学里没把心思放在专业上，主要在读文学、写诗。那时候我对诗歌很狂热。大学毕业时报考北大中文系现代诗歌专业的研究生，落选了。后来被分配到山东一所大学里教地质学，教不好，便想着改行。这时诗也不写了，对于比较沉重的事情有了些兴趣，便开始读哲学，便开始学习德语。工作三年后考回浙江大学读哲学研究生，然后去南京大学读哲学博士。然后在杭州大学、浙江大学教书。最后落户同济大学。

时至今日，诗歌的影响仍然在，我喜欢读的哲学依然是比较诗意的那种类型。

三

问：能讲述一下德国的留学生活吗？有什么印象极其深刻的事情？能比较一下德国大学生和中国大学生的异同吗？

孙周兴：我没有在德国留过学，只是在那儿住过两年，当时我已经是浙大的教授了，在德国的身份是洪堡基金访问学者。当然，说泛些也算是留学吧。除了学了点古希腊文，其实当时主要的任务是带小孩。

一般说德国人为人做事很严格，近乎刻板，这一点我也是有感受的，比如坐公交，你只需在家里查一下几路车几点几分到你家附近的站，估计好你到公交站的时间，准时到那儿就行，很少有车子迟到的事发生。这方面德国人真是像机器一样。总的来说德国人热爱工作，又因为不太懂美食，所以被叫作“工作机器”。听来有点不妙，其实是好的性格。我愿意说，热爱工作的人是幸福的。

举个例子，是我今年夏天在德国时碰到的真事。回国前我去买色拉米香肠（salami），选好称好了，营业员正准备包装，我问了个问题：我要带回中国去的，飞机上让带这类食品吗？营业员是三位中年女人，相互问了下，都说不清楚啊。我说那怎么办？其中一位女士说，要不你少买些？我说算了，就按原来称好的。刚要取东西离开，有一位女士说：等等，我去商场办公室上网给你查查。她就去了。我便等着，等了有半个小时，她回来了，说：真对不起，先生，没查出来。——这时候，我真觉得自己对不起她们了，于是告别离开。

喏，这是热爱工作的人们才有的职业精神。要在我们中国，你能设想这样的事体吗？我们的商场多半是骗卖商品的。

四

问：作为一个知名的哲学家，是否会用哲学思想去剖析身边的社会？或者是剖析自己的生活？你为什么会称自己为“哲学农民”？这之间有什么联系吗？

孙周兴：人们经常把哲学想得过于玄奥，仿佛哲学跟生活无关，哲学家是不食人间烟火的。其实，即便是那些有纯粹思辨倾向的哲学家，也会关注现实和生活。毕竟哲学家首先是在特定的时代和社会中存在，是活活生的人。特别是最近一个半世纪以来，纯粹的哲学渐趋衰落，后来的哲学越来越关注当下处境和生活了，到20世纪下半叶，哲学的主流竟成了政治哲学和社会哲学，这时候，做哲学的当然更有现实情怀了。

但话要说回来，哲学对现实的关心毕竟不同于其他学科，哲学需要保持自身的冷静和稳重，保持与现实的距离感，因为道理很简单：哲学关注普遍意义，因而必须超出个体和具体，超出单纯的日常经验。完全私人的经验不具有哲学意义。

如果哲学还有什么用，我想用途就在于：获得一种对于现实环境和个人生活的更高明的理解和解释。

我什么时候把自己叫作“哲学农民”了？是有人写了一篇不怎么样的小文章，用了这个说法。不过我确是农民出身，我身上确有农民的脾性。这是我得承认的。在日常生活中，甚至在行政事务中，我愿意用农民的眼光看问题，因为农民的眼光是简单的和朴素的。

五

问： 听说你很喜欢诗歌，那么，当年在文学和哲学之间，你是如何取舍的？

孙周兴： 现在谈不上特别喜欢了，以前我是诗歌迷，甚至写过好些诗。但显然我没写好。我想我更喜欢稳重些的东西，所以转而弄哲学了。如此而已。

六

问： 平时喜欢看什么类型的书？

孙周兴： 我看书很杂，什么都看一些，总的来说喜欢看文字优美的作品，无论是文学还是哲学都这样，文学上比如鲁迅，比如金庸，哲学上比如尼采，比如海德格尔，这两位哲学家也是我重点研究的。

我始终认为，一个人只能做好自己喜欢的事。

七

问： 应该说，哲学不是你全部的生活，那么，除此之外，还有什么兴趣爱好吗？当哲学遇上爱情，该是一种何等微妙的关系？

孙周兴： 你说得对。哲学，或者一般而言的学术，对于学者来说当然十分重要，但不可能等同于生活本身，尤其在我们这个时代里。我一直跟人说，“书呆子”的时代已经过去了。不过，我个人的兴趣仍显得比较贫乏。我喜欢旅行，主要是看自然风光，不喜欢看所谓名胜古迹。此外说得上来的，如果也算爱好的话，就是喜欢喝酒了。

跟哲学家谈恋爱肯定比较无趣。不建议女孩子嫁给专门从事哲学研究的。爱情的结局是厮守，而厮守需要日常。好在哲学家是人群中的极少数，就数量言，可以忽略不计的。

八

问：这个世界其实不是那么完美，有很多哀伤，有很多失意，那么，该以什么样的心态去看待？

孙周兴：这是个哲学问题。有个古希腊神话说：人生一等好事是不要出生，次等好事是快快死掉，最坏的事体是活在世上。什么意思呢？就是生命的本色是悲苦。于是人类创造出各种文化，或自欺，或解释，或是逃避人生苦难，或是直面这种苦难。我愿意借尼采的说法：应采取“积极的虚无主义”态度。意思是说：我们固然看到了人生的悲苦本相，但我们并不因此失去对当下生活的兴趣和信心。

九

问：海德格尔有句名言：生存是在深渊的孤独里。就这一句而言，是否哲学家比旁人更孤独，因为睿智和清醒？

孙周兴：我还真不知道这是海德格尔讲的。但不管是谁讲的，这确实是现代存在主义哲学的基本看法。虽然人都是孤独的，但我也愿意认为哲学家比其他人更孤独些。这首先是职业的要求，孤独才能深入思考；另外我说了，哲思的本色要求哲学家与现实生活保持一定的间距。

十

问： 最近在忙些什么？有什么新作？你最向往的理想生活是什么？对名利的态度如何？

孙周兴： 几年来我一直忙于尼采和海德格尔这两位德国哲学家的翻译和研究，在主编《尼采著作全集》和《海德格尔文集》。另外自己目前主要有两个关心：一是后形而上学或后哲学的问题，二是当代艺术问题。最近出版了《后哲学的哲学问题》和《边界上的行者》两本，前一本是我的学术论文选，后一本则是我的短篇随笔集，都跟上面两个问题有些关联。

如果说我是一个农民，那也是一个被城市改造了的农民，不地道了。我一直在设计自己的“理想生活”，而且差不多形成了一种“半农理想”：我希望自己以后能住在离城市文明不远的乡下，自己种点吃的，自己写点东西，但偶尔也可以进城转转，享受点现代文明的好处。城市对我来说终究不是久留之地，不过我并不完全排斥城市。

人就是这样：你习惯了噪声，突然把你放到一个没噪声的地方，你会想念噪声的。

第三编

你说这世上最美好的东西是什么？

一只最革命的手*

今天开会讨论“当代欧洲马克思主义”，是一个很有意思的题目。可惜我不懂。这应该是很丢人的事，因为我也兼着同济大学欧洲文化研究院的院长，简称“欧研院”院长，这样一个角色，居然不懂欧洲马克思主义，不丢人么？所以今天我来，主要是学习。在座有许多专业大佬，有的还是我的老朋友，像陈学明教授等，平常也没少请教。这次我事先问好了，都有谁来啊？说有几个大佬来，我就答应来参加会议了。我是向他们来学习的。但光学还不行，还得说两句吧。

* 本文原立题为“革命理想幻灭后，马克思意味着什么”，写完后改题。系作者在同济大学马克思主义学院主办的“当代欧洲马克思主义：借鉴与启示”学术研讨会（2011年12月24日，上海同济大学）上的发言。

一

我想到去年的下半年，我们哲学系的陈家琪教授邀请了一位神秘的人物来做报告，他的讲题是“切·格瓦拉的手”。这位神秘的人物是从德国回来的中国人，我们姑且称他为Z先生。他讲述的，是一个关于德国“红军旅（又译红军派）”与切·格瓦拉的故事。我想先在这里重述一下，但只能讲个大概。

一个叫托马斯的德国弗莱堡的诗人，20世纪60年代被派驻中南美洲做记者，加入了当地的共产党。1967年切·格瓦拉被枪杀后，托马斯等人决定复仇，但又没有机会，也没有力量，只好回到欧洲，正好遇上德国学生运动。不久，托马斯听说美国中央情报局把被砍下来的格瓦拉的手运回美国了，就以记者身份前往美国，千辛万苦，设法把一只泡在福尔马林中的格瓦拉的手偷了出来，带回欧洲，藏在瑞士一家银行的地下保险箱里。

“六八学潮”后，由安德里亚斯·巴德尔和乌尔丽克·迈因霍夫（女）等人领导的德国红军旅（RAF）成立（1970年），在德国展开武装恐怖活动，谋杀了一些德国企业高官和政治家，如西门子总裁、德意志银行总裁等。次年，第一代领导人相继被捕。之后出现了以布里吉特·莫因豪普特（女）等为首的第二代领导人。莫因豪普特是个大美女（我看过照片），据说还是一个富家女，后被称为“德国最危险的女人”；此外也许值得注意的是，她与另一位领导人克里斯蒂安·克拉尔一样，都是学哲学的。他（她）们为营救被捕的前一代领导人，展开了更大规模的恐怖活动。这时候，放在玻璃瓶里的那只格瓦拉的手，就成了这个组织行动前宣誓用的圣物。每次行动前，红军旅的同志们都要对着这个圣物做个宣誓仪式。

诗人记者托马斯当然参与其中。布里吉特·莫因豪普特被捕后，托马斯逃往意大利，参加了意大利红色旅。1978年，他们准备绑架意大利总理莫罗，事前仍旧在格瓦拉的手面前庄严宣誓。莫罗被绑架，后又被他们杀害；于是这事就闹大了，托马斯等人被捕，几年后被释放。此后，托马斯就过着沉默无声的生活。

1997年，格瓦拉的遗骸在玻利维亚被发现后，被运回古巴，准备下葬。还是这个记者托马斯，他从瑞士苏黎世把格瓦拉的手取了出来，专程送往古巴，与格瓦拉的遗骸一起下葬了。——这只来自南美的手，在欧洲神秘地待了30年，终于又回到了美洲。

讲到这里，这位留学德国的中国人Z先生神色很是凝重。最后，Z先生还补充了一个他自己参与的情节：2006年11月，在他要回上海的前夕，他与几位来自德、法、意等国的革命者，聚首于一座德国小城，彻夜长谈。曾经的革命者托马斯泪流满面，为着过去的革命理想，为着乌托邦的幻灭。那一夜大醉之后，Z先生回到上海，继续过他声色犬马的生活；而其中一位名叫卡娅的法国女子，将远飞尼泊尔，去帮助尼共游击队。

二

Z先生的故事至此结束了。他讲的这个结局很有些意思。这个世界已经变了。20世纪90年代以后，欧洲的极端左翼运动彻底瓦解了。德国红军旅的首领布里吉特·莫因豪普特于1982年最后一次被捕，与克拉尔一道被判了五次“终身监禁”，外加15年有期徒刑。1998年，德国红军旅宣布自行解散。最新的消息是四年前的2007年，已被囚禁了25年的女魔头莫因豪普特在一片争议声中获假释，现在巴登-巴登的一家汽配厂打工呢。

一切好像都结束了。真的，都结束了，这个令德国人恐惧无比的恐怖组织。但，德国红军旅宣布解散之时，曾引用德国马克思主义者、德国共产党创始人之一罗莎·卢森堡的一句名言：“革命说：过去我存在，现在我存在，将来我存在！”

这也让我想起格瓦拉的话。1967年10月8日，切·格瓦拉被捕，审讯者问他：“你现在在想什么？”格瓦拉说：“我在想，革命是不朽的！”

三

上述故事当中，我特别感兴趣的还是格瓦拉的手。这只属于南美革命者的手也曾经两次到过中国，只不过，当时这只手还长在格瓦拉身上。1960年11月17日，32岁的切·格瓦拉以古巴第二或第三领导人、古巴国家银行行长的身份访问北京，19日受到毛泽东接见。毛泽东一见格瓦拉，便握住他的手，用湖南话对他说“切，你好年轻啊”，还表扬切，说他是最年轻的银行行长。这一回，除了与毛泽东共进午餐，交流游击战经验之外，格瓦拉还跟中国谈成了一笔6 000万美元的生意。

1965年2月3日，“这只手”又到了中国——切·格瓦拉第二次率团访问中国，受到周恩来、刘少奇、邓小平等中国领导人的接见，但这一回，他没见到他的偶像毛泽东。相传周恩来曾以当时环境凶险为由劝格瓦拉留在中国，但格瓦拉拒绝了（他要是不拒绝，会是什么状况呢？）。3月份，格瓦拉回到了古巴。4月1日，格瓦拉给卡斯特罗写了告别信，随即奔赴刚果打游击去了——以他的说法：哪里有贫困，哪里就有我！次年，格瓦拉又抵达玻利维亚游击队营地，开始新的战斗。一年后，这位“切”的手被切了下来，从此与身体分离，远隔重洋，30年后才被重新拼回去。

毫无疑问，格瓦拉是真正的、纯粹的、彻底的革命者。一般的革命者是做不到这等彻底的。像我们的康有为、孙中山，当然都是大革命家，但似乎全没有切·格瓦拉的彻底精神。我们知道，康有为最后成了保皇派，娶了不少小老婆。孙中山先生倒是诚实，被问及最喜欢什么呀？答曰：革命、女人、书籍。

格瓦拉不一样，格瓦拉是永远的战士，是为革命而革命的革命者。

四

我还想说，格瓦拉的手是真正革命者的手。因为一直生活在丛山里，格瓦拉手上的指纹受到极大磨损，以至于这只被切下来的手让前来鉴定的指纹学家大费周折，才得以确认。这只手的命运令人唏嘘。这世上，好像还没有哪一只手，生前跟这么多20世纪全世界最重要的革命家握过手；好像也没有哪一只手，被切下来后被搬来运去，受到那么多的关注，受了那么多的折腾；更没有哪一只手，受到过如此之多、如此之高的膜拜。它不是简单的肉体的一部分。它被切下来后，成了一个“圣物”。

这是一只最革命的手。

诗人托马斯做了一件好事。他最后把格瓦拉的这只断手送回南美，也算物归原主，好歹让格瓦拉的遗骸完整地下葬了。

接近20世纪末，切·格瓦拉带着他那只失而复得的手终于被埋葬了，而我认为，同时被埋葬的，是一个时代的革命梦想，一种席卷全球的革命乌托邦——可以说是一种从被误解和被扭曲的马克思主义出发、被非理智地狂热化和激进化的革命乌托邦。其中人物各具性格，各人的归宿和命运也是各不相同。就本文提到的若干人物而言，其中最纯真、最可爱者，是切·格瓦拉；其中最极端、最恐怖者莫过于布里吉特·莫因豪普特；而其中最复杂、最巨大的人物，无疑就是我们的伟大领袖毛主席了！

我们看到，在毛泽东被不断地描绘、被无限地复制的形象（图像）中，手也经常处于焦点位置——各位一进同济校门就可以看到毛泽东的那只巨手（据一位外国元首说，毛泽东的手是他见过的最大的手）。革命不只是握手，也不只是握枪，但无疑，必须通过手来革命。——手与革命，仿佛也是一个20世纪的重要现象呢！

请记住，有一只最革命的手，它的主人叫切·格瓦拉。请记住，这是一只最革命的手，它已经断了，而且已经入土。

2011年12月21日记于沪上同济

革命与真相*

今天我们有幸邀请到我国知名历史学家郭世佑教授来做报告，我是特别高兴的，因为他是我以前在浙江大学的同事，后来走散了，有八九年没见了。在史学上我是外行，知道的不多，郭世佑教授是我知道的，而且是我尊敬和喜欢的男性历史学家。大家可能会问，还有你喜欢的女历史学家么？也有一个，上半年也来过同济了，一个叫端木赐香的女历史学家，是一个很有想法和胆识的女性历史作家。我们正在动员郭世佑教授和端木教授一起来同济工作，主持同济大学的史学学科。身为人文学院院长，我一直感到很惭愧，因为五年了，我们的历史学学科依然在“筹备”中。文史哲还缺一个“史”，我感觉很不爽。同志们对我有

---

* 本文系作者2011年11月30日下午主持郭世佑教授同济大学演讲会时做的结束语，事后补记。

意见，我是理解和接受的。

刚才我一直在认真听郭世佑教授的报告，讲得很好，很有意思。他讲的是辛亥革命，讲到许多细部的东西，对此我不敢妄加评论。我感兴趣的是他报告中涉及的两个主题，一是革命，二是真相。

现在我们不太讲革命了。其实呢，革命是我们每个人身上都有的普遍情结。当然，这种普遍的革命情结，如今是越来越消隐和弱化了。几年前，我的一位杭州的艺术家朋友，我叫他老孔，搞版画的，做了个可以叫“版画装置”的作品，是由两张比较模糊的照片印刷组合而成的，一张是切·格瓦拉被打死时的相片，穿着军装，身上（胸口）淌着鲜血，面部表情既痛苦又快感；另一张是一个女人的照片，这个女人赤裸着，仰躺着，姿势跟切·格瓦拉差不多，依稀可以看出，这个裸女正在手淫，面目却是模糊的。

这个作品当时让我大为震惊。切·格瓦拉，据说是全世界女人的偶像，差不多是最后一个革命家吧，居然被并置于一个正在手淫的女人！我跟这位艺术家说：老孔，格瓦拉的女粉丝们找上门来，你就麻烦了。

这是玩笑。其实这位艺术家朋友是有思想的。我猜，他这件作品是想传达一个历史性的观点：革命理想已经终结，或者正在趋于终结。革命者成了精神自慰者！

中国的近代史，我们以前的教科书叫“革命史”，大家听着就有点烦；现在想来，至少就主题而言，是蛮有道理的。变法、革命、运动、杀人，不就是整个近代史么？从负面说，革命当然也意味着折腾。特别是经过“文化大革命”，不但“革命”，而且是“大革命”，终于使中国人对于“革命”一词的理解从积极转向了消极——“文革”以后，大家一听到“革命”，就有点起鸡皮疙瘩，甚至恐慌了。此刻我盯着电脑里的“革命”两字，心里也有点发毛，因为涉及身家性命，还是小心为妙。

但革命的本义，却是积极的，至少是中性的。

就个人而言，革命者的动机是很不一样的。有时代境况的原因，有信仰或者信念的原因，也有家庭出身的缘由，有利益的动机，有个人情感的原因——甚至可能兄弟姐妹几个，你长得最丑，心生怨恨，就去革命了。总之很复杂。前几天我去了一趟延安，在路上我就跟几个艺术家讨论了一个问题：当年延安这么苦，革命这么难，为何像江青这样的大上海的演员（大美女、知识分子），跑去穷山恶水的延安闹了革命？给个理由嘛！谁能给？

孙中山先生是我们大家敬仰的，他又是我的本家。郭世佑教授今天也讲了不少他的故事。中山先生曾被一位日本朋友问：你最喜欢什么呀？中山先生说了，一是革命，二是女人，三是书籍。我们知道，中山先生喜欢讲点大话，这是革命家的本色吧，但这一回，他好像说了大实话。作为革命家，还喜欢女人和书籍，多好？这就是中山先生的革命家境界。换了别人，尤其是时下的成功人士们，嘴上不说，心里一定会说，我呢，只喜欢两件：一是女人，二是金钱。

刚才郭世佑教授讲到，历史的真实无法真正得到还原。我想这是他作为历史学家的切实经验。尤其是涉及革命（历史哪有不涉及革命的？）和革命者，“真实”就更难了，就更难求真了。革命无档案。你革命，万一胜利了，你就要包装和打扮自己，把不妙的故事掩饰起来，甚至加以篡改；你若落败了，你就成了被掩饰和被篡改的对象了。还有，正如世佑教授说的，革命者一开始总是弱势，常在地下或乡下躲躲藏藏的，常有被抄家或性命不保的危险，他们这时候既没功夫记录，也不敢记录，更不敢张扬。而等到大功告成，就只有胜利者的宣传了。这就要折磨历史学家们了。

我并且认为，革命的历史的真相之所以难求，根本原因还在于，革命者多半是一些“出位者”，本来“革命”就是“出位”嘛，米兰·昆德拉说得雅些，叫“生活在别处”——我得重申，就此而言，革命属于人的本性，没有人不想革命的，只是想望的程度有别。既要“出位”，就难免做些出格的、破局的、鸡飞狗跳的、浪漫的、异想天开的甚至匪夷所思的事体来。这时候，按历史叙事的常规办法去记录，就必定有难度了。你讲个故事，讲着讲着，发现讲不下去了呀！怎么办？

不过我想，历史的迷人之处，也正在于此。

说到这里，有人或许会说：既然我们难求历史的真相，那就不求了呗——为何非求真相不可呢？

那可不行。你不求真相了，那还要我们人文学科和人文学院做什么？要在座诸位做什么？我们不就是干这事的么？我刚才听郭世佑教授的报告时，甚至在想：原来历史学家和哲学家干的是一回事。真的是一回事，历史学家求“真相”，哲学家求“真理”，其实是同一个东西，在古希腊叫Aletheia 。我们可能走的路径不一样，但标的是一样的。

且不说历史学家和哲学家之类，就我们每个个体而言，历史的真相也是无比重要的，没有真相我们便无法判断，而没有判断我们便无法主张。若此，我们就得承认：没有历史的真实就没有个体的真实。

再次感谢郭世佑教授，也感谢各位的参与。谢谢！

2011年12月8日补记

问题是谁来保护我们？*

记得是2009年的下半年，我去德国图宾根开会，是一个以“启蒙：中国与欧洲”为主题的会议，参加者有中国学者，也有德国学者，德国学者多半是汉学家。会上我碰到了一位从台湾去的知名学者，新儒传人，学养深厚，虽然以前也在香港或者别的地方见过，但只是握手哈哈，未有过深谈。那天是他用德文做报告。按说，我们虽然分别来自中国大陆与中国台湾，但在德国开会，应该一致对外才好，然而没想到，我们俩居然在会上争了起来——准确说，也没争，只是他做完报告，我批评了他。

现在回想，这事都是我不好，是我挑他的刺。

这位台湾学者的报告特别长，洋洋洒洒有几十页，是用德

---

* 本文据作者在参加“2011鲁迅论坛·鲁迅国际学术研讨会”（浙江绍兴，2011年9月25—26日），接受媒体采访时的讲话整理。

文写成的。他的德文也蛮不错。但，他的立场和观点却是完全继承他的师辈的，全无变化，概括起来只有一句话：现在，你们欧洲—西方文化不灵了，轮到我们儒家文化来救你们了。他的导师牟宗三先生在世时就是这样教导人们的。

我实在受不了这个结论和这种腔调，心想：万一德国同行们不明真相，信以为真了，都跑中国大陆和台湾来学新儒，岂不害了人家么？于是举手要求发言。

我当时讲话的大意是：

先生们哪，可别信这个！这人间是没有救世主了。来看看所谓中国儒家文化，今天在哪里啊？在城里吗？这城里连大地都隐失了，连宗法概念和家族意识都没了，连厕所都是美式的了，哪里还有儒家的精神啊？在农村吗？那正是我的出身之地。如今的村民们，约半数信了基督，别的信了“迷信”（民间混杂宗教），哪里还有儒家的传承呢？这样一种失了自身根基的传统文化，我们怎么还好意思兜售给外面的人们呢？

这还不是关键。关键在于，这传统好不好？当然有好的元素。但肯定不是完全的好，肯定有它不妙的地方，要不然，它今天为何失了势力，难以组织今天中国民众的生活了呢？就说是外来文化来势太猛，挡不住了；就说是我们自家不懂得珍惜，自作孽，自己把自己的毁掉了，我们现在要恢复它、保护它——这都可以同意。但问题还是没解决：我们为何要恢复它？依据什么来重建它？我们的出发点和立足点在哪呢？

一个多世纪以来，中国最缺的是明白的文化人，弄不懂自己到底要什么了。鲁迅先生是个难得的明白人，脑子清楚的人。表面看来，鲁迅先生是特别矛盾的。他爱好古书古玩，而且对中国古典有专深的研究，但他又是一个坚定地反传统的人。为什么会这样呢？鲁迅自己曾经做过一个解释：谁都知道要保护传统，但关键还在于谁来保护我们？如果后面这个问题没有解决，谈保护传统有意义吗？

鲁迅实际上要告诉我们，无论是自家的传统，还是外来的文化，只要能保护我们，对我们今天的生活有利，就是好的。可见鲁迅是一个直面现实、直面当下文化的现实主义者。这正是鲁迅的伟大之处，他的过人之处。

我认为，鲁迅的问题今天仍然在。我们现在依然要关注“谁来保护我们”的问题。

每个民族和国家都应该珍视自己的历史传统，而且都会有对自家历史的自豪感，这是丝毫没有问题的。但核心还在于当下的生活现实，要从当下生活现实出发来讨论，我们当下到底需要什么？传统或者传统中的哪些元素对我们的生活是有利的，而且是有力量的？什么样的文化和传统，不论它们是自家的还是外来的，对于今天的现实和未来的生活来说是最为重要的？鲁迅提醒我们，这才是首先需要关切的。

鲁迅先生这样的姿态和境界，才是我们今天的学术讨论所需要的。要不然，我们关于传统的谈论就还是不着边际的“空转”。

等我讲完，那位台湾学者很有些生气，但未及当面反驳。事后他对我说：孙教授呀，你是不是永远这样激烈呢？我说：哪里啊？真是得罪了。我是怕别人中毒了。

因为我想，我们自己一直中着毒，也就算了，但何必害了人家呢？

2011年12月26日记于沪上同济

世风败落，词语遭殃

前不久我在杭州的中国美术学院做了一个报告，题为“艺术与革命：格瓦拉与瓦格纳”。这个题目有点莫名其妙，让人吃不消。这且不去管它。只是在讲到“革命”一词时，我脱口而出一句话：“世风败落，词语遭殃。”后来想想，这话挺有意思的，实事如此。于是就想着再来发表一点感想。

比如“小姐”一词。你百度一下，网上立即显示出这个词的如下释义：1.宋元时对地位低下女子的称呼（有时也专指妓女）；2.后转为对未婚女子的敬称（通常用来指大户人家的小姐、大小姐等），母家的人对已出嫁的女子的称呼；3.近现代泛指未婚女士，敬称；4.当今还特指利用青春及肉体从事色情行业的女性。

这一查也让我吃了一惊：原来人们现在用“小姐”称呼做皮肉生意的女人，是由来已久的，宋元就如此了——莫非我们现在是回归它的古义了么？

20世纪80年代初期，我刚从乡下进城读书，见人都叫“同志”；见到女同志，也不叫“女同志”，一概只叫“同志”，还少有人用“小姐”称谓的。当年，革命余热尚在，虽然已经开始受“资产阶级自由化思潮”的侵犯，但中毒还不深，邓丽君还是香港的小姐，不是咱们的同志，是专门以靡靡之音来毒害咱们的。

不多久，大约到20世纪80年代末至90年代初，西风日盛，同志见鬼。见到男士，改叫“先生”了，民间呢，更多地叫“师傅”，实在有点莫名其妙，更为无厘头的，是有一阵子风行叫“老板”了，连大学校园里也是如此这般叫法，实在是恶俗得可以。我想正是在这时候，“小姐”的叫法开始流行，以对应于男士们的“先生”“师傅”和“老板”之类（“女师傅”“女老板”之类，好像实在叫不出口）。这时候的“小姐”多半还是个好名，既受欢迎也让人受用得很——毕竟，宋元以降乃至近世，“小姐”都属于敬称。“小姐”多美好呀，被叫作“小姐”的，还常常是大户人家的姑娘，有点儿身份和地位的呢，要不然，就是跟在屁股后面的“丫头片子”。

然后，世风日下，小姐遭殃。大约就从20世纪90年代后期开始，“小姐”忽然成了青楼卖身、做皮肉生意的姑娘们的专名。现在你碰到好端端一个姑娘，叫她“小姐”，她会唾你或呸你的，凶猛点的，可能会给你一记耳光的。

“小姐”不能叫了，又没有别的好词，在社交中经常会出现十分尴尬的局面和形势。如今在中国大地上，所到之处，见到正经姑娘们，叫什么的都有，有叫“小妹”的，有叫“大姐”的，或者还有别的，但总归不好叫“小姐”——我自己呢，为安全起见，干脆就叫她们“姑娘”。

“同志”早就遭殃了。“同志”是多好的一个词呢，顾名思义，“志同道合”方为“同志”，是“精神联盟”。但在今日汉语中，虽然少数高层领导还经常被叫作“同志”，且经常要省略掉姓氏，比如说赵某某，被叫作“某某同志”，或者李某某，被叫作“某某同志”，等等，显示的是某些高层人士或高端人士对高层领导的亲热劲儿——可想，没有一点身份和位子的人是不能这样叫的。然而在一般情况下，“同志”在今天竟成了“同性恋”的代名词，再不能乱叫了。

“同性恋”们固然是“志同道合”的，我个人对这种恋爱或性爱方式也没什么特别负面的看法，只稍稍觉得有点不对劲、难以想象而已——尤其难以想象男人之间的恋爱；另外，同性之恋，也是古今中外都有的，表明肯定有它的理由，或者也有它的妙处。但“同性恋”主要是肉体现象的标识，与“志同道合”的“同志”本义毕竟有所不同，因此我以为，把“同志”局限于“同性恋”，这种狭义化实在是一大浪费，直接说，就是把“同志”一词大材小用了，不免有点遗憾。

与“小姐”无关、与“同志”相关的“革命”一词，如今在汉语语境里也被弄得一塌糊涂，不成样子了。在汉语中，“革命”的古义见于《周易》，谓“天地革而四时成，汤武革命，顺乎天而应乎人”(《革卦·彖传》)，有“变革天命”之意。现代的

“革命”用法则来自日本，是日本人对英文revolution的翻译，传入中国后成为20世纪最大的一个词，一度最让人激动、后来却也特别让人讨厌了。当年先搞的是“国民革命”，后来又搞“武装革命”，成事后又继续大搞“文化大革命”，折腾了大半个世纪。特别是“文化大革命”，下手有点狠，死伤不少，对许多中国人来说宛若一场噩梦，以至于今天国人再不愿听“革命”一词了。

按说，“革命”一词本身并无不良色彩。就西文而言，“革命”一词的意义也并不带有贬义，至少是中性的，“革命”嘛，无非是实现正义、权力转移、发泄不满、社会变革几项。“革命”一词在我们这儿却变成一个问题词，一方面是20世纪中国革命的惨烈、残酷、血腥，让人不寒而栗；另一方面则是俚俗语言对于词语意义的迁移作用——它终于像“同志”“小姐”之类的美好词语一样，被弄成烂名字了。

我只好再说一遍：世风败落，词语遭殃。

2013年5月2日记于沪上

2013年9月3日补记于柏林—波恩途中

“郭美美事件”中我们失去了什么？

在2011年的令人烦躁的夏天，一个叫郭美美的小姑娘，20岁，有一点点姿色，有许多点傻气，因为在微博上炫富，造成了一桩重大事件，所谓“郭美美事件”。此时此刻，2011年8月28日晚间（哪怕像我一样身在一万公里之远的异乡欧洲），你只要在百度上搜索一下“郭美美事件”，就会显示如下“最佳答案”：

新浪微博上一个名叫“郭美美Baby”的网友颇受关注，因为这个自称“住大别墅，开玛莎拉蒂”的20岁女孩，居然自称是“中国红十字会商业总经理”，由此引发部分网友对中国红十字会的非议。博主“郭美美Baby”在微博上多次发布其豪宅、名车、名包等照片，2011年6月20日被网友发现，被指炫富。“红十字会”的“经理”身家居然如此富有，不由得让众多网友起了猜疑，“我们捐给红十字会的钱到哪去了？”在漫天的质疑声中，“郭美美Baby”发布一条微博称其“所在的公司是与红十字会有合作关系，简称红十字商会，我们负责与人身保险或医疗器械等签广告合约，将广告放在红十字会免费为老百姓服务的医疗车上。之前也许是名称的缩写造成大家误会”。3个多小时后，“郭美美Baby”将上一条微博删除，又发表一条微博解释，“红十字协会和红十字商会根本就是两个不同性质，为什么会有那么多人揪着‘红十字’这三个字不放过呢，这跟人同姓或者同名是一个性质”。但随后这条微博也被删除。（引者对重复的文字略作删改）

但关注该事件的人们都会知道，以上搜索结果并非“最佳答案”，因为整个事件后来演变得越来越复杂了，牵涉到了许多家单位，出现了大量神秘的和不太神秘的人，这些人发表了大量真真假假、翻来覆去的辩护和讲话，最后，这个事件终于成了一个无法侦破的无头案子了——到今天为止，此事仍没有真相！

时至今日，我认为我们必须把该事件上升到斗争的角度，给予高度的重视。任何斗争首先都要分清敌我，弄清楚谁是我们的朋友谁是我们的敌人，此其一。任何斗争都有一个争斗的焦点问题，必须紧紧抓住这个焦点，此其二。若弄清楚了这两点，则事情就会简明许多，同志们才不至于迷失。

在眼下这场尚未结束的斗争中，虽然看起来是多方混战，但核心队伍仍旧是两批人，仍旧构成交战双方，因为斗争的焦点只有一个——事件真相。正因为只有一个焦点，于是就形成了两批人：想知道真相的人与企图掩盖真相的人。前者主要是网友们、媒体记者们、人民群众，后者主要是郭美美和她背后的利益相关方，比如“干爹”王军们、亲妈郭登峰、红十字会及红十字商会等的同志们——而且很显然，郭美美背后的人比郭美美更加重要、更加厉害。所以，我们现在可以把敌我双方的队伍简单化了，把前者命名为“网友们”，把后者命名为“干爹们”。

于是就可以下一个定义：这是一场自2011年6月下旬开始的、以网络为主要战场的、在“网友们”与“干爹们”之间开展的、以“郭美美事件”之真相为焦点的、历经数月尚未分出胜负的艰苦卓绝而又旷日持久的斗争。再补充说说，所谓“郭美美事件”的真相，固然林林总总、真真假假、神神秘秘有很多内容，但“网友们”必须只盯住一点：郭美美到底与红十字会/红十字商会有没有关系？——有木有？

其他的，跟你、跟我有什么关系么？

但既然跟你我没有什么关系，为什么我们“网友们”还要关心这件纯属荒唐的事体？尤其像我这样平常对外部世界不太敏感、对这等鸡零狗碎的网络闲事没有兴趣的人，为何也要来关心这件事体？因为体制上的问题，我们已经习惯了各类政府部门被不断爆出的各色腐败新闻了，说哪个机构、哪个部门的谁谁出事了，贪污了，杀人了，情妇了，小三了，什么什么“门”了，最后有的甚至给拉出去枪毙了——我们大抵也已经麻木了，见怪不怪了。因为听多了、听腻了，以至于我们竟以为：被爆出来的肯定还是少数，大量的未被爆呢，而且被爆出来的倒霉蛋肯定还不是最严重的，一定还有更重、更大的腐败。因为我们对体制不放心，加上如今传媒的力量，我们必然会走向这样一个结论。

我想，在一个公众难获真相的社会里，这是一个必然现象。

但这回，麻木如我，却也真的被深深地刺痛了。为何？——我问自己。因为这一回，毫不夸张地说，这个带着重重傻气的郭美美，要把我们国民的最后一点善意消灭掉了。因为这一回，不是别的部门，而是红十字会，而是一个献爱心的慈善组织！

我甚至想说：谁都可以腐败，哪个部门都会腐败，但红十字会不行。如果它也烂了，那就只能意味着社会整体彻底地腐败溃烂了。

红十字意味着什么？红十字会干什么的？一个慈善组织，而非商业营利组织。当然在中国，它也是有级别的。但无论它有多高的级别，这个“红十字”的性质是确定的：它表达的是对于求助弱者和受难者的爱心，表达的是全人类普遍的同情心，而与利益无关，与种族、信仰、政治、战争、商业等都无关，而且尤其是跟商业牟利无关！

我想，红十字会的存在想告诉我们的是：当一个人或者一群人因为灾害、因为战争、因为暴力而无能为力，陷于彻底绝望的境地时，她/他/她们/他们最后想到超自然力量的救助，在这种绝望中生出一点儿希望，就是这个“红十字”！它可以是神性的象征，但更是人间普遍爱心的象征。它是不容亵渎的！

但这一回，在中国，在我的祖国，这个“红十字”被亵渎了，被玷污了。我为此而心痛。我因此认为，斗争才刚刚开始——我们要保卫“红十字”，就是保卫我们心底里的爱心和善意。

2011年8月28日于德国柏林

钱多人傻速来
——点评《人民日报》的一篇文章

《人民日报》2013年4月30日第一版刊出署名为“陈述”的文章，题为《网络舆情并不完全等同现实民意》（今日谈），文章称：

> 芦山地震发生后，中国红十字会第一时间发起赈灾募捐，在网络上遭到一片骂声。
>
> 然而，据基金会中心网公布的信息，到27日，全国有115家基金会参与芦山地震救灾募捐，共募集善款和物资10.49亿元人民币。其中，中国红十字会系统收到社会捐赠款物5.66多亿元，占比达53%以上。
>
> 这一事实说明，中国红十字会尽管遭遇信任危机，但是在社会上仍然有相当高的信任度。希望中国红十字会善待这份社会信任，尽快创建公开、透明、诚信的运行机制，提高公信力，消除污名化。

这一事实还证明，网络舆情与现实民意之间，有着巨大的差异。个中原因，值得全社会深思。

这篇短文的背景很简单：芦山地震后，因“郭美美事件”而遭遇信任危机的中国红十字会还厚着脸皮向全国人民要钱，网民们大骂，但全国人民还是特好心，还是捐了好多好多钱。于是有了这个标题：网络舆情并不完全等同现实民意。

我愿意相信该文作者的出发点是好的：喏，你红十字会都搞成这样子了，全国人民还是信任你，你还不赶紧改正错误，让自己对得起这种信任?

但我读到这篇文章，怎么觉得又是在忽悠百姓，甚至是在愚弄咱们呢？我以为，这篇文章仿佛是在暗示中国红十字会：第一，问题不大嘛，中国人多，好骗，至今还有好多人相信你们呢；第二，是不良网民们把事夸大了，其实哪有什么大事。

有个故事说，土豪A发电报给土豪B，一共只有六个字，“钱多人傻速来”。估计当时通讯不发达，还是电报时代。但这六个字真是精当无比，增一字太多，缺一字不可。如果此地没钱，当然别来，没戏；如果此地钱多但人精明，也别来，没戏；既钱多又人傻，所以才要速来。

我想，上面这篇文章也有这个意思吧?

也许是笔者不怀好意啰?——也没事，反正网络舆情并不完全等同现实民意!

2013年5月初记

2015年2月8日改定于弗莱堡

没文化的历史文化古城让人心痛！

——关于绍兴县改名为柯桥区

2013年初夏光景，我接到一个消息，说你老家绍兴县已经被改名为“柯桥区”了，你从此变成“柯桥人”了。我一听大吃一惊，心里生出愤怒，立即给绍兴市一位领导发了一个短信表示抗议，并建议另换一个名称。我们绍兴不是别处，历史文化深厚，地下全是古迹文物，地上全是文化名胜，怎么可以弄得如此没文化呀？——但终于，绍兴县变成了“柯桥区”，我已经成了“柯桥人”。

2014年清明前，我回绍兴县老家，请几位上海的和绍兴本地的朋友喝酒聊天，席间又谈到此事，一桌人没有人对所谓的“柯桥区”有好感的，无论绍兴人还是非绍兴人，都表达了不满和讨厌的情绪。其中有一位上海朋友说：“太混账了吧，25年的柯桥怎么跟2 500年的会稽比？”

这话又深深刺激了我。对呀，柯桥算什么？一定要算柯桥，也只能通过绍兴来说，应该说成“绍兴柯桥”，而不能以柯桥镇来取代绍兴县啊！

凭良心讲，现在的市区县的行政区划是大有问题的，比如绍兴市，下辖越城区、绍兴县、诸暨市、上虞市、嵊州市、新昌市等，这是有点不像话，一个城市，下面居然有“县”“区”和“市”三个类型的建制，市里有区，市里又有县，市里还有市，而三个类型的“级别”居然是一样的。因此把“县”先撤掉，往好处说，也算行政区划改革的一步。问题恐怕在于怎么改。而眼下的问题只是：改成“柯桥区”好不好？

原先的绍兴县是绍兴城的郊区外围部分，北邻杭州萧山，南接嵊州市，所以范围是蛮大的。我老家在绍兴县最南端的山区，叫王坛镇，而柯桥镇呢，是在绍兴县的北端，之间距离应该有六七十公里。现在呢，王坛镇的居民竟然成了“柯桥区”人，我的家乡也就隶属于“柯桥区”了。这是我做梦都想不到的事。

我还无关紧要，因为不算什么，反正早已经客居异乡，回乡只是偶然。要紧的是我们许许多多的先人们，包括越王勾践，包括阳明先生，包括张岱先生，比如在清明节，他们当中若有人外出旅游，恐怕是要找不着回家的路了。

我以鲁迅式的“不怀好意”猜一猜，绍兴市政府这回之所以要把“绍兴县”改成“柯桥区”，还是经济工业优先、GDP至上的观念在作怪，历史文化是不算什么的。什么历史文化呀？有钱就好——还是典型的“土豪”思维。柯桥是工业重镇，以轻纺城闻名；而绍兴南部山区的平水、王坛之类的小镇，因为经济不够发达，自然是没有话语权的，最后竟至于丢掉了“绍兴”名分。

事已至此，我仍旧怀着一点点希望，以为还可以纠正，现在纠错还来得及。我目前能设想的方案有两个：其一，把原绍兴县南部（东南）改成“越南区”（以前曾经用过此名，取“越国之南”之义），把原绍兴县北部（西北）改成“越北区”；其二，放弃“柯桥区”名称，把“绍兴县”改成“会稽区”或者“山阴区”（历史上以绍兴府城内府河为界，西为山阴县，东为会稽县）。

到底怎么改，我认为不能由政府说了算，而要由民众民意来决定。而我们这些在外的地道的绍兴人，自然也是有权说话的，因为我们中好多人不曾是“柯桥人”，也没想过成为“柯桥人”。今天的胡乱更名让我们心痛：咱老家成了一座没文化的历史文化古城——呜呼哀哉！

2015年2月5日再记于弗莱堡

割还是不割，这是个问题

我母亲身体一直很好，但有一年我回老家看她，发现老人家脸上黄疸泛出，赶紧送医院治疗。先送老家县城的医院，被诊断是胆管堵塞，疑为胰腺癌。我因为从前有过岳父大人在县城医院被动错手术而致死的惨痛经历，这回便不敢在乡下医院久留了，赶紧把母亲送省城最好的医院。费了一番周折，通了关系，母亲才住进了医院。

重新做过一番检查后，我母亲被确诊为胰腺癌。但所谓“确诊”，据我在旁边观察，也属于瞎掰，因为这个部位实际上无法取样，无论胃镜还是X光，都达不到的。再说人家癌细胞也是细胞，不是足球，如何看个究竟呢？但不论怎么说，我母亲被“确诊”了。

我通过关系找到一位著名的专家，据说是省城最好的医生了。在她的办公室里，她把我母亲的X光片子挂在墙上，就跟我讲开了，说必须做切除手术——割掉。又说，割了呢，至少能活三年，多则有八年、十年的，而且生活质量不错；不割呢，还能活三个月到半年，而且很痛苦。最后她说：你自己拿主意吧。

各位看官，这时候，我还能有主意么？割！

我怯怯地问，怎么割呢？医生说，喏，这部分要拿掉，这一块也得拿掉，下面这一块估计也只好拿掉。我疑惑地问，拿这么多啊，都拿掉后怎么办呢？医生说，我会把没拿掉的连起来的。最后她说：你自己拿主意吧。

各位看官，这时候，我还能有主意么？割！

要手术的那一天早晨，我母亲从病床上起来说，儿子，我不想动手术。我差点落泪，因为母亲是心疼钱（她问了同病房的，听说要10万元光景，心疼了）。我说妈，钱不是问题，身体要紧，手术是必须动的，这时候还考虑钱么？母亲仍不肯，我又让医生来做母亲的工作。母亲终于同意了——母亲心目中，医生是权威。

我焦急地在手术室门口等了一上午，中午时分，医生出来说：割了，应该都拿掉了。我很高兴，如释重负。

但手术后不到半年，我母亲在痛苦中死去。我陪着母亲走完了她人生的最后几个月。有一回，在病床边上，看着母亲瘦骨嶙峋的身体，我哭着对她说，妈，是我害了你，我们要不动手术就好了，也免得你受苦了。

好几年过去了，我经常会想：是我害了母亲么？

相信这样的故事每天都在中国大地上重演。割还是不割，这是个问题。

我妈去世后不久，我的好友萌萌女士被诊断为肺癌，割还是不割？她丈夫肖帆先生痛苦地纠结了许久，最后还是要割。在医生的逻辑中，你能不割吗？

结局呢，也是不到半年，萌萌在广州离开了人世。肖帆先生为此满怀自责和内疚。

我特地去参加了追悼会，而且此生头一回致了一个悼词。

我能理解肖帆：他能下决心不割么？他多么爱萌萌呀！

又不久，我的同事、著名作家马原教授也被确诊为肺癌。马原很紧张，旁人也都很紧张。医院要他割，朋友熟人中有人劝他割，也有人（包括我在内）劝他不要割。我是因为有了前面的各种经验，跟马原说，反正都是一死，割它干吗？

割还是不割，对马原成了一道难题。

马原最后做了一个在今天看来无比英明的决定：不割。

马原就被放假，在海口休养身体。已经三四年过去了，这个著名作家马原教授好好地活着，甚至新生了一个小孩。这期间我曾经碰到过他，跟他开玩笑说，老马，幸亏没割呀，要不然我们早就给你开过追悼会了。[1]

最近十几年来，在我的亲朋好友中被确诊为“癌症”的有十几位，只有没割的马原还活着，其他都被割死了。

1 此时我修改本文时，已经是2017年1月24日，离马原被查出肺癌已经快十年过去了，好友马原还健在，生活在云南。

割还是不割？——相信在今天的世界上，这都是一个大问题了；而在我们这儿，这个问题又可能是最大的，因为我们的医生把人当机器，而我们的民众又过度地信赖手术而不相信身体。

2011年11月17日记于西子湖畔

重建我们对身体的信心

我们已经对身体失去了信心。这事真的很糟糕。

1999年下半年，我住在波恩附近的一个小镇上。我是先到的。稍后，11月初，德国已经很冷了，我太太带着女儿也来德国了。女儿当时才六个月大，我去法兰克福机场接她们，见她是挂在我太太胸前来的。经过长途飞行，女儿一到德国就发烧了。我和太太都很紧张，赶紧找医院和医生。

第二天早上，我们带女儿去医生那儿，是一位中年的德国女医生，长得很严肃。我们把女儿抱给她检查。没料到她劈头就责问：你们中国人就这样养小孩的啊？我说怎么了？她不答，动手就剥我们女儿的外套，是一件滑雪衫，再剥，是一件棉袄，接着剥，是三件毛衣，剥掉了两件，最后只留下一件毛衣了。女医生说，以后在德国，只许穿这么多，出门时外面套一件大衣就行了，你们给她穿这么多，没病才怪！

我跟我太太面面相觑，不知道该怎么回应才好。

我接着问，那要注射不？女医生反问，为何要注射？她拿了个手电筒，拎起女儿的耳朵，照了照，说没事，你们回去吧。我大惊，说那总得给点药吧？女医生说，为何要吃药？没事还吃药？

我们把女儿抱回住处。两天后，女儿自己就好了。

从此以后，每逢女儿感冒、发烧，我们都采取“不理睬”政策，烧得高了，就给她用冷毛巾敷一敷，一两天后也就好了。女儿自己也习惯于此。现在长到12岁了，我们没给她看过病，挂过盐水，吃过什么药。

结果呢？是我女儿班上发育最迟，跑步最快。

再来说说后来在德国伍泊塔（Wuppertal）发生的事。伍泊塔是恩格斯的老家，这个城市是一个“谷”，所谓“塔”（Tal）也。21世纪初我从波恩搬到那里，住在山上一条叫Worringer的街上。我右手的邻居是一位医生，名叫梯罗，说是搞“自然疗法”的。我问他，什么是“自然疗法”啊？是不是跟我们的中医一样？梯罗说，不是不是，他是自己研究的。

梯罗怎么研究的我不明白。据说他经常观察天象和气候，并且都要记录下来，已经好多年了。有一回我算领教了。有一回，他开车带我们去公园玩，我坐在副驾驶位置。他开着车，突然跟我来一句：再开两公里就要下雨了。我说不会吧，天气蛮好的呀。他说不信你看着。开了有两公里，果然下雨了。我从此对他无限佩服。

周围别的邻居估计也都服这个梯罗。

左手的邻居家小姑娘生病了，发了高烧，让梯罗看病。这个梯罗当然采取他的“自然疗法”，具体怎么弄的我不得而知，反正效果奇慢。我太太天天回来报告，说是那小姑娘发烧发得越来越厉害了，一天比一天厉害，但是梯罗同志坚决不让打针用药。邻居们都捏了一把汗，为那小姑娘，也为梯罗。

到第十五天，我太太回来报喜，说那小姑娘终于好了。

我们已经失去了对身体的信心。这事真的很糟糕。

我说的“我们”，当然没有把我上面讲的波恩的女医生和我右手的邻居梯罗医生算在里面。他们，这两位德国医生，仿佛来自古代，比如古代希腊。

古希腊的医神希波克拉底坚持认为，为医之道，是要模仿（mimesis）自然，自然为大，而医生只是自然的“助手”。“自然”（Physis）是自己生长的，所以为大，而身体也是“自然”之一种，医生呢，当然要有高明的“手艺”（techne），但这个“手艺”只是辅助性的，只是帮助身体这个“自然”达到自己的目的。

中国古代医道的身体观，又何尝不是这样呢？

可惜，希波克拉底式的身体观在哲学和科学时代里早被压制和遗忘了。所谓西医，所谓手术，所谓西药，在很大程度上都以“人是机器”的观念为前提。这种医术虽然传入中国不久，但在中国却被过度相信，甚至于被迷信了。

现在，欧洲的许多人醒悟过来了，开始抵抗技术的医术，恢复自然的医道。但有着悠久自然医道传统的中国人却仍然执迷于西方医术。

现在，我们相信手术和药物，甚于相信自己的身体。

我们手术，我们吃药。我们非如此不可吗？

试问：一个连自己的身体都不再相信的人，能通过手术和药物恢复自然身体吗？

2011年11月22日记于同济校内

看得见的空气看不见的水

——关于微粒2.5与环境激素

这是什么鬼话？空气看得见而水倒看不见么？确实如此，确实就是今天中国的可怕状况。如今在中国，本来不可见的空气变成可见的了，大家都看见了，叫它“霾”，是有毒的雾。其实呢，水也早就变得有毒了，其毒性不亚于空气，可能更甚于水，但水里的毒却是看不见的，反而让人们比较放心地喝着，放心地受了毒害。空气和水——看得见的空气看不见的水——如今在我们国家都成了难题，于是有人就提问：三十几年的经济发展就弄成这个样子了，值不？

先说空气。这个“霾”去年来过，今年又来了，明年还得来。我们日常汉语又令人悲哀地多了一个常用词，以前谁知道和讨论“霾”呀？但这个“霾”好像还不是本质性的，本质性的东西是造成“霾”的一种叫PM2.5的物质。什么是PM和PM2.5呢？

我去网上查询了一下，得出以下两条比较周全的相关解释：

其一，PM："PM，英文全称为particulate matter（颗粒物），大气中的固体或液体颗粒状物质。颗粒物可分为一次颗粒物和二次颗粒物。一次颗粒物是由天然污染源和人为污染源释放到大气中直接造成污染的颗粒物，例如土壤粒子、海盐粒子、燃烧烟尘，等等。二次颗粒物是由大气中某些污染气体组分（如二氧化硫、氮氧化物、碳氢化合物等）之间，或这些组分与大气中的正常组分（如氧气）之间通过光化学氧化反应、催化氧化反应或其他化学反应转化生成的颗粒物，例如二氧化硫转化生成硫酸盐。"

其二，PM2.5："PM2.5是指大气中直径小于或等于2.5微米的颗粒物，也称为可入肺颗粒物。虽然PM2.5只是地球大气成分中含量很少的组分，但它对空气质量和能见度等有重要的影响。PM2.5粒径小，富含大量的有毒、有害物质且在大气中的停留时间长、输送距离远，因而对人体健康和大气环境质量的影响更大。"

这里顺便要来插一句：为保护我们的母语起见，我强烈建议把PM2.5翻译为"微粒2.5"，否则以后这种外语缩写多了（已经太多了！），我们的汉语就要完蛋了。"微粒2.5"多好，粒子状的，吃着更有感觉些；若要说吃了PM2.5，有的人真不知道到底吃了啥，万一哪天吃死了，也是死个不明不白。

吃死？——我这既不是吓人，也不是吓自己，人家英国伦敦在20世纪50年代就因为雾霾死了上万人。当时的伦敦号称"雾都"。1952年12月5日至10日发生了严重的"伦敦烟雾事件"。严重到什么程度呢？据说歌剧院里正演着《茶花女》，但观众们竟然看不见舞台，只好中止了演出，散场。观众到街上一看，发现大白天就像伸手不见五指的黑夜了。在12月5日之后四天内，伦敦市因雾霾死了4 000人。人命关天，之后伦敦花了大力气来治理空气污染，直到20世纪80年代才有好转。

从伦敦以及西方国家的治污经验来看，由“微粒2.5”造成的雾霾要在中国大地上消失还早着呢。这时候我们怎么办？全逃伦敦去？那伦敦不又变回雾都了？虽然确实是西方工业把我们害的，但我还是不主张完全的逃跑主义，还得有点国际主义精神的。

还有水。现在大家集中关注空气，那个“霾”，那个“微粒2.5”，而水的问题相对而言被轻视了。其实水同样困难。去年从黄浦江上游漂下来上万头死猪，就有网友调侃说上海人幸福呀，能吃免费的排骨汤。内子焦急，问我这可怎么办呀？可怎么办呀？我说，我们没事，我们不喝黄浦江里的水，上海杨浦区的水是从长江取的，所以我们不吃排骨汤。她就稍稍放心了些。不过我接着告诉她：长江的水也一样，也有排骨或类排骨的东西在里面，除非你去南极跟企鹅同居。——不对，企鹅身上也被检出农药了，只不过它们身上的毒素比我们身上少了五六成，确实好多了。话到这儿，内子只好无语了。

水跟空气一样，是普遍流动的，是全球一体的。虽然目前有的地方水好些，有的地方水差些，但原则上，到最后必定会通过流通而达到平均态。如此想来，我们可真没必要逃跑了——因为实际上，我们无处可逃。

水的问题很多，而且比空气更能隐藏，因为它可以把毒素隐藏在土壤、食物、植物里面，因此其实危险更大。现在中国各地陆续发现了一些癌症村，指的是这些村庄比起别处来有高得多的癌症发病率和死亡率，而主因就是水和土壤的深度污染。但这是局部的毒害，水的主要问题是一种普遍存在的叫作“环境激素”的东西，可称为慢性毒素。这东西越来越厉害，由它带来的问题不只是死一些人的问题了，而是有可能导致人类作为物种或者作为“类”的整体变异。

此话怎么说？有这么严重么？有！主要由化工制品造成的环境激素已经给人类带来了致命的危害，甚至不光是人类，地球上全部动物都受到了危害。而且说来也怪，这环境激素的危害主要是针对雄性动物的。据科学研究，在过去半个世纪，包括男人在内的地球上的雄性动物的生殖能力已经降低了一半。在发达国家，成年男性因精子浓度过低而没有生育能力的比例已经达到25%左右；而刚刚真正开始工业化的中国，比如上海，根据前几年的数据，男性不育比例竟然也已经快到20%了！而且这个进程正在加速中。美国科幻片《人类之子》设计了一个镜头：2027年在英国，一个女人坐在轮椅上，随着她略显呆滞的眼神，镜头缓缓摇向对面墙上的一幅幅触目惊心的新闻图片——“不孕率达90%！”“18年来地球上没有一个婴儿出生！”这一场景虽然是科幻的，但可能终将成为现实。

主要由男人们开发出来的技术工业到头来要把男人毁掉，天命乎?

比较而言，我以为，看不见的水里的毒素恐怕比看得见的空气中的微粒更可怕——人类的体液环境已经全面恶化。

2013年12月7日记于沪上

反霾治污是每个人的事

本人的《上海应大幅减少出租车数量》一文在我自己的博客上公布后，被什么人弄到了别的什么地方，忽然点击量大增，而且有不少读者在文后留言评论，其中只有少数是赞成或同情的，也有的读者发表了自己的不同看法；而让人奇怪和恶心的是，居然有半数读者一上来就破口大骂，言辞不雅者居多。还有一位读者留言道：幸亏我不认识他（指本人）。——我觉得只有这位读者好玩，至少懂得幽默，其他不分青红皂白就骂人的货色都不是好货。

无论如何，我想我得做一个解释的，不然就难免误解，弄得我要跟市民过不去，或者要跟出租车司机们过不去似的。我哪里会有这般恶意呢？

首先我得申明，我自己不会开车，属于“打的族”，而且经常也苦于打的难。所以有网友说我是教授，肯定是开车的云云，实在是冤枉我了。既是“打的族”，为何要建议减少出租车数量呢？岂不是为自己添乱么？其实我以为，若以我的方案来做，打的应该更容易些，因为出租车的使用效率提高了，而且运行有序，市民可以电召，可以到最近的待车点等车，也不至于像现在这样乱哄哄任意地在马路边拦车，没个先来后到。当然我承认，我文中所谓“减少一半”，原是一个毛估估的说法，不一定当真，到底城市需要多少辆出租车，还得有一个细致的测算。但若按我的建议来做，相信出租车数量是可以有较大幅度降低的。

有的网友生气，是因为我竟然没有把矛头指向公务车和私家车，而是拿出租车开刀。我当然也主张要限制私家车，更要限制公务车。比如说我愿意建议，只允许每户人家购买一辆车，若有人要购第二辆，应对之征收环境税之类。国人中不少人喜欢炫富，比如我认识一位土豪，家里三口人，只有他会开车，但竟然买了三辆车。我们应该建议此类土豪用别的方式炫富，别用车子来张扬自己。另外就是公务车，最近中央高层已经有了安排，说要大幅缩减了；再说涉及“公务”，而我们的“公务”总归不太透明，让我们也没法议论呀。更为重要的，正如我估计的，从运行总量上看，上海市至少5万辆的出租车，大约已经超出了所有私家车的实际运行量。还有，私家车是私有财产，通过公权处置会有较大难度（其实上海市已经用征收车牌费的方式进行限制了），而出租车是公共交通，本来就属于政府行政管辖范围之内，政府可以根据城市交通体系发展、市民需求、环境压力等因素，对之做出通盘的规划。

我自然也承认，城市生活是一个整全的体系，哪怕是对某个局部的一点点改变，也都会触及全体。出租车的增减涉及方方面面的利益，需要细细权衡才好。这方面有许多课题值得深入研究，好比说，汽车尾气排放到底对空气污染产生了多大的影响？到底占到多大的比例？——有人说是一半，有人说是三分之一，现在还没有比较准确的数据。再有，出租车到底在这个排放量中占多大比例？我们也同样没有准确的估计。更艰难的是，若我们这个城市发动力量、采取措施，把交通污染和工业污染降了下来，但别处却没有相关行动，而空气又是流通的，那我们的努力岂不是白搭？据说太湖污染的治理就碰到了这样的难题，三省一市相互扯皮，使得治污工作变成一场口水战。

诸如此类的问题有太多。但显然不是我们无所作为的理由。莫非我们真的要像1952年12月的伦敦那样，死了多少多少人之后才来下决心吗？——其实我们离这一天也已经不远了，真的不远了。在反霾治污（空气污染和水污染）的艰巨工作中，我们的政府必须下定决心、加大投入，这是至关重要的，是政府的责任，但我以为，我们个人也要尽心尽力，改变我们的陋习，节制我们的生活，保护我们的家园。

治污是每个人的事，正如生活是每个人的事。而第一步，就是要发出我们的声音，提出我们的关切。正因此，我写了《看得见的空气看不见的水》和《上海应大幅减少出租车数量》之类的博文。我的想法和建议或有不妥之处，自然欢迎指正，因为公共事务本来就是要大家讨论的；而无聊之人的低级谩骂，大抵是不能让我沉默的。

2013年12月12日记于沪上

我们需要一种生态共通感*

主事者要我来讲讲中国古代的绿色环保意识。很遗憾我不是做中国古代哲学的，对古典思想不甚了了。我是做德国哲学研究的，而且做的是现代哲学（尼采、海德格尔），所以不可能不关注环保和生态的问题。实际上现在只要是个人，就都会关心这个问题。因为这个问题已经无处、无时不在了，而且特别棘手。至于中国古代的生态思想，我虽说不太懂，但既是中国的学者，大致的情况总是了解一些的。所以就来了。

我想从“生育难”的问题说起。我觉得这事已经特严重，而且会越来越严重。有数据表明，中国目前的不孕不育率已经接近15%，发达国家已经接近20%。在中国，事情有点搞笑了，大家都

* 本文系作者在同济大学中德学院与Friedrich Ebert Stiftung合办的“转变价值观，让环保酷起来”（Changing Value Structures: How to make green cool?）会议上的发言（2011年10月17日上午，中德学院）。

不会生小孩了，而政府还在限制大家生育。实际上人类正面临着致命的打击，速度在加快，可以说是“灭顶之灾”，据说到2027年，将有90%的育龄男子没能力生育了。到时候，男人们是不是都将变得跟泰国人妖似的？

育龄夫妇不孕不育的上升，主要是因为环境激素的影响，所以完完全全是工业化的后果。这东西太厉害了，今天已经充满全球，连南极的企鹅也不能幸免——按说，人家待在南极，招谁惹谁了？虽说欧洲国家完成工业化之后开始整治环境，目前看起来已经山清水秀，比如德国莱茵河里，竟然也有几条小鱼儿在水里游动了，但是环境激素还在，通过水和土壤不断摧残着人类身体。2 500年前，希腊哲学家柏拉图主张理想社会中生、养小孩的事最好由国家（城邦）管起来。他这个痴人说梦般的“理想”看来快要实现了。

我们现在已经可以确认一点：特别是20世纪以来，通过现代工业—技术，人类从加工和制造外部自然，转向对人类自身的加工和制造了；或者也可以说，人类加工外部自然的后果之一是人类对身体自然的改造。作为“类存在”，人类正处于前所未有的、整体性的、结果尚难以完全预测的（但多半被认为不妙的）变局当中。

对于技术文明及其困难，强势的技术专家们多半采取了乐观主义的态度，以为通过技术进步可以解决技术危害。与此相反，大多数人文学者则取了悲观主义态度。两者之间的裂痕正在日益扩大，基本处于相互不信任、不理睬的状态当中。在这种格局下，民众的心态就难免混乱了。这样很不好。

我本人对技术宰治下的人类现实和未来远景基本上持消极悲观态度，以为前程堪忧。但这并不意味着我会主张我们干脆可以无所作为，坐以待毙。相反，我愿意认同诗人荷尔德林的说法：哪里有“危”（Gefahr），哪里有“救”（Rettung）。

我们现在要做的是：形成共识、采取态度、付诸行动。你会说这有何难？现在谁不知道环境出问题了、生态危机了？确实，要形成简单的共识并不难，今天我们已经有了国际的环境和生态问题的讨论平台，通过讨论，我们也形成了相关的国际合作组织，制定了法律和条约。但要采取态度、付诸行动就难了。当我听说美国政府声称奶牛排出的废气比汽车废气更厉害，所以他们拒绝参加《京都协定》时，我就感觉滑稽和悲哀。而所谓“发展中国家”说，我们也知道环境和生态的重要性，但我们更需要发展，至少要“边发展边治理”——意思就是要“边破坏边治理”，说来还振振有词的。听起来也不免让人丧气。有了共识，没有姿态和行动，就仍旧没戏。

这种情况可能也表明我们的共识还是表层的，还没有真正深入人心，还没有真正成为人类的“共通感”（common sence）。如何唤起这种“环保、生态共通感”？我认为还得发掘和动用人类多元文明的思想文化资源。就多元文明而言，今天再来争论谁优谁劣已经没有意义（在我们这里已经争了一个半世纪），要紧的是从作为人类共同精神财富的多元文明中找出那些稳重的、有力的元素，以促进我所谓的“生态共通感”的形成。

这里我们只说中西（中国和欧洲）。今天在中国哲学界有一个比较一致的说法：欧洲哲学强调“主客分裂”，而中国传统文化强调“天人合一”。这个说法有一定的道理，但也容易被简单化。比方说，希腊人说的techne，至少就公元前5世纪之前，意义是与今天的技术很不相同的。古希腊人讲techne，赋予它mimesis（模仿、应合）的含义，人是“模仿”自然的，表明当时人与自然的关系还是一种归属关系，人对自然是有敬畏感的。但到近代以后，事情就变了。欧洲哲学家更多地讨论作为“对象”的自然。什么叫“对象”？就是“对立之象”。德国哲学家康德已经达到这样的识见：对象的存在在于它被表象，事物进入人类思维和认知范围内，成了“对象”，它才具有存在的意义。这是近代欧洲哲学的基本结论。喏，人与对象（自然）的对象关系被确定下来了。在此意义上，我们是可以说欧洲哲学强调“主客分裂”“主客对立”。

中国古代哲人的思想则与之大相径庭。上面所谓“天人合一”是儒家和道家共同的主张。庄子说：“天地与我并生，而万物与我为一。”荀子说：人“不与天争职”。天地人各有其位，各得其所，相通相应。进一步，中国古人强调自然（天地）与人类的阴阳调和。《淮南子》曰：“阴阳和，而万物生矣。”荀子曰：“天地合而生万物，阴阳接而变化起。”管子说：“和乃生，不和不生。”他们都是在强调阴阳协调、刚柔相济的和谐思想。我们自然可以从中提炼出一种主张人与自然和谐相济的生态思想。再就是“中庸之道”，所谓“执两端而用之”，这是中国古代思想的一个核心原理。中国古人不好走极端，多“尚中”，强调“无过无不及”。落实到人与自然关系上，中国古人讲的是“中和”理想，强调在事物之间不偏不倚的中和平衡，天人相应和统一。

我认为，“天人合一”思想体现了中国古人思想的一个基本特质，即：关联性。中国思想传统缺乏“超越性”维度，认为万物都是相互依存和相互关联的，人与天地也是相互依存和相互关联的。人生天地间，是归属于天地的，而不是超越于天地的。“文化大革命”时期的毛泽东号召国人跟天斗、跟地斗、跟人斗，是与中国古代思想格格不入的口号。

中国古代思想中无疑有许多生态和环保的主张及观念。但这并不意味着我们今天的中国人就特别有环保和生态的意识，情形可能恰恰相反。我们说技术文明的观念前提是近代欧洲的主客对立（人类与自然的对象性关系）自然观，也并不意味着欧洲历史上向来如此，也并不意味着今天的欧洲最缺乏生态观念，情形也可能恰恰相反。

这些都可以不争。今天我们面对不同民族的思想文化资源，若要形成我上面讲的“生态共通感”，我认为关键在于重新唤起一种“敬畏感”。欧洲古典时期（甚至包括中古时期）是有种敬畏感的，以“天人合一”思想来表现的中国古代思想也是有这种敬畏感的。表现在人与自然的关系上，所谓“敬畏感”意味着：人类得谦卑一点，承认自然的伟大，或者承认有比人类更强大的东西、对人类有规定作用的东西。比如说你坐飞机穿越沙漠，一小时两小时连续在沙漠上空飞，你从机窗俯视地面连绵不绝的沙丘，你不觉得自己就像一粒沙子那么渺小吗？比如说在地震中，有一个村庄掉到裂开的深渊中，然后裂口又闭上了，你不会觉得自然的强大吗？

进而，这种敬畏感也体现在人际伦理上。现代人的道德感越来越差和滥，是因为我们失掉了敬畏，失掉了报应的观念。在中国古代，强盗、妓女等下三流的“行当”也都有自己的“职业道德”，其中原因之一必定是：那时还有敬畏感和报应感。大概在20年前，在一个旅游胜地，一帮强盗抢人财物，抢劫后竟然还把人杀掉了，这在古代强盗那里是不可设想的。抢钱就是抢钱，怎么可以杀人呀？

现在，人类制造的技术正在报复人类。一切都加速运转起来了。无论是外部自然还是人本身的自然，一切都进入一种加速崩溃的节奏中了。这时候，我们只能期待一种节制的力量。作为第一步，我们需要一种“生态共通感”，而它的前提是：恢复一种对自然、对事物、对他者的敬畏。

生命的仪式

生命的仪式在我们这儿越来越成问题了，以至于我们已经不知道仪式对于生命和生活的意义了。这话说白了，意思就是说，我们越来越不知道怎么操办仪式了，比如婚礼大喜，比如死亡仪式；这话说大了，就是在中西、古今之间，我们已经乱了方寸，没了规矩，没法决定了。

我参加过几次城市人的婚礼，总的感觉是莫名其妙。花样很多，当然一律的固定项目是新郎新娘站在门口收礼金。其他内容则是各各不同，看各地流行什么了，但大抵都弄得跟电视秀节目或者卡拉OK似的，请一个油嘴滑舌的主持人（或专业公司的，或单位朋友和同仁），然后就开始生硬地搞笑——因为弄假，便只好搞笑，比如明明新郎新娘早就同居了（现在谁还等到结婚时才上床呀?），但主持人要“新人”（实为“旧人”）装，装成即将初试云雨的样子，表现出马上进洞房的羞涩和喜悦，这不太假吗？

另外的显著特点就是不中不西，不古不今。西装、领带、婚纱都是西方的，但也要一拜天地、二拜父母什么的。节目元素十分复杂。这也怪不得新人，更怪不得主持者。我们时代本身就不伦不类了，谁弄得清楚啊，只好随大流，或者好听点，只好“与时俱进”了。

结婚本是人生大事，所以要有隆重的仪式。但现在，传统仪式赖以成立的许多要素差不多都弱化了，甚至隐失了；而外来的，毕竟学起来快，用起来慢；又有些元素呢，是跟宗教背景相关，硬套起来，难免非驴非马。所以只好大杂烩了。

更麻烦的是死亡的仪式。死人的事是最大事，历来受到重视。这方面现在也出现了许多困难。城市里的套路相对比较简单和机械，连守灵之类的仪式也少见了；若是一般朋友或者同事的追悼仪式，则大概只是生者日常忙碌生活的一个小插曲，不说也罢。我是乡下人，这里主要来说说乡下的事。

我的老家在绍兴农村，离市区最远的南部山区（离绍兴城有40多公里路），应该属于四明山脉的北端。改革开放后，绍兴虽然是发达了，但我老家却是欠发达的。当年，也就是六七年前，我老外婆不幸去世，按她老人家的遗嘱，我们得给外婆做“道场”，要连做五天才完。我妈从附近村庄请来了几位道士先生，就在老外婆的灵堂里摆开了。

这道场仪式极复杂。我现在记得起来的情节不是太多了，只有少数印象特别深的。其中有个情节是：我们亲人们得围绕灵堂中间的台子转圈，然后跪拜，然后趴下去喝同一碗糖水。我觉得不卫生，但为了表达对老外婆的孝心，还是硬着头皮喝了一口。结果事后问我姨妈，她说你真傻呀，还真喝呀？——妈呀，看来我真是老实人一个。

另一个情节更可怕，叫“破地狱”。简单说，就是我们晚辈一干人围着台子跑，有个道士举着一把刀在后面追，你不能让道士追上，就得越跑越快。我带着几个表弟跑，前几圈还好，跑到后面，便头晕目眩了，差点昏倒。

我跟我妈说，外婆怎么要我们弄五天呢？我妈说，时间越长，表明我们排场越大，也表明我们越有孝心嘛。我说，但这样弄下去，我们活人也要折腾死了。我妈说，别瞎讲，忍忍就过去了。

我妈病重的时候，突然信了基督教（我们那儿叫“信耶稣”）。我一开始不明白，因为我妈是十几岁就加入共产党的，是老共产党员了。虽然没什么文化，但她对于我党是极其忠诚的。她为何突发奇想，信了耶稣呢？

个中原因，我是在我妈去世后才想明白的。她老人家在操办我老外婆的丧事时得出了一个经验：“信迷信”（我们老家农民们把一种佛、道混合的民间宗教叫“迷信”）的丧事做法有点恐怖，亲人们太受累，而且又费钱。老人家为儿辈考虑，就信了耶稣——她早就了解了，信耶稣的村民丧事就比较文明而简单。

我妈是为我好。她至死都不说原委，但我猜一定是这样。我直到现在也为我妈“信耶稣”而感到庆幸，她是对的。她重病时，教友们经常来给她做祷告，受到了文明的临终关怀；她虽然因病魔而受苦，但临死时十分安详；她的丧事也是简朴而不失隆重。

现代生活中的仪式感越来越稀薄了，恐怕并非好事。生命值得尊重，所以要有仪式。仪式对于生命的安排和生活的组织来说是特别重要的。但，我们还得分辨一下，什么是好的仪式，什么是较好的仪式，什么是不好的仪式，什么是较不好的仪式?

我的想法跟鲁迅先生一样：不论古今，无论中西，只要对我们当下的生活有积极意义的就是好的。

2011年12月15日于沪上新凤城

为什么我们最重大学同学情？*

1984年夏天，我们从浙江大学地质学系毕业，一晃已经30年过去了。人生苦短。人生是没有几个30年的。正因为这样，同学们才特别地珍惜毕业30年这样一个历史性的节点，才纷纷要从世界各地赶回母校相聚。

30年前的夏天，我们各奔前程。30年后的秋季，我们重聚杭城。我们都已年届半百，我们都变了样，然而不变的是大学同学情谊。

因为这次30年聚会活动越来越接近，我最近就在观察不同年龄层的交际特点，发现也就是我们这一代人，更准确地说，是我们20世纪60年代出生的几届大学生，最重视大学同学情谊。我们之前的那三届，因出生背景和年龄构成比较复杂，心思也比我们复杂，没我们单纯；我们之后的大学生们，特别是70年代后出生

---

* 本文系作者为《光荣与梦想——浙江大学地质八零毕业三十年纪念集》所写的前言。

的学生们，他们似乎更重视中学同学情。

我们不一样。我们有中学同学，也有研究生同学，但最喜欢纪念大学同学。我个人早就脱离了大学专业，去做了不着边际的哲学，后来自然也有了硕士生同学和博士生同学，但向来只愿意跟地质专业的大学同学玩。

这是为何呢？为什么我们60年代的学子最重大学情？

社会上有过一个说法：比较20世纪50、60、70、80年代人，以60年代出生的人们最幸福，原因主要有如下几条：没下乡插过队（但多半就出生在乡下呀！），没遇上重大战争（其实也有过一场越战），赶上了高考（但升学率多么可怜！），上学是免费的（这好像是真的），毕业后工作是有分配的（但多不自由呀！），赶上了福利分房（这是对的，但得益因人而异），恋爱是认真的（发育迟晚就不说了？），小孩吃的是无毒的奶（看有没有及时要小孩），等等。

上列几条理由均可反驳（我在括号中已给予质疑）。我个人愿意强调的是，我们60年代人也有自己的局限，也有自己的痛苦，举其要者有三条：数量大、发育晚、未开化。它们构成了我们这一代人的特殊性。

60年代初出生者众，为何？是因为我们的父母一辈刚刚从“三年困难时期”中恢复过来，好歹有了一点点体力，于是开始集中生育。稍有温饱即开始大生产，这是中国农民的特点。当时也还没有“计划生育”一说，加上毛泽东1956年就高调主张“人多力量大”，于是在60年代初就来了一次“人口大放量”。我老家当时只有四十几户人家，但跟我同龄的竟然有十五六人。同龄人多，都想跳出农门，但机会少而又少。记得当年（1980年）全国高考录取率是4%，而我们公社中学两个班约100人参加高考，仅有两人上线。

也因为同龄人多（原因之一），20世纪60年代和70年代中国农村普遍口粮不足，生活水准低下，于是我们这一代人少年时多半营养不良。营养不良又要拼命读书，自然就造成了我们不良的发育状态。1980年进大学时我已经17岁，身高仅162公分，靠着大学里的油水补长了11公分（不然就要“残废”了）。而我可能不是补长得最多的，据我所知，同室的陈联儿同学好像比我长得更多些。如此状况，能说我们这代人有多幸福吗（有必要指出，由于城乡之别，我们当中城里出生的同学的发育情况就比我们乡下人好多了，但他们不占多数）？

身体若此，心智上自然也跟不上。我们（尤其是农家弟子们）当年差不多是懵懵懂懂地走进大学的，虽然考了个不错的成绩，但对外部世界的事与物所知甚少，也多半情窦未开，不谙风情，基本上是未开化的一批少年。可以说，我们大部分同学是在大学四年里完成心智塑造和培养的。虽然毕业前已经有一些较早熟的男女同学开始恋爱，但更多的是毕业以后不断被爆出来的。可能还有未被揭发出来的男女暗恋。现在回头看，此事甚妙，仿佛挺有诗意似的，但我们断断不能忘了特殊年代的一代少男少女的压抑和苦闷。——我们浪费和蹉跎了多少青春啊？

上面讲的三条，决定了我们这一代人的身心两个方面的时代性缺陷，从而也决定了我们这一代人会特别地重视大学同学情，因为如上所述，无论是身还是心，我们正是在大学里才完成本该在中学阶段完成的发育过程，从而对于我们来说，大学时代就成了一种刻骨铭心的开端性记忆，无法轻易消磨掉。

大学四年，也就是1 460天，如果除掉寒暑假期，同学们待在一起的日子不会超过1 200天。真的不算太多。但对我们这一代人来说，那是一个非同寻常的时期，一个对于身心都有深刻烙印的迟到的成长期。

无论我们是不是“最幸运的一代”，我愿意说：我们相遇并且同学，就是最大的幸运。

是为序。

2014年7月1日记于贵州安顺

2014年8月28日再记

父与子的故事

我有两个好朋友，跟我讲过两个故事，都是跟儿子斗争的故事，一直觉得很有趣味，兹记录如下。

黄姓朋友有个儿子，当时15岁，初中生。小黄人长得英俊高大，比大黄好看，也高大了许多。对此大黄是引为自豪的。但小黄当时的成绩不够好，快到“中考”了，大黄不免有点着急了。有一回小黄考试结束，大黄去学校接小黄，在路上问小黄：考得怎样啊？小黄正不高兴呢，就跟大黄顶了起来。大黄就斥骂小黄。小黄突然间大喊一声，向前狂奔起来，一口气奔回了家。等大黄回到家里，问小黄：你为何狂奔呀？发神经呀？小黄此时已经缓过气来，说：我不奔，就要揍你了！——大黄愕然。

我跟大黄说：侄儿不错呀，还有点儿教养嘛。

另一位杨姓朋友，香港土著，也有个儿子，如今已经上大学了。大杨自己长得偏矮胖，看起来极有福相；小杨呢，长成高个儿，且一表人才。等儿子长到十四五岁，大杨就让他去练跆拳道，且练成了几个级别。小杨当时大概是读高中一年级，居然就谈上了恋爱。有一天放学回家，跟大杨说：“老爸，我拍拖了。”口气有点随意，但又有点像外交辞令，官方照会告知一类的。大杨一时没反应过来，有点不知所措。吃饭时，大杨盯着小杨，心里想：真不该让你去练什么跆拳道啊。

我跟大杨说：侄儿不错呀，比我们先进多了。

父与子，代际之间，关系真的很复杂。上一代老去，下一代起来，冲突是难免的。上一代有阅历但失了活力，慢慢地主要靠回忆度日，靠对记忆的展示生活；下一代少经验但充满活力，敢于想象和创造，终归要取代上一代。上一代要的是尊重和地位，下一代要的是理解和宽容。而无论如何，不论父子，重要的都是确认代际差异。

2013年1月20日记于沪上

狗的忠诚和责任

三年前我家养过一只狗，是黄色的拉布拉多，雌性。我一向不赞成养什么宠物，不是不喜欢，而是怕烦。无奈女儿特喜欢动物，而我呢，有时心软，不免要顺着女儿的意思。这狗，就是趁我心软的时候溜进我们家的。

这狗小时候，是同一小区一户人家养的，那家女主人生了小孩，没心思管狗了，就说要送人。女儿经常去那户人家院子里送东西给小狗吃，每天都带狗在小区里玩，于是，狗就只听她的了；有时，女儿也把狗带到家门口来，但我和太太都没让它进家门。

女儿就闹情绪，说多可爱啊，你们这些没狗心的。我说，你不废话吗？

有一回，我们全家去大连旅游，女儿一路上仍旧念念叨叨地说着她的“乐克”（Lucky，女儿刚给小狗起的名），我听烦了，就说，过几天我们回家，如果那狗等在家门口，我就让你收养它；若没有，以后你就不许烦了。女儿说，好，一言为定，拉钩！

等我们回家的时候，大概晚上8点，我一看家门口没狗，放心了，乐了。女儿很是不高兴。这时候，对面老伯出来了，说，你们不在时，乐克天天都到你们家门口等，每天来几次，今天也是刚刚才回去，它真跟你们家有缘分的！

我心想，这回完了，民意都出来了。心一软，就同意收养乐克了——毕竟，我小时候也是养过狗的。

乐克就这样进了我们家门。一开始，它特乖，知道我和太太不希望它进家里，就只在客厅门口两平米左右的范围内活动，你叫它，它都不进来。后来，它一步一步地扩大了自己的地盘；再后来，它就把客厅和地下室都占领了，并且开始捣乱，开始咬它认为可以咬的东西，报纸啊，地毯啊，木头凳子和桌子的腿啊。总之是要把我们家弄成狗窝。

我有点后悔自己的心软了。

但它确实也有一些可爱之处。每次下班回家，在门口候着我的，一定是乐克，让我顿觉温暖。每次捣蛋后，我把它叫过来，瞪着它，它就耷拉着脑袋向我认错，仿佛说，我也是没办法啊，管不住自己呀。长到一岁光景，它竟然能算算术了，知道1+2＝3了。

这狗就这样在我们家住着了。

事情出在后面。我家右手的邻居家养了一只博美狗，小小的，长相不敢恭维，而且特别凶狠，经常在小区里狂吠，追人，可以说是人人讨厌的东西。主人呢，也并不管理。有一回我出门，这只博美刚好在路上，追我，咬住我的裤管，我愤怒，转身踢了它一脚，邻居老太太在一边，居然也不吱声的。

这只博美实在不美。

我家乐克长成以后，模子较大，挺威风的，开始时它也并不理睬邻居那只博美狗，意思好像是：小样，你那算啥？但有一天傍晚，我女儿放学回家，走到家门口的道路上，那只正在家门口的博美狗就追咬过来，这时，乐克就生气了，冲上前去，一下把博美狗扑倒在地上了。我没有亲见，未知原委。据女儿说，乐克只是把博美狗压在身下，并没咬它；邻居老太太说，不但扑倒了，而且咬它了。此事也没法让公安来侦破，就成了悬案。

无论如何，邻居那博美狗从此有三个月没敢出门。邻居老太太很是生气；而其他的邻居们都夸奖我家乐克，说它做了一件好事，是只好狗。

但我就苦了。为了不破坏邻里关系，我决定把我家院子围起来，再给乐克做个狗屋。这项工程花去了我整整2万元！

事还没完呢——更可怕的还在后面。有一回我在北京出差，我太太给我电话，说不好了，出事了。我说什么呀？她说，我家乐克把人家博美狗咬死了！我一听就懵了。

第二天回到家里，我了解了事情经过。原来我家阿姨买菜回来，开了院子的门，刚开一条缝，乐克就硬生生挤了出去，直奔邻居家的后门（那博美狗不敢从正门出来，那天正好偷偷在后门放风呢），只听那边传来一阵撕咬声，等我家阿姨赶过去，那博美狗已经躺在血泊中了。随后，我太太开着车，邻居老太太，我家阿姨，一起把博美狗送往狗医院，但终因流血过多，不治而亡！

事发后，乐克躲在狗屋里，好几天没敢出来。我去狗屋前唤它，它也死活不出来——它知道自己犯事了。

没办法，我决定把狗送走。我弟弟开了车来，准备接它去乡下。临走前，我跟乐克交代说，你已长大成狗，快两岁了，如果是人就已经是公民了，是要对自己的行为负责任的，对不？人家博美狗你不喜欢，可以，但人家也是狗哪，再坏，也不该死吧？你也不至于咬死它，对不？

乐克耷拉着脑袋，也不敢看我，仿佛在说，我晓得了，你惩罚我吧。在女儿的眼泪中，乐克乖乖地上了我弟弟的车，走了。

最后，我最倒霉，赔了邻居家3 000元。

大约过了八九个月，我弟弟告诉我，乐克生完5只小狗后，有一回在外面溜达，被当地农民打死吃掉了。——这个结局，我们一直没敢告诉女儿。

2011年12月12日记于北京

只有真实的生活才可能是稳靠的*

各位新同学，各位老师，大家早上好！今天是一个好日子，原因有几条：其一，各位是我院建院70周年、复院10周年之际进校的学生，时机特别好，也是我们搬到今天这幢新楼以后迎来的第一批新生。搬入新楼意味着我院的办学条件改善了，比以前好多了。其二，我院第一次实现了我们设想的招生计划。今年我们招了96位本科生，101位研究生，其中29位博士生，72位硕士生，基本上实现了我几年前提出的目标，就是：每年招100名本科生，100名硕士生和博士生。人多总归是兴旺的表现。其三，你们进校才三四天时间，就经历了两位校长，原来的校长裴钢教授刚刚给你们讲完话，新校长钟志华教授就来了。四天俩校长，谁有这

---

* 本文系作者2016年9月8日上午9点30分在人文学院开学典礼上的即兴讲话，事后记录，但只记了个大概。

么好的运气呢？我到同济工作14年了，也只是经历了四个校长而已。还有，再过十天八天的，我们学院院长也要换了，本人也要被免掉了，新院长其实已经坐在下面了，是这位年轻有为的叶隽教授。本来我们想在校长更换前把这事办了，也省得我今天来致辞了，但因为某种外部的技术原因，竟被校长们抢了先。

刚刚我讲了今天是个好日子，但我们这个时代却未必特别让人放心。我们这个时代差不多是“乱、虚、急”的时代，一个乱哄哄、空洞洞、急吼吼的时代。今年7月我住在德国柏林，22号慕尼黑恐怖袭击，23号一大早我就收到一位法国老朋友的微信：别在欧洲乱跑了，快点回国买点小酒自己喝去吧。德国是我一直认为相当安定和安全的国家，但当时一周内发生多起暴力恐怖事件，谁不紧张呀？出门都提心吊胆、东张西望的。其实从去年开始我就感觉不好了，去年2月在从德国到法国的路上，我和太太的钱包全给偷了——你偷就偷，给我们留下一个好吗？或者，帮帮忙，把证和卡留下好吗？

中国似乎要好些，但也有一些十分不好的情况。据我所知，今年中国大学新生中，被电信诈骗谋杀的学生不少于三位，这好像是往年不曾有过的。在座各位不错，没有上当受骗，当然不用自杀，相信大家也不至于如此脆弱。我自己经常不敢接陌生电话，这几天有个电话是山东临沂打来的，老是打，我就是不接，后来心想是革命老区来的电话，不一定是骗子吧？接起来，才知道是给我送快递的，是印刷厂送来的几箱新书。快递公司说：先生帮忙啊，我们的车子绕你们同济三天了，你就是不接电话。我说我以为你是骗子。——各位看看，这都是什么状况？

至于“虚”，我不知道怎么准确地描述之。总的来说，我们今天的人类生活越来越虚空了，“虚拟与虚无”已经是当下人类生存状态的基本标识。前两天女儿问我：啥叫“虚拟时代”呀？我也不知道怎么确切地跟她说。想了想，最后我说：我们以前没事干的时候可以数钱啊，数钱多快乐呀？厚厚一沓，感觉多好，多有质感，但现在我们连这样的快乐也没有了——这就是虚拟时代。

还有就是“急”。我想各位都能体会到的。尤其在上海这样的大城市，每个人行色匆匆，弄得都是总理或者老板似的，急吼吼地说话，急吼吼地办事。大学应该是最宁静的场所，现在也成了热闹无比的地方。今天技术的发展越来越清楚地表明：人类正在加速度地走向一种新状态，可能是一种非人的状态。但真要这样，也不用如此拼命和急色吧？

在这样一个纷乱、虚空和急色的时代里，人文科学是可以派上用场的。去年的迎新大会我没有赶上，让刘日明教授代念了一下我的迎新祝词，题目叫《历史的、批判的与未来的人文科学》。现在网上还可查到的。这是我对人文科学的特性的基本规定。今天我不想重复这种讨论，而只想进一步来说说人文科学的好处。我也把它概括为三点：好脑子、好趣味和好表达。以我这种理解，人文科学可以说是“三好学问”。

脑子好不好使，这事情太重要了。据说现在人群中的精神病患者的比例是相当高了，而且有越来越高的趋势，就是脑子不好使的人越来越多了，所以我们要在人文学院建设一个心理学系，是专门给人看心病的。当我说人文科学具有历史感、批判性和未来性时，我是想表明人文科学是一门整体性的学问，把人类的过去、当前和将来都关照到了，把古今中外的文化和思想方式都考虑到了。只有在这样丰富而多样的思考基础上，才可能有好的脑子。脑子不好，是因为偏狭而没有宽广的视野，固执而没有自由的思想，直向而不会转弯。以前有个搞工程的领导，人蛮好，但到我们院里，说到哲学和社会学的学科建设，就指示我们以后要以"汽车社会学"为重点。我当时真想把他赶出去。

其次是好趣味。平常我们像猪一样活着，平淡而无趣，当然也不错，也没什么问题。技术商业机制的运作更加重了人类日常生活的平均和同质。这时候，强调个体异质性和特殊性的人文科学，却能为我们的生活增加一点儿亮色和趣味，让我们感觉到人类文化不一样的可能性，人类生活中不一样的意义——这又何乐而不为呢？好趣味难得，越来越难得，幸亏我们还有艺术，还有文学，还有哲学在。

最后是好表达，也就是好好说话和优美写作的能力，我以为主要也得靠人文科学来培养。在今天这个普遍交往的时代里，我们经常要感动，也经常需要打动别人。如果一个人既不会感动，也不会打动别人，那么这个人差不多已经到了自闭和抑郁的状态，就有点危险了。但如何感动、被什么感动，大概是一个趣味问题，而如何打动别人则是一个表达问题。人文科学的学习和训练，根本上也是一个表达的训练。

好了，我已经说太多了。好脑子、好趣味和好表达，是人文科学的意义和好处所在。各位来到人文学院，不论出于什么动机，都得先来想一想：什么是人文科学？在今天这样一个普遍非人文的时代里为何要学人文科学？以上是我给出的回答，也是我经常愿意重复的，可供各位参考。

最后我想说的是，无论人文科学有什么用场，或者无论我们对于人文科学有什么期待，好的脑子也罢，好的趣味也罢，好的表达也罢，关键却只有一点，就是要追求真实。我这里故意不说“真理”而说“真实”。“真理”也许太高、太大了，因此经常不可接近，也经常走向它的反面。多少虚假和谎言顶着“真理”美名？“真实”却可以是具体细微的，是时时要在生活的细部来体会和实行的。在今天这个“乱、虚、急”的时代里，真实尤其难得，也尤其难守。我们常常处于政治和理论的谎言中，我们也常常要面对科技专家们为我们提供的相互矛盾的判断，今天的专家们一会儿说智能机器人马上要消灭人类了，一会儿又说人类马上能克服衰老基因了，就要长生不老了。我们因此经常不明真相，不知所措，仓皇不安，这时候我们就需要反思，需要批判，需要重新定位。我想，在这个时代里，人文科学能够带给我们的，正是这样一种追求真实的精神定力。

追求真实，做一个真实的人，这听起来容易，其实却是一个很高的要求了。但不论多难，我们都得为此而努力，因为我想，只有真实的生活才可能是稳靠的生活，也才可能是快乐的生活。

谢谢大家，祝福大家。

2016年9月9日晚记于青岛

你说这世界上最美好的是什么？*

一头长发（拿到照片时，发现长发没有了），一口绍兴普通话，这几乎成了孙周兴的标志。“我的普通话不好，是另有原因的，但不能被认为是不会好好说话。但要把话说好，固然并非易事。我们知道，就西方来说，哲学在起源上就是从辩论开始的。所谓的‘智者’是教人说话的。”

说这话的，依然是操着浓重绍兴口音的孙周兴。但没有人认为他不会说话。“我们这个时代，论辩的需要前所未有地高涨，人人都需要替自己主张，替自己辩护，要说服他人。这时候，我们却发现没有人来教人说话，这简直是要命。所以我认为，需要把哲学的原初的职能恢复起来。哲学能教人好好说话。天下道理

---

* 本文系作者2014年5月23日下午在上海市七宝中学讲的哲学课内容，根据《星期日周刊》记者王崇女士编辑整理的稿子修改而成。

多，哲学使人明理，而且能教人把理说清楚——这是多好的事！”

孙周兴是同济大学人文学院的院长，哲学教授。他说这番话的时候，讲台下坐着的是平均年龄在16岁左右的七宝中学的高中生。他想告诉这些年轻人，为什么年轻人需要学习哲学，哲学究竟有什么用。

话音刚落，一个学生站起来提问：“孙老师您好。我们知道您主要研究海德格尔，在查阅资料后我们了解到海德格尔和很多同时代的学者一样，支持甚至加入过纳粹党。为什么在哲学方面有如此见地的他，会在基本的道德问题上与大众分道扬镳，是其个人的存在主义思想使然，还是当时的民族情绪作祟呢？”

孙周兴听到这个提问后，大呼意外。

以下文字编辑整理自孙周兴对中学生的讲座内容，感谢七宝中学、九久读书人对本文的帮助与支持。

我为什么要用这样的篇幅摘登孙周兴教授的讲座？

不止一次在不同场合被问到这样的问题：我的孩子15岁了，但他不太喜欢学习，只喜欢打电脑游戏，我该怎么办？

我的回答是，如果学的都不是他喜欢的、主动的选择，那么打游戏是他唯一缓解紧张而又无趣生活的手段。但我并不认为打游戏是好的解决方案。我的方案是：让你的孩子去学习哲学吧，或者带他们去见见哲学教授。14岁以后的青少年，他们需要与智慧连接，需要思考人从哪里来这样的命题。否则，他们的人生很难找到定位。

这就是为什么当我看到孙周兴教授的讲座后，心里喜悦。真诚地希望孙周兴教授及更多大学里优秀的哲学老师，到青少年身边，给他们上上哲学课。因为哲学课应该成为思考人生，以及在这样的思考里锻炼思考能力的一门课，它理所当然应该成为高中生和大学生的必修课。

但是，我也非常清楚，思考必须是自主的、独立的。好的老师就是帮助年轻人思考他们本来就想思考的问题，而不是给他们增加课业负担。

因为哲学不是知识。

感谢孙周兴教授，我个人有幸听过他的讲座，非常有趣，透着天真。希望有更多青少年可以接触到他。是谓对孙教授服务青少年的一个邀请。

哲学真的不是少年的事情吗？

这是我第一次到中学里讲哲学，所以有点不知道从哪里讲起。但是接到邀请我还是马上答应了，一个是想第一次总归要走出去的，第二个我还是觉得现在的年轻人跟我们那时候不一样，你们的心智成熟得比较早。

我记得两年前有一个浙江的高中生来找我，他读了很多哲学，各方面都很优秀，但是他父母亲认为，这个小孩可能精神上有点问题。为什么这么说呢？因为这个小孩表现得很有意思，他每个星期回家一趟，都要给爸爸妈妈一本哲学书，说下个星期回来要跟他们讨论。他爸爸妈妈都是初中毕业，他妈妈大概只会读武侠小说，叫他们学哲学，难度很大。于是他爸爸就认为这小孩肯定是精神上出问题了。他们把这个孩子带到我这儿，让我看看这个小孩是不是脑子有问题了。

我先跟他们吃饭，因为是自家老乡。吃饭时我就跟这个小孩谈哲学，让我大吃一惊：他读的书，大概是我们大部分硕士研究生和少数博士研究生的阅读量。但当时我跟他讲，以后不允许用哲学去毒害爸爸妈妈了，爸爸妈妈多可怜，要做生意供你读书，你还要让他们读哲学，这是难度很大的事情。这个小孩现在已经如愿以偿，在北京读哲学了。我可以预计他以后会有点名堂。

所以这个事情很怪异。我以前一直认为哲学是成人的事情，不是少年的事情。为什么呢？因为哲学的思考总是跟我们的生活当中比较阴沉的、比较痛苦的甚至比较悲伤的经验和感受联系在一起的。彻底的哲学思考是跟生死的思考、关于死的思考联系在一起的。

伟大的哲学家尼采在他的书里面讲过这样一个故事：古希腊神话里面有一个叫昔勒尼的神，是酒神狄奥尼索斯的老师，据说他知道人世间最好的东西是什么。当时有个国王就想办法把他抓来，问他："你说这世界上最美好的是什么？"昔勒尼回答说：世界上最美好的事情是你已经得不到了的，就是不要出生。国王又问：那么次好的呢？昔勒尼说：次好的事情你可以做到，但你不愿意，就是快快死掉。

这个传说很有意思。人世间最好的事是不要出生，次好的是快快死掉。那什么是最不好的呢？不用问，就是"活着"。

尼采当时26岁，已经是瑞士巴塞尔大学的教授。尼采是语文学教授，但他对语文学没有多大兴趣，爱思考哲学。他思考的第一个哲学问题就是这样的问题：人生是如此短暂痛苦，面临着死亡极限，又苦多乐少，那么为什么我们要活下去？还有一个问题是，人生当中那么多细节都是不断地在重复，我们每天在重复同样的事情，我们为什么要重复？

这两个问题，一个是人生如此短暂和痛苦，另一个是人生如此无聊地不断重复，那为什么我们要活下去？这是哲学最基本的问题。这个问题似乎跟在座的年轻人关系不大。你们这些少年们的生活是高调的、欢快的，而哲学需要一种低沉的，甚至是阴沉的情绪。这是我现在讲的第一点，这一点不好再探讨下去了，因为也许听上去，这和我们今天的主题“中学生学哲学”产生矛盾了，好像变成要我来讲“中学生应该少学哲学”了。

为什么中国的年轻人不喜欢哲学？

在同济大学哲学系有一个状况很奇怪：本科生每年只有少数几个人报考我们哲学系；但考我们哲学系硕士研究生的就多了，大概3至5个考生里录取一个；博士就更难考，我们今年招16个博士生，一共130人报名，比考大学难多了。本科没人念，博士挤破头。国内其他大学的哲学系大致也是这样。为什么愿意读哲学的成年人越来越多？我自己今年招一个博士生，年龄比我还大些，特别好。

为什么现在的年轻人不喜欢哲学？不喜欢这门伟大的智慧之学？刚才我已经讲了第一个原因。第二个原因，我认为是我们的教育制度。我们的教育是“应试教育”，是为了考试而不是为了人，这是最大的问题。

让我举个例子。2000年，我在德国住着，邻居是一个医生家庭。有一天这位医生的小孩碰到我，跟我说：“孙先生，我有一个工作室，非常想带你参观一下。”那男孩是一名高一学生，跟在座的同学们一样大。我跟他去了他们家的阁楼，就是他的工作室，那场景让我感到无比惊奇：整个阁楼都是他的工作室，宽大的桌面上，他用火柴棍大小的铁轨拼起一个全德国的铁路系统，而且是电气化的。他问我想去哪里？我说去慕尼黑，他一按开关，火车就开动了。我当时跟他说：你已经不用上大学，已经是一个伟大的电气工程师。

德国的学生，从幼儿园到高中都是上午上学下午游戏。下午不上课，学生们自己玩。你们想一想，德国这个民族，小孩子只上半天学，但出了100多个诺贝尔奖获得者，算上德裔在美国的有200个之多，是所有民族里拿诺贝尔奖最多的。但他们好像很不用功，不用功到这个地步——只上半天学！

我们这儿呢？我们的基础教育阶段的学习，我把它叫作“过度学习”：在不该拼命读书的年纪拼命读书，而一旦成功考进大学，就觉得“我终于解放了”，就不再读书了。实际上大学里才应该拼命地读书啊。你们现在是长身体的时候，不该拼命读书。所以我们完全搞错了，我们在不该读书的时候读了太多的书，到了大学里反而不再读书。

现在出了什么状况？在大学里，“学风”已经变成了一个大问题。学生们想着我们从幼儿园开始到高中，十几年寒窗苦读，多可怜呀，上了大学，还不让我们放松一下？关键还在于，在我所谓“过度学习”的基础教育阶段，同学们多半没有培养出学习的兴趣和能力，而是天天在刷题。——这样下去，我们的民族要出问题的。

所以在这个体系里 ，一切都是为了应试，根本不可能有哲学的位置 。

还有我们到今天为止，我们的社会依然没有形成良好的自由讨论的空间。而哲学是需要独立思考、自由思考的学问。没有一个自由讨论的空间，就没有哲学的位置。

我不知道七宝中学是不是这样，单说我女儿。我印象特别深的一件事：她小学时候特别喜欢写作，喜欢“叙事”。“叙事”就是讲故事，是人的天性之一，人都喜欢讲故事。但两个学期下来她就失了兴趣，因为老师总是否定她写的文章，说她没有跟社会主义道德、共产主义理想结合起来。一个小学生，怎么可能把一件小事、一个小故事跟共产主义理想联系起来呀？社会主义、共产主义当然好，但小孩子还吃不消，他们幼小的心灵还不可能理解十分抽象的概念。现在她只好画画去了。

哲学的现状还有一个原因。从延安时期开始，哲学被弄成“大众哲学”；在“文化大革命”中，哲学更被降为一种“农民哲学”，十分要命。

在某种意义上，哲学当然需要通俗化，但你把它变成一种庸俗的东西就麻烦了。我们延安时期把哲学搞成大众哲学，到“文革”的时候把它搞成农民哲学，甚至有“哲学村”，有大妈学哲学，等等。于是现在的状况是什么？我每次在路上或在外面碰到一个不相干的人，问我干什么的？我说搞哲学的。他第一个反应就是：“哦，搞政治的。”你们看这都是什么呀？人们已经对哲学失去了正确的判断，不知道哲学是什么东西了。

三道有趣的法国高中哲学考试题

所以我感觉，无论从制度、风气来说，还是从年龄来说，我们的中学生离哲学都很远。但这并不是说我们不需要哲学。

大概现在只有一个国家是把哲学作为高考的一个科目，那就是法国。其实法国没有“高考”，而是叫中学“会考”。“会考”是什么意思呢？就是高中毕业的时候参加一个考试，拿到毕业证书以后，你在任何年龄，哪怕你已经68岁了，都可以去大学注册上学。这是比较通行的做法。就是说公民只要有高中毕业证书，无论什么时候想申请上大学都是可以的。当然大学要不要你是另外一回事情。

我记得法国2010年的哲学考试题目中有如下三题：

第一个题目叫作：“追求真理是不是可能没有利害关系？”

第二个题目叫作：“艺术是不是可以没有规则？”

第三个问题更悬了：给出托马斯·阿奎那的一段话，请你解释一下。

这些考题，我认为拿来作为我们硕士研究生的考试题目一点都没有问题。

第一个问题是：“真理是不是可能没有利害关系？”我可以这么来表达：追求真理是不是可以没有功利心？古希腊哲学家亚里士多德说“求知是人的天性”，追求真理是人的天性。追求真理就是追求真相，你想把某个事情弄弄清楚，这样一种冲动是我们每个人的天性。但到现在，这种天性、这种传统，不断地受到了怀疑。现在我们总是认为，人同时还是个功利的动物，我们要赚钱，我们要养家糊口，我们要讨生活。万一你在追求真理的过程中，跟你功利的目标发生了冲突，该怎么办？是“真理至上”还是“功利至上”？所以，现在跟学生讨论这个问题是太有意义了。以前恐怕不需要讨论，以前人们认为追求真理就是人的天性。现在人堕落了，老想着追求真理很好，但我要生存，要活下去呀，这两个事情在冲突的时候该怎么判断？这变成一个重大的问题。

第二个问题也很有意思。去过法国你就知道，法国是很有艺术味的。第二次世界大战后，西方出现了当代艺术。当代艺术颠覆了传统的艺术概念，认为传统艺术的定义是有问题的。它首先拆除了艺术品与现成品的区别。另外出现了一些新的艺术样式。今天什么都可以成为艺术，行为和观念也可以成为艺术了。我摆一个POSE都可能成为艺术。这时候就出现了一个问题：“艺术是不是可以没有规则？”年轻人需要了解当代艺术的变化和状况。

第三个问题更是专业了。托马斯·阿奎那是中世纪伟大的基督教神学家，他的那段话在我们这儿是需要专业人士来解释的，当然在欧洲情形会有所不同。

为什么法国中学生必须通过哲学考试？

所以你们看，法国的高中生就是这样的。我觉得这些问题都不错，多半是从当代生活中引出来的。这几个题目中，请学生任意选做一个问题，我觉得特别有意思。

我们一般认为哲学首屈一指的强国是德国，有那么多重要的大哲学家，比如康德、黑格尔、马克思、尼采、海德格尔……而对我们中国现代社会影响最大的、对我们今天的生活影响最大的三个哲学家都是德国人，第一个是马克思，第二个是尼采，第三个是海德格尔。但是在第二次世界大战以后，形势有变化，世界上哲学最强的恐怕是法国了，法国出了一大批有世界影响力的哲学家。原因之一，是他们的哲学教育从中学就开始了。

有一个法国哲学家解释过，为什么法国的中学生必须学哲学，为什么法国的学生必须要通过哲学考试，才能拿到毕业证书。他认为，就像游泳需要教，思考同样也是需要训练的，批判性的思考需要训练。

这个想法听起来很简单，就是说：独立思考的能力必须经过训练和教育的过程才可能达到，我们自身还达不到。这个想法比较接近于17世纪以后启蒙运动的基本想法。康德对“启蒙”下了个定义：人要独立思考，而独立思考的前提是“自由思考”；也就是说，没有自由空间，就不能够进行独立的思考。你们可以看到这种启蒙精神，今天依然影响了欧洲教育体系的构造，包括课程设置、教学方式等。这是启蒙的要求。

我觉得“哲学”这个学问，大概有三个特点：

第一，就是刚才讲的独立的、自由的思考，是彻底的、批判的思考。

第二，哲学是大尺度的思考，要思考的是这个世界的大道理，我们生活中的大道理。每门科学都得讲道理，但哲学讲的道理是大尺度的，是最大的道理。

第三，哲学是一种有高度想象力的思考。我认为对现代人来说，这是必备的基本素质。

哲学到底有什么用?

大概2012年，我在南开大学做了一个发言，讲“哲学到底有什么用?”我讲了哲学的三大用处：

第一个是“哲学教人不死”。历史上没有一个哲学家是自杀的。大家知道别的行业，包括文学家、艺术家等，经常会有自杀现象，但历史上的哲学家没有一个自杀的。这是为什么？我想是跟哲学的特性相关的。古希腊的哲学家苏格拉底就说，哲学是“练习死亡”。什么叫“练习死亡”？就是要把生死的事情想得很彻底，经常去思考自己最后的可能性。哲学是指向可能性的，但有一个可能性是每个人都回避不了的，就是死亡。所以哲学家因为把这个生死问题想得差不多了，最后想着想着就不想死了。

第二个是“哲学让人脑子清楚”。这点也很简单，刚才我说了，哲学是一个彻底批判性的思考。哲学最核心的东西是“逻辑”，在古希腊就是这样。哲学产生以后才有逻辑学，为什么呢？哲学是对“思维的规律和法则”的解释，它讲思想的规律和道理，所以哲学让人脑子清楚。

第三个是“哲学让人好好说话”。哲学本身就产生于对话。我们现在学的哲学，当然也有中国哲学，也有别的哲学，但主体是希腊人留下来的。希腊人给我们人类提供了两样东西，一个是科学，主要是形式科学，就是各位同学学的几何学、逻辑学、算术这些形式科学。其他具体的希腊科学早就被抛弃了。另一个东西是民主。希腊人为人类提供了第一个“民主制度”。什么是民主制度呢？民主制度就是讨论的制度。凡事都要大家来讨论一下。在讨论的环境里面产生了语法，产生了修辞学，产生了哲学。最初的哲学家是教人说话的，也差不多像一个律师，意思就是“我说不过你，那我请个哲学家来对付你”。哲学一开始就是强调对话、讨论和雄辩。

现在，上面三点可以当作我们哲学系招生的海报：哲学叫人不死，哲学让人脑子清楚，哲学让人好好说话。我想这样一来，哲学系本科的招生问题就可以解决了。而在我们现代社会，同学们来想想吧，脑子清楚和好好说话，本来就是现代人最基本的素质。

好，我就讲到这儿。谢谢大家！

学哲学，读着读着把自己读没了，怎么办？

同学一：我是高一（三）班的钟新源（音译），我是哲学社的。我有两个问题。第一个问题是我在读哲学书的时候，由于对哲学大家的敬仰、崇拜甚至是敬畏，我可能会更倾向于去相信他们的理论和观点。这样在学习过程中，我可能会丧失一部分自己独立思考的能力，转而去相信别人的理论。所以我想请问，怎样在我学习哲学的同时保持自己新鲜的思维。第二个问题是，哲学思考是否有极限或界限，比如人类是否有一天有足够能力去证明公理？

孙周兴：好的。谢谢这位同学。他提的第一个问题是学哲学，读哲学书，读着读着把自己读没了，怎么办？这个状况是有的。首先我想我们得承认，思想的能力是有高低之分的，有的人高，有的人低。哲学史上确实是有一些伟大的哲学家，他们在思想上走到了一个高峰，如果不去攀登这些高峰，我们要形成自己的所谓“新的思想”难度很大。

哲学是一种思想方式，每个人都有自己的思想方式，这个没有问题。但如果我们想要获得真正的、自己的哲学思考的能力，我想读伟大哲学家的哲学著作肯定是一个好的办法。这种阅读过程本身就是独立思考能力的培养过程。这方面恐怕没有捷径可走。我能提供的建议是，更多地关注哲学问题及其论证，而不是停留在结论或者答案上。

第二个问题是形式科学的问题。形式科学很怪异，比如说几何学、算术、逻辑学，最经典的形式科学是这三门。这三门科学有一些基本的公理，到今天还没有得到有效的证明。这个事情很怪，形式科学建立在这种最简单的基本公理之上，但我们现在无法证明。有人进行了证明，比如说伟大的哲学家康德，他说像“1+1＝2”这样的算术等式，是通过我们的直观把握的。“两点之间直线最短”是一个形式的规定，实际上世界上没有一条直线是所谓的“最短的直线”；世界上也不存在一个三个角之和正好等于180度的现实的三角形。但有趣的是，我说三角之和是180度，大家都理解，我没有特指任何一个画在哪里的三角形。形式科学真正奇妙伟大的地方就在这儿。

这也是很多哲学家最感叹的一个问题：希腊民族起源较晚，它的经验科学并不发达，为什么突然出现一些伟大的思想，这些思想最后走上形式科学的道路，而形式科学今天统治了我们整个人类文明——比如今天我们每个人都离不开数理逻辑，因为每个人都在利用以数理逻辑为前提和基础的电脑、网络。

科学问题是我们哲学要讨论的，而且我认为，只有哲学的讨论才可能最接近于真相。

一个伟大的哲学家，同时不是一个好人，怎么看？

同学二： 孙教授您好，我有两个问题想向您请教。第一个问题是：我们知道您主要研究海德格尔，在查阅资料后我们了解到海德格尔与很多同时代的学者一样，支持甚至加入过纳粹党。为什么在哲学方面有如此见地的海德格尔会在基本的道德和政治问题上犯错，是其个人的存在主义思想使然，还是当时的民族情绪作祟呢？第二个问题是：从小到大师长总教导我们尊重科学而非哲学，那么当我们开始接触哲学时，我们应该如何看待有些哲学理论在科学领域里是荒谬的？

孙周兴： 谢谢你，太厉害了。七宝中学的同学完全出乎我的意料。第一个问题是关于海德格尔的问题。我们一般说，20世纪有着人类历史上最多的哲学家，但特别伟大的哲学家，公认只有两个：第一个是刚才这位同学提到的马丁·海德格尔，第二个是路德维希·维特根斯坦。海德格尔是一个伟大的思想家，但他曾经在1933—1934年纳粹时期担任过大学校长。另外他的为人也经常受到批评。从各方面看起来，海德格尔都不能算是个“好人”，甚至曾经是个纳粹分子。好，今天我们要讨论一个问题：一个算不上好人的20世纪最伟大的哲学家，让我们情何以堪？你说他是个大哲学家，又不算个好人，这太让我们崩溃了。这个问题，已经讨论了很多年了。最近，一位曾经在我们学院当过教授的德国人彼得·特拉夫尼，把海德格尔在纳粹时期的笔记整理出版了。于是全世界又开始讨论同样的问题：一个20世纪最伟大的哲学家，怎么是个纳粹分子？

这是很严重的问题。哲学史上几乎所有的哲学家都强调“知行合一”。苏格拉底说“知识就是德性”，这是欧洲的传统。我们中国的传统也是这样的，学问高了必须道德高尚。海德格尔的问题在于：他是个大哲学家，但不是个好人，那么为什么我们还要听他的，还要读他的书呢？

我觉得，首先我们要对海德格尔在纳粹时期犯的错误进行批判，这个没有什么好犹豫的。德国人现在特别讲政治正确，只要跟纳粹有关，那么这个人就是有问题的。但现在不少海德格尔的粉丝是比较盲目的，说他犯这点错误算什么，谁没犯过错误呀？许多非犹太人的德国知识分子都变成纳粹分子。但这样的解读是有问题的：你不能因为别人这样做了，就可以为自己过去的不良行为开脱了。一个大哲学家的政治错误和道德不端，我们必须把它当作一个严重的事情来考虑。

然而我想强调的是，从19世纪中期以来，全球性的宗教式微、宗教色彩越来越淡化以后，人类生活和人类行为的解释变得多元化了。可以说，以一种单一的解释模式来解释一个人的所作所为，这样的时代已经过去了。我们都感受到一点，现在的人变得越来越复杂，不能简单地用“好人、坏人”“他这个时期是好人、那个时期不是好人”来解释。我始终认为，要把海德格尔对人类现实或未来的思考，跟他自己个人的行为做一个区分。这是我现在对你这个问题的暂时解答。

我大概走在“哲学跟科学对抗”的道路上，这是什么意思呢？

第二个问题：如何看待有些哲学理论在科学领域里显得很荒谬？大概从19世纪中期以来，也就是在马克思以后，哲学实际上分成两派，一派哲学基本上是跟科学对抗的，另一派哲学基本上是跟科学同行的。我自己大概走在“哲学跟科学对抗”的道路上，这是什么意思呢？今天我们的生活完全被科学、技术、工业给控制住了。基本上可以说，欧洲人从文艺复兴以后，坚定地认为世界上的任何事情，无论是外部世界的事情，还是我们精神生活的事情，都可以用科学的方式进行证明和说明。如果所有的事情都可以通过科学方式来说明的话，那我们人类最后的结局差不多跟机器没什么区别。所以，除非我们愿意接受这个结局，不然我们不得不抵抗科学和技术。

还有，我们人类生活的很多方面，情感、美感、艺术、诗意，甚至人世间许多幽暗的东西、神秘的东西等，是我们没法用科学来进行说明的。比如，我瞟你一下，你能用科学手段来分析和说明这个眼神是什么意思吗？我是喜欢你，蔑视你，还是琢磨你，可以用数据来表现吗？人类生活，包括人类精神当中，很多方面是模模糊糊的、阴暗的甚至神秘的。康德说人有“知、情、意”三个方面，我们如果用“知”的这个方面，把人类生活别的方面都控制起来，那么，人类肯定将走向一个单向度的、片面的状态，也就是马克思说的“异化的”道路。所以19世纪中期以来，有一大批哲学家包括尼采、海德格尔等，都在努力开辟和保护“科学之外的思想方式和文化可能性”。我们不能说这些哲人是反科学的，他们不反科学，更恰当的说法应该是，他们是要维护人类生活、人类精神的一种尊严。

我们怎么就那么讨厌上了马克思？

同学三：各位老师好。我想问一个问题，我们中学七年，但只在最后一年开始学习哲学，并且我们只学习马克思主义这个流派。如果我想多汲取一些各家各派的长处，我们应该怎么利用有限的时间达成这个目标？或者我们国家什么时候才能改变这样的现状？

孙周兴：我刚才送给你们仇忠海校长一本书《欠改革的中国大学》，但当时的编辑曾经建议我改成《欠揍的中国大学》。我不敢，还是“欠改革”吧。其实我会认为，可能更欠揍的是我们的基础教育。基础教育与后面的大学教育是联系在一起的，只是在我们这儿变得很艰难，中学跟大学的交流越来越少。

我一直在说：马克思这样一个伟大的哲学家，竟然在我们这儿越来越得不到正确的讨论和评判，我感到十分伤心。如今许多大学生一听到“马克思主义”就反感——我觉得这件事情实在太搞笑了。马克思是世界上排在前三名的哲学家，这是在国外社会调查的一个结论。但我们的马克思主义教育曾经被完全意识形态化，被搞成大众哲学。“文革”时期出现了许多“哲学村”，每个农民都要学哲学。你想想那时候很多农民甚至不识字，怎么可能理解哲学？从那时候开始哲学在中国就出问题了，马克思哲学也就被误解了。现在正在慢慢地改进，但还没改好，我希望能早点完成这种改变。

我的本科是学地质学的，我的硕士阶段是学马克思哲学的。我就发现马克思十分伟大，今天人类的基本物质状态，人类文明的基本走向，差不多就是马克思在150年前所设想的。你到欧洲跑一圈就知道，整个人类是沿着马克思所设想的道路在走。欧洲现在已成为一个高福利的、没有国界、可以到处走的地域，这都是马克思当年想好的。马克思当年说：要实现社会主义、走向共产主义必须有两个前提，第一个前提是生产力的高度发展，第二个就是人与人之间的普遍交往。我觉得欧洲现在已经进入到了这个阶段。所以这位同学，你不要说中学没有改革，大学里也没有呢。

宗教能不能算哲学？

同学四： 老师你好，我想问一下哲学跟别的学科怎么区分？比如宗教能不能算哲学？科学里一些非常玄乎的东西能不能称得上哲学？文学中的一些追求精神境界、精神领域的东西，能不能称得上哲学？

孙周兴：你这个问题也是个大尺度的问题，但哲学就是要讨论大尺度的问题。我们知道“哲学”这个词源于希腊语philosophia，意思是“爱智慧”。关于人类精神里一些大的价值、大的原则的讨论都属于哲学。但哲学跟宗教不一样。哲学在刚产生的时候就是反对宗教的，因为当时希腊宗教是“多神论”的，希腊有很多神，叫“诸神”；而哲学则追求统一性，主张“一元”或者“一神”，于是就跟希腊宗教产生了冲突。

在后来的历史时期，包括在别的文明里面也是这样，“宗教”和“哲学”都是两个概念。为什么呢？哲学的主体是理性的思考——当然，因为哲学有很多类型，有的哲学思考不太理性，但我们现在不去管它，我们现在说的是主流。而宗教不一样，宗教是不需要我们理性思考和论证的，宗教唯一的标准是“信不信”，是你承认不承认有比你更强大的东西，你承认不承认有一种东西影响了你，决定了你，但你无法反抗它，你无法影响它。所以“宗教”是一个“信仰”问题，是一个“服从”问题，而哲学则要求“独立自由的思考”，是一个“论证”问题，两者是大不相同的。

我不能说下去了，再聊下去还会有好多好多内容，比如哲学与科学、哲学与文学，无边无际了，我只好就此打住了。

最后我要感谢仇校长给我这样一个机会，让我到七宝中学来，见到了这么多有趣的小哲学家。谢谢大家！

光启随笔书目

《学术的重和轻》	李剑鸣 著
《社会的恶与善》	彭小瑜 著
《一只革命的手》	孙周兴 著
《徜徉在史学与文学之间》	张广智 著
《藤影荷声好读书》	彭　刚 著
《凌波微语》	陈建华 著
《生命是一种充满强度的运动》	汪民安 著